Kinky Friedman · Wenn die Katze weg ist

H
Entertainer

KINKY FRIEDMAN

Wenn die Katze weg ist

KRIMINALROMAN

AUS DEM AMERIKANISCHEN
VON
HEN HERMANNS

HAFFMANS VERLAG

Die Originalausgabe ›When the Cat's Away‹ erschien 1988 bei
William Morrow and Company, Inc., New York.

One magic midnight show
She taught you how it feels
Once, oh so long ago
When rock 'n' roll was real

Für Kacey Cohen,
den Engel auf meiner Schulter

Konzeption und Gestaltung von Urs Jakob
Umschlagzeichnung von Nikolaus Heidelbach

Deutsche Erstausgabe

Satz: Fosaco, Bichelsee
Herstellung: Ebner Ulm
ISBN 3 251 30015 6

1 2 3 4 5 6—98 97 96 95 94 93

1

Winnie Katz' Lesben-Tanzschule war wie Gott. Die Menschheit kriegte sie nie zu sehen, aber man wußte immer, daß sie da war.

Natürlich hatte Moses Gott gesehen. Interessanterweise in Form eines brennenden Busches. Dann nahm er seine beiden Gebotstafeln und legte sich wieder hin.

Es gibt Leute, die Gott seitdem gesehen haben, aber für die haben wir einen Platz. Er heißt Bellevue, und seine Umgebung, ein Umkreis von zwanzig Blocks, gilt als eine von denen mit der höchsten Gewaltkriminalitätsrate der Stadt. Das kommt daher, daß man in New York unmöglich wissen kann, wer verrückt ist.

Alle sieben Minuten entlassen sie in Bellevue einen völlig normal aussehenden Typen. Er spaziert um eine oder zwei Ecken, kauft sich auf der Straße eine Brezel, fragt jemand nach der Uhrzeit, und dann hat er einen *flashback* in den Peloponnesischen Krieg. Er holt ein Schweizer Armeemesser raus und schneidet irgendeiner Koreanerin den Kopf ab. Benutzt die falsche Klinge. Die, mit der man seine Nasenhaare schneiden soll. Das ist natürlich nicht seine Schuld.

Nicht jeder hat die Möglichkeit gehabt, in der Schweizer Armee zu sein.

Ich horchte auf das rhythmische Stampfen im Loft über mir. Ich fragte mich, was zum Teufel da oben wohl wirklich los war. Wenn da die mißratene Tochter von irgendwelchen Leuten aus Cœur d'Alene, Idaho, auseinandergenommen wurde wie eine doppelläufige Flinte, dann würde da eine verdammt große Menge früherer Tanzstunden verschwendet. Auf der anderen Seite, was wußte ich schon über modernen Tanz?

Es war ein kalter Abend Ende Januar, und ich saß an meinem Schreibtisch und wartete irgendwie darauf, daß irgendwas losging, das nichts mit meinen guten Vorsätzen fürs neue Jahr zu tun hatte. Wenn man geduldig ist und lange genug wartet, passiert gewöhnlich was, und es wird gewöhnlich was sein, das einem nicht gefällt. Ich goß einen großzügigen Schluck Jameson Irish Whiskey in das alte Stierhorn, das ich manchmal als Schnapsglas benutzte. Ich kippte den Schnaps.

Wie mein alter Freund McGovern immer sagt: vertreibt den Zahnpastageschmack.

Ich träumte gerade die unisexuellen Träume des durchschnittlichen Hausmannes, als die Telefone klingelten. Es gibt zwei Telefone in meinem Loft, beide hängen an der gleichen Leitung und stehen auf der linken und der rechten Seite meines Schreibtischs. Wenn man am Schreibtisch sitzt, klingeln sie gleichzeitig an jeder Seite von dem, was man gerne sein Gehirn nennt. Das kann die Bedeutung von allem steigern, was sich nur durch die Leitung zu einem durchwinden kann, es kann einen aber auch dazu bringen, daß man in die Stiefel springen und Feuerwehr spielen will.

Ich schreckte aus dem Schlaf hoch, und das war auch gut so. Beim Zigarrenrauchen mit offenen Augen zu träumen kann feuergefährlich sein. Es kann genauso gefährlich sein wie Drogen und Alk, außer man weiß, was man tut. Wenn man weiß, was man tut, dann kann es so sicher sein wie ein Straßenspaziergang. Solange man seinen Tagträumen nicht innerhalb der zwanzig Blocks um Bellevue herum nachgeht.

2

Ich starrte eine Weile auf die klingelnden Telefone. Ich hatte gerade von einem Mädchen in einem pfirsichfarbenen Dreß geträumt. Ein paar Klingelzeichen mehr würden keinem wehtun. Ich zog lässig an meiner Zigarre und hob den Hörer zur Linken ab.

»Spuck's aus«, sagte ich.

Eine Frau schluchzte am anderen Ende der Leitung. Ich versuchte, sie an ihrem Schluchzen zu identifizieren, aber ich schaffte es nicht. Vielleicht falsch verbunden.

Endlich faßte sich die Stimme irgendwie und sagte: »Kinky. Kinky. Hier . . . ist Jane Meara.« Jane Meara war eine Freundin von mir, ein hübsches, fideles, intelligentes Mädchen und eine der Autorinnen des Buches *Katholisch erwachsen werden*. Im Moment klang es nicht so, als ob sie überhaupt jemals erwachsen geworden wäre.

Unglückliche Frauen sind nicht gerade meine starke Seite. Ich habe allerdings die Erfahrung gemacht, daß ein direktes, fast rüdes Vorgehen gewöhnlich sehr wirkungsvoll ist. Es war ohnehin alles, was ich auf Lager hatte.

»Jane«, sagte ich, »reiß dich zusammen. Was zum Teufel ist los? Sterben deine Tropenfische?«

Das brach offensichtlich den Damm. Ein herzzerreißendes Wimmern kam jetzt durch die Leitung. Ich legte den Hörer auf den Tisch. Ich zog schnell ein paarmal an meiner Zigarre. Als ich den Hörer wieder hochnahm, war das gerade rechtzeitig, um Jane sagen zu hören: »Ich wünschte, meine Tropenfische *wären* gestorben.«

»Komm, Jane«, sagte ich, »was ist los? Du funkst mir in meine Cocktailstunde.«

Ich konnte geradezu hören, wie sich ihre Schultern anspannten. Sie schniefte noch ein paarmal. Dann sagte sie: »Meine Katze ist verschwunden.«

»Beruhige dich, Jane«, sagte ich. »Wir werden sie zurückkriegen. Wie heißt die Katze?«

»Rocky.«

»Wie sieht er aus?«

»Es ist eine Sie.«

»Fein.«

Ich kriegte die sachdienlichen Hinweise von Jane. Rocky war flachsfarben und weiß und hatte vier weiße Pfoten. Laut Jane sah sie so aus, »als würde sie weiße Socken tragen«. Rocky war mitten in einer Katzenschau im Madison Square Garden verschwunden – hatte sich praktisch in Luft aufgelöst. Jane war bloß für einen Moment weggegangen, und als sie zurückkam, war der Käfig leer und die Katze weg.

Ich quetschte noch ein paar weitere kleine Informationen aus Jane raus, gab ein paar beruhigende Geräusche von mir und versprach ihr, sofort loszulegen.

Ich legte auf, ging rüber zum Küchenfenster und sah zu, wie sich die Dunkelheit über die Stadt legte. Montag abend, und genau so sah es auch aus.

Laut Jane würde die Katzenschau die ganze Woche lang schnurren und jeden Abend um neun schließen. Der Uhrzeiger gab gerade der Sieben ein Stößchen. Ich würde ziemlich schnell arbeiten müssen.

Wenn die Katze noch im Garden war, gab es eine Chance. Sie konnte auf dem falschen Ende eines Hokkeyschlägers gelandet sein, aber die Chance war da.

Wenn Rocky aus dem Garden raus und auf die Straße gekommen war, dann würde es schwierig werden, sie zurückzukriegen.

Fast so schwierig, wie ein Mädchen im pfirsichfarbenen Dreß zurückzukriegen.

3

Verschwundene Katzen zu suchen ist nicht gerade das romantischste Macho-Erlebnis, das einem zum Amateurdetektiv gewendeten Countrysänger so passieren kann. Aber da war etwas derart Bewegendes in der Hoffnungslosigkeit von Jane Mearas Lage, daß ich mein Gewissen nicht zwingen konnte, das Ganze zu ignorieren.

Ich zog an meiner Zigarre und dachte darüber nach, daß ich Katzen nie besonders gemocht hatte. Bis zu einer Winternacht vor ungefähr acht Jahren in einer Gasse in Chinatown, als ich die erste Pussy traf, die je über meine Füße gestrichen war.

Jetzt habe ich eine Katze. Na ja, das ist nicht ganz korrekt. Die Katze und ich haben einander. Wir bewohnen ein großes, zugiges Loft im dritten Stock eines umgebauten Lagerhauses in der Vandam Street 199B, New York City.

Im Sommer ist es im Loft heißer als in Äquatorial-West-Kopfunterland. Im Winter ist es so kalt, daß man für die elektrische Zahnbürste ein Starthilfekabel braucht. Der Vermieter hat versprochen, was daran zu tun. Die Katze und ich leben in Hoffnung.

Cats & Countrymusic & Cigars sind die drei seelischen Fixpunkte meines Lebens geworden. Um genau zu sein, habe ich noch ein paar andere seelische Fixpunkte, und die fangen auch mit einem *C* an, aber darauf wollen wir jetzt nicht weiter eingehen.

Wenn ich Janes Katze finden wollte, dann würde ich es jetzt wohl besser knacken lassen.

Ich rief Ratso an, einen Freund von mir, der mir in den letzten Jahren dabei geholfen hatte, einige ziemlich widerwärtige Mordfälle im Village zu lösen. Ratso war laut, schrill und so geizig wie eine Zecke, aber er war auch warmherzig, loyal und mit einem erfinderischen Geist gesegnet. Einen besseren modernen Dr. Watson hätte ich wohl kaum finden können. Gutes Personal ist heute schwer zu kriegen.

Ratso war nicht zu Hause, also versuchte ich es im Büro. Er war Redakteur beim ›National Lampoon‹. Vielleicht macht er Überstunden, dachte ich. Er ging selbst ans Telefon.

»Leprastation für ledige Mütter«, sagte er.

»Ratso«, sagte ich, »hier ist Kinky. Ich brauche deine Hilfe. Ich suche eine verschwundene Katze. Sie ist da unten im Garden in der Katzenschau verlorengegangen.«

Meine Worte wurden mit Gelächter und höhnischem Gejohle aufgenommen. Mir wurde schnell klar, daß Ratso mich auf die Lautsprecheranlage gestellt hatte. Ich konnte Mike Simmons, den anderen Redakteur brüllen hören: »Wenn du diese Muschi findest, dann ruf mich an!« Es gab noch mehr Gelächter. Mir ging langsam der Charme aus.

»Ratso«, sagte ich, »entweder du kommst oder du kommst nicht.«

Simmons schrie wieder. »Genau das hat sie gestern nacht zu ihm gesagt!« Darüber schien sich das ganze Büro kaputtzulachen.

»Hör zu, Kinkster«, sagte Ratso, »du und ich haben bessere Dinge zu tun, als in New York rumzulaufen und nach einer beschissenen verschwundenen Katze zu suchen. Du bist ein Held, Kinkster.« Ich zuckte leicht zusammen und zog an meiner Zigarre.

Ratso fuhr fort: »Du hast den Worthington-Fall gelöst. Du hast McGovern aus der Patsche geholfen. Erinnerst du dich?«

»Fürchte ja«, sagte ich.

»Du hast ein Mädchen in der Bank vor einem Straßenräuber gerettet.«

»Hätte jeder tun können.«

»Hat aber *keiner* – du hast es getan. Deshalb bist du *jemand*. Du bist heiß. Du bist ein Ereignis. Du kannst wählen und entscheiden, Baby.«

»Sieh mal«, sagte ich, »das ist nun mal was, wo ich mich reingehängt habe. Dann geh ich eben allein.«

Für einen Moment war es still in der Leitung. Dann sagte Ratso:

»Also gut, ich treffe dich am Garden. Fenster 11 in fünfzehn Minuten.«

»Mach zehn Minuten draus«, sagte ich, »wenn wir länger brauchen, ist diese Katze schon draußen in La Guardia und fragt nach einem Gangplatz in der Nichtraucherzone.«

Als ich auflegte, hörte ich, wie Ratso irgendwas vor sich hin brummelte. Es hörte sich ziemlich nach »beschissene Katze« an.

Ich setzte meinen Hut auf, zog die alte Jagdweste an und steckte mir drei Zigarren für unterwegs ein. Ich steckte sie in die kleinen, an die Weste genähten Taschen, in denen manche Amerikaner ihre Gewehrpatronen verstauen.

»Wie du siehst«, sagte ich zu meiner Katze, als ich mich zum Garden aufmachte, »ist er alles in allem doch nicht so ein furchtbar toller Watson.«

4

Ratso wartete am Fenster 11 auf mich. Er sah aus wie ein liebenswerter Zuhälter. Er trug eine Waschbärmütze ohne Schwanz, Fuchsiahosen und rote Flohmarktschuhe, die, worauf ich ihn häufig hinwies, einmal einem toten Mann gehört hatten. Um das Ganze abzurunden, trug er ein blaues Sweatshirt mit der Aufschrift NATIONAL-LAMPOON-BEISCHLAF-TEAM.

»Nettes Outfit«, sagte ich. »Du siehst aus wie der Don Juan der Eintrittskarten-Schwarzhändler.«

»Danke«, sagte er, »Garderobe vom Hadassah-Secondhandshop.«

Wir liefen den Gang zum Felt Forum runter, während die meisten Leute in die Gegenrichtung gingen. Sie sahen aus wie harmlose, fröhliche Katzenliebhaber. Einige von ihnen trugen Katzen in Käfigen, aber bei genauerer Nachprüfung trug keine von ihnen weiße Socken.

Jane Meara stand am Eingang der Ausstellungshalle. Sie sah aus, als hätte gerade eine Motorrad-Gang ihre Lieblingspuppe vergewaltigt.

Ich machte Jane und Ratso bekannt, und wir machten uns auf den Weg in die Halle. Das Ganze wirkte wie ein Karneval, der sich nicht entscheiden konnte, ob er die Stadt verlassen sollte oder nicht. Überall um uns herum packten Leute ihre Käfige ein oder bereiteten ihre Katzen für eine Begutachtung in letzter Minute vor. Hin und wieder rannte einer mit einer Katze auf der hochgestellten Handfläche vorbei wie ein italienischer Kellner mit einer Pizza-Eillieferung.

In Rockys leerem Käfig gab es Futter, Wasser, eine Abfallbox, ein Bett und Spitzenvorhänge. Wenn die Mieten weiter so anstiegen, konnte ich mich da einchecken.

Rocky schien tatsächlich ganz und gar weg zu sein.

Eine Frau kam händeringend auf uns zu. »Es ist schrecklich«, sagte sie. »Ich bin Marilyn Park, die Veranstalterin dieser Schau. Das ist das erste Mal, daß so was in einer unserer Ausstellungen passiert ist. Ich weiß, wie du dich fühlen mußt, liebe Jane.«

Jane nickte und ließ einen kleinen Schluchzer los.

»Sehen Sie, Miss Park –«, sagte ich.

»Mrs. Park«, sagte Mrs. Park. »Mein Mann und ich veranstalten die Schauen gemeinsam, und ich habe Stanley gesagt, daß die Sicherheitsmaßnahmen hätten straffer sein müssen.«

»Mrs. Park –«, sagte ich.

»Sagen Sie Marilyn zu mir«, sagte sie. »Und wir werden die Katze finden. Wir lassen die Leute gerade in allen Ecken nachsehen, in denen sich eine kleine Miezekatze aufhalten könnte.«

»Marilyn«, sagte ich, »meinst du, daß die Katze im Garden verlorengegangen ist, oder denkst du, daß jemand Rocky mitgenommen haben könnte?«

»Diese Katzen«, sagte sie, »haben alle Erkennungsnummern. Sie werden beim Betreten und Verlassen der Ausstellungshalle überprüft.«

»Nun«, sagte ich, »meinst du ...« Ich stockte.

Da zwinkerte mir irgendwas im Käfig hinter dem Spitzenvorhang zu. Für eine Times-Square-Nutte war es zu kurz geraten. Selbst für eine Katze war es zu klein. Ich langte in den Käfig, griff mit der Hand hinter den Vorhang und zog ein Metallobjekt heraus.

Es war der Schlüssel für Zimmer 407 des Roosevelt Hotels.

Ich drehte den Schlüssel in meiner Hand herum. Ich legte meinen Arm um Jane Meara.

»Ich glaube nicht, daß Rocky im Garden ist«, sagte ich.

Die Taxifahrt rüber zum Roosevelt war ein bißchen angespannt. Jane schien gegen eine aufsteigende Hysterie anzukämpfen. Ratso benahm sich wie ein selbsternanntes Mitglied einer Vermißte-Katzen-Selbsthilfe-Gruppe.

»Wir werden ihn finden, Jane«, sagte er. »Wir werden ihn finden.«

»Er ist eine Sie«, sagte Jane.

»Keine Sorge«, sagte Ratso, »es gibt keine lebende Katze, die der Kinkster nicht finden kann ...«

»Das ist ja gerade meine Sorge«, schluchzte Jane, »ob sie überhaupt noch lebt!«

»... mit verbundenen Augen«, setzte Ratso mit einer unbeeindruckten, fast tonlosen Stimme fort.

Ich versuchte, ihnen nicht zuzuhören. Ich versuchte zu denken. Warum sollte jemand Jane Mearas Katze klauen? Ich konnte mir weder Kopf noch Schwanz darauf reimen.

Marilyn Park hatte uns gesagt, daß im Roosevelt Hotel alle Katzen von auswärts übernachteten, die zur Katzenschau gekommen waren. Fast tausend von ihnen. Eines der wenigen Hotels der Stadt, die Katzen erlaubten.

Als wir vor dem Roosevelt aus dem Taxi stiegen, sah ich zum Hotel auf. Es sah aus wie ein gigantisches graues Schiff aus einem Kinderbuch, und ich stellte mir Hunderte von kleinen Katzengesichtern vor, die uns aus den Bullaugen anstarrten. Ich fragte mich, was in Zimmer 407 auf uns wartete.

Wir gingen durch die Lobby und nahmen den Aufzug zum dritten Stock. Zimmer 407 war am Ende des Gangs auf der linken Seite. Der Gang war grau, staubig und roch so, wie Gebäude rochen, als man noch ein Kind war.

Ich klopfte energisch gegen 407.

Nichts. Nicht mal ein Miau.

Ich steckte den Schlüssel ins Schlüsselloch und öffnete die Tür. Ich machte das Licht an, und wir sahen uns um. Das Zimmer war nicht ganz leer.

Auf dem Bett lag eine auf das Briefpapier des Roosevelt Hotels gekritzelte Botschaft. Sie lautete: »Was ist los? Hat die Katze deine Zunge erwischt?«

Wir setzten Jane in ein Taxi. Einer verstörten Frau ausgesetzt zu sein, war nicht gesund für Kinky. Und mein zunehmender Verdruß war nicht dazu geeignet, Janes Herz zu beruhigen. Irgendwo war ein Typ, der sie trösten konnte. Ein Typ, der sie in die Arme nehmen und ihr sagen konnte: »Keine Sorge, Schätzchen, alles wird wieder gut.« Unglücklicherweise sang dieser Typ wahrscheinlich im Schwulenchor. Ratso und ich überquerten die Forty-fifth an der Madison, bogen links ab und gingen den halben Block zu JR Tobacco hoch, Heimat der Jamaica-»A«-Zigarre. Die Jamaica-»A« hat ein ganzes Jahr Reife. Sie ist besser aufgezogen als einige Leute, die ich kenne.

»Hak' eine Katze ab«, sagte Ratso ein paar Momente später, als wir die Fifth Avenue runtergingen und unsere Jamaica-»A« rauchten.

»Streich einen räudigen Mauser von der Liste.«

»So spricht nicht gerade ein Katzenliebhaber«, sagte ich.

»Ich hasse diese affektierten, eingebildeten, faulen Bastarde.«

Ich paffte an der Zigarre, als wir durch die Kälte die Avenue entlanggingen. »Sie halten große Stücke auf dich«, sagte ich.

»Ich meine es ernst«, sagte Ratso und stocherte mit seiner Zigarre heftig in der Luft herum. »Ich hasse diese kleinen Bastarde.«

»Du bist nicht allein«, sagte ich. »Brahms pflegte sie von seinem Fenster aus mit Pfeil und Bogen zu erschießen. Napoleon haßte Katzen auch.«

»Die Franzosen hassen jeden.«

»Außer Jerry Lewis. Hitler haßte Katzen auch.«

»Er war auch nicht besonders von Juden eingenommen«, sagte Ratso.

»Nein«, sagte ich.

Wir gingen schweigend in einem ziemlich flotten Tempo, bis wir zur Thirty-fifth Street kamen. Ich deutete nach rechts in Richtung einiger alter Brownstone-Häuser. »Da wohnt Nero Wolfe«, sagte ich.

Bevor Ratso irgendwas sagen konnte, schoß ein dunkler Fleck durch die Straße und direkt über unseren Weg. Eine schwarze Katze.

Ratso machte einen heftigen Satz an meinem Bein herauf und versuchte, sich in meiner Westentasche einzunisten. Ich glaubte nicht, daß er ein Nero-Wolfe-Verehrer war, deshalb nahm ich an, daß er der schwarzen Katze aus dem Weg gehen wollte. Konnte ihm keinen Vorwurf machen.

Wir waren nur ein paar Blocks vom Garden entfernt, und ich hatte das Gefühl, daß ich meine Verantwortung als Freund und zum Amateurdetektiv gewendeten Countrysänger vernachlässigte, wenn ich nicht zurückgehen und noch mal nach Rocky sehen würde. Nicht daß ich annahm, wir würden was finden.

Ich bestach Ratso, mit mir zum Garden zu kommen. Ich bot ihm drei Zigarren und versprach, ihn beim nächsten Besuch von Big Wong, unserem Lieblings-Chinarestaurant, zum Essen einzuladen. Es war fast beschämend, einen Erwachsenen auf so eine Art rumzukriegen, aber wie Ratso es ausdrückte, kannte er Jane Meara kaum, und seine Abneigung gegen Katzen bestand seit langer Zeit und war äußerst intensiv. Es wäre zwecklos gewesen, zu versuchen, mit ihm zu argumentieren.

Tatsächlich schien die ganze Affäre verdammt wenig Sinn zu machen. Es würde herauskommen, daß irgend jemand Jane Meara einen ganz schön gemeinen Streich spielte. Und Jane Meara war die Art von Person, die keinen einzigen Feind auf der Welt hat. Hab diese Art von Person selbst nie besonders gemocht. Allerdings konnte ich mir nicht vorstellen, sie zu hassen. Offensichtlich konnte es aber jemand und tat es auch.

Oder vielleicht waren sie hinter Rocky her. Aber soweit ich verstanden hatte, war Rocky mehr ein Haustier als ein großer Champion. Außer den vier weißen Socken war nichts an ihr, was den durchschnittlichen Katzenliebhaber in sexuelle Raserei versetzt haben könnte. Klar, Katzenliebhaber waren dafür bekannt, ziemlich merkwürdige Vorlieben zu haben. Sogar noch merkwürdiger als die Speisekarte von Big Wong.

Wir kamen zur Eighth Avenue und gingen durch die Seitentüren des Felt Forums. Der Uhrzeiger gab gerade der Neun ein Stößchen, und ein ständiger Strom von Käfige tragenden Katzenliebhabern und dazugehörigen Zuschauern verließ den Garden. Wir waren fast am Eingang der Ausstellungshalle angelangt, als ich ein aufgeregtes Menschenknäuel bemerkte, das sich in einer Ecke an der linken Seite der Lobby gebildet hatte. In der Mitte der kleinen Ansammlung stand ein großer, kräftiger Mann mit einem kleinen Notizbuch.

Er sah unerfreulich bekannt aus.

Eine große Frau, die eine große Katze in einem großen Käfig trug, blockierte für einen Moment mein Sichtfeld. Als sie aus dem Weg war, erhaschte ich einen flüchtigen, aber ausreichenden Blick auf die bösartige Visage von Detectiv Sergeant Mort Cooperman vom Sechsten Revier. Ausreichend, um mich daran zu erinnern, daß Cooperman und ich nicht gerade dicke Freunde waren. Und ausreichend, um mir zu sagen, daß irgendwas in der Katzenschau furchtbar danebengegangen war.

Ich glaubte nicht, daß es besonders nett werden würde, wenn sie Rocky gefunden hatten. Ich war froh, daß Jane Meara nicht da war.

»Ratso«, sagte ich, »ich glaube, wir kommen zu spät.«

»Zu spät? Was meinst du damit?«

»Ich glaube, wir haben es mit einer toten Katze zu tun.«

6

Wenn man im Leben nach irgendwas sucht, dann findet man es manchmal. Dann findet man, daß es nicht das war, nach dem man gesucht hat. Dann fragt man sich, warum zum Teufel man ausgerechnet danach gesucht hat. Reine Neugierde, nimmt man an. Man zerbricht sich den Kopf beim Versuch rauszukriegen, was die Neugier der Katze gebracht hat. Hat sie sie gesund, reich und weise gemacht? Hat sie ihr geholfen, die Würmer zu kriegen? Um Gottes willen! Sie hat sie umgebracht. Aber jetzt ist es zu spät. Du fängst deine Gedanken mit einer gestohlenen Radkappe – du bist die Katze. Das Gespenst der Neugier, das aussieht wie eine große, verführerische Jalousie, schleicht über Meilen und Meilen von Badezimmerfliesen . . . über den kalten und knarrenden Lagerhausboden deines Lebens . . . über einen Tisch mit Kerzenlicht in einem Restaurant, das vor zwölf Jahren geschlossen hat. Von Amts wegen geschlossen wegen zu großer Seltsamkeit. Ich vernichtete das, was von der Jamaica-»A« übriggeblieben war, und Ratso und ich gingen durch das Foyer zu den Leuten, die da herumstanden. Wir kamen gerade rechtzeitig, um zu hören, wie Marilyn Park zu Sergeant Cooperman sagte: »Nichts dergleichen ist jemals in einer unserer Ausstellungen passiert.«

Ratso nickte feierlich und zwinkerte mir zu. Ich beobachtete den Mann neben Marilyn Park, einen schattenhaften Kerl, den ich als ihren Mann einordnete, Stanley Park. Der, der glaubte, die Sicherheitsvorkehrungen der Schau seien ausreichend gewesen. Er stellte Cooperman gerade einen dritten Mann vor.

»Sergeant«, sagte Stanley Park, »dieser Gentleman ist Hilton Head. Er ist für unsere gesamte Public Relations verantwortlich. Der Sprecher für die ganze Schau.«

Head war ein nervöser, ziemlich weibischer junger Mann, der sich mit einer weichen Hand durch weiches Haar fuhr und immer wieder sagte: ». . . so eine Miezekatze . . . so eine Miezekatze . . .«

Cooperman sah den jungen Mann finster an und kritzelte das eine oder andere in sein kleines Notizbuch. Man kann jederzeit einen Bullen mit einem kleinen Notizbuch von einem zornigen jungen Romanautor mit einem Notizbuch unterscheiden. Zornig sind beide, aber der Romancier öffnet sein Notizbuch von der Seite, während der Bulle die Seiten über Kopf umschlägt.

Cooperman schlug eine Seite über Kopf und sah von seinem Notizbuch auf. Er war nicht erfreut, mich in der kleinen Gruppe von Katzenliebhabern stehen zu sehen.

Er versuchte, mich mit seinem linken Auge am Genick hochzuziehen.

»Herrgott«, sagte er, »der hat mir gerade noch gefehlt.«

»Hast du die Katze gefunden?« fragte ich.

»Haben wir die Katze gefunden?« sagte Cooperman mit einem Lächeln.

»Yeah, wir haben die Katze gefunden.«

»Wo ist die Katze jetzt?« fragte ich.

»Wo die Katze jetzt ist? Die Katze ist gleich hier hinten in diesem Büro.« Er stieß mit seinem Daumen nach etwas, das aussah wie ein kleiner Garderobenraum.

Cooperman hatte ein reichlich krankes Grinsen im Gesicht, das ich nicht entschlüsseln konnte. Ich war auch nicht sicher, ob ich das wollte.

»Willste mal gucken?« fragte er.

Ich zuckte mit den Achseln und winkte Ratso zu, und wir folgten seinem truckähnlichen Körper in den kleinen Raum, der ans Foyer angrenzte. Zuerst sah ich nichts, weil ein Blitzlicht praktisch direkt in meine Augen losging. Als ich sehen konnte, konnte ich nicht glauben, was ich sah. Der Raum war ein Bienenkorb voller Emsigkeit. Überall Bullen und Techniker. Rocky war nirgendwo zu sehen. Aber was anderes.

Mitten im Raum lag der Körper eines Mannes auf dem Boden. Seine Brust war so rot, daß sie aussah wie E.T.s kleines Herzlicht.

Wo man eigentlich einen Mund erwartet hätte, war ein klaffendes, blutverkrustetes Loch.

»Wie gefällt dir das?« fragte Cooperman fröhlich. »Sieht so aus, als hätte der Kater seine Zunge verloren.«

7

Wenn das Leben nur ein Traum ist, dann ist der Tod nur ein Albtraum. Trotz dieser Einsicht war ich froh, daß sich meine Katze noch im Loft und meine Zunge noch in meinem Kopf befand, als ich am Dienstag morgen aufwachte. Alles in allem keine schlechte Art, den Tag zu beginnen.

Ich fütterte die Katze, schaltete die Espressomaschine in den höchsten Gang und zündete die erste Zigarre des Morgens an. Ich sah aus dem Fenster auf die sonnenbesprenkelten, düsteren Lagerhäuser auf der anderen Straßenseite. Die Plakatwände glänzten im Tau. Der Rost leuchtete auf den Feuerleitern. Es war ein wunderschöner Morgen.

Ich setzte mich auf eine ruhige Tasse Espresso an den

Küchentisch. Wenn man das unaufhörliche Rumpeln der Müllwagen ignorierte, war alles völlig friedlich. Eine der ansprechendsten Seiten des Falles, dachte ich, war, daß ein toter Mann mit rausgeschnittener Zunge einen nicht blöd anquatschen konnte.

Ich schlürfte den Espresso aus meiner Imus-in-the-morning-Kaffeetasse. Ich paffte die Zigarre und beobachtete, wie ein blauer Rauchring zur Lesben-Tanzschule hochdriftete. Ganz schön ruhig da oben im Moment. Vielleicht schlüpften sie gerade in ihre kleinen lesbischen Trikots rein. Oder raus. Alle Welt liebt eine Lesbe, dachte ich, und kein Schwanz weiß was über sie. Natürlich können selbst Lesben etwas von ihrem Zauber verlieren, wenn sie den ganzen Tag auf deiner Zimmerdecke herumturnen.

Wenn Lesben ein Mysterium waren, dann war das auch der tote Mann im Garden. Aber über ihn wußte ich ein bißchen mehr. Nur ein bißchen mehr. Sein Name war Rick »Slick« Goldberg. Er hatte eine Katze in die Katzenschau gebracht. Wenn er nicht damit beschäftigt gewesen war, Katzen in Katzenschauen zu bringen, war er ein Literaturagent gewesen.

Ich hatte diese Informationen nicht von Sergeant Cooperman bekommen. Als ich ihn gefragt hatte, wer der tote Mann sei, hatte er mich gefragt, ob ich ein naher Familienangehöriger sei. Ich hatte ihm gesagt, ich wüßte das nicht, weil ich nicht wüßte, wer der tote Mann sei. Er hatte mir den Rat gegeben, bis morgen zu warten und einen Zeitungsjungen zu fragen. Das war das.

Aber wenn man an ein paar Tatorten herumhängt, dann lernt man gewöhnlich eine oder zwei Sachen, abgesehen von der, nicht an Tatorten herumzuhängen. Wenn man erst mal hinter die Polizeiabsperrung in die Tatortuntersuchungszone gelangt ist, wird angenommen, daß man dazugehört. Wie *backstage* bei einem Rockkonzert – bist du erst mal da, hinterfragt keiner deine Anwesenheit. Und so hatte ich die Information von einem Uniformierten bekommen, der da herumstand und zuhörte, wie seine Haare wuchsen.

Ich schenkte mir noch eine Tasse Espresso ein und dachte über alles nach. Rick »Slick« Goldberg. Katzenliebhaber. Derzeitige Beschäftigung: Wurmköder. Wurmköder sind nicht allzu schick – wir warten alle darauf, mal Wurmköder zu werden. Es kommt drauf an, was man tut, während man wartet.

Wenn man meine schmutzige Wäsche nicht mitrechnete, gab es nur eine Sache, die ich im Moment erledigen mußte: alles, was ich konnte, über die zungenlose Leiche im Garden herauszukriegen und herauszukriegen, wer gestern im Zimmer 407 des Roosevelt Hotels gewohnt hatte. Ich entschied mich dafür, das Roosevelt Hotel anzurufen.

Rick »Slick« Goldberg würde warten können.

8

»Guten Morgen«, sagte der Hörer zur Linken, »Roosevelt Hotel.«

»Kann ich bitte den Kassierer sprechen?« sagte ich.

»Einen Moment, Sir.«

»Fein.«

Ich wartete. Ich zog geduldig an meiner Zigarre, während ich an meinem Schreibtisch saß. Ich hatte nur einen Versuch, und ich wußte, daß ich das besser gut über die Bühne bringen sollte.

Ich glaubte nicht, daß diese »Hat-die-Katze-deine-Zunge-erwischt«-Botschaft und die Leiche ohne Zunge im Garden nur eine der kleinen zufälligen Übereinstimmungen des Todes waren. Es war höchste Zeit, Cooperman die Botschaft zu übergeben, aber ich wollte zuerst einen kleinen Schuß in dieser Angelegenheit abfeuern. Vielleicht traf ich ja das Scheunentor.

»Kasse«, sagte eine ungehaltene, fast gereizte Stimme. Es war die Stimme einer Frau, die man nicht unbedingt kennenlernen wollte.

»Habe die Ehre, Madam«, sagte ich mit einer freundlichen Stimme. »Hier ist das FTD-Blumenversandhaus in Fort Worth. Chuck am Apparat.« Versuche, sie mit einem bißchen südlichem Charme zu entwaffnen. Ich dachte kurz daran, wie John Kennedy mal Washington D. C. beschrieben hatte: »Nördlicher Charme und südliche Effizienz.«

»Ja?« sagte sie ungeduldig.

»Wir haben hier unten ein kleines lästiges Problem, Ma'am. Ich dachte, Sie könnten uns vielleicht helfen.«

»Ja?« Klang, als ob sie sich für mich erwärmen würde.

»Scheint so, als hätten wir unser Silberhochzeitsbukett, das ist ein wirklich beliebter Artikel bei uns, wir haben hier unten ne Menge pensionierter Leutchen . . .«

»Sir . . .«

» . . . schickten es gestern morgen an eine Mrs. Rose Bush hier aus Texas, ich denke, ich sollte sagen, daß sie mit dem Vizepräsidenten verwandt ist, eine Cousine zweiten Grades oder so was . . .«

»Sir! Was genau wollen Sie?«

»Tja, nun, wir schickten es Mrs. Bush auf ihr Zimmer da im Roosevelt Hotel, und jemand hat dafür unterschrieben und es angenommen, und jetzt höre ich vom Boß, daß Mrs. Bush es niemals bekommen hat. Der Boß ist wütender als ein Indianer, der versucht Pipi zu machen und kein Tipi finden kann.«

In der Leitung herrschte Schweigen. Endlich fragte die

Kassiererin mit einer sehr kurz angebundenen Stimme: »In welchem Zimmer war die – ähm – Bush-Gesellschaft, Sir?«

»Tja, nun, mal sehen ... das Silberhochzeitsbukett wurde abgeschickt – halten Sie die Hochzeit auf, ich habs gleich – auf Zimmer 407.«

»Einen Augenblick, Sir.« Es gab eine Pause, als die Kassiererin in ihrem Buch nachsah. »Das muß ein Irrtum sein, Sir. Da ist keine Bush-Gesellschaft registriert.«

»Tja, ich werde gefesselt und gebrandmarkt werden.«

»Ist das alles, Sir?«

»Tja, nun, sehen Sie, wenn ich den Namen der Person bekommen könnte, die in diesem Zimmer registriert war – nur für unsere Unterlagen, verstehen Sie –, wäre ich aus der Patsche. Wie der Katzenfisch zum kleinen schwarzen Sambo sagte.«

Am anderen Ende der Leitung gab es einen tiefen und ein wenig angewiderten Seufzer. Dann Stille. Dann wurde offensichtlich abrupt eine Entscheidung getroffen. »Die im Zimmer 407 registrierte Person war nicht aus Texas«, sagte die Kassiererin in einem fast hochnäsigen Ton. »Die Person war aus Connecticut. Der Name der Person war Fred Katz.«

Ich nahm einen bedächtigen Zug aus meiner Zigarre. »Macht es was aus, das zu buchstabieren?« fragte ich.

9

Man sagt, daß der Tod nur die Art der Natur ist, einem zu sagen, es ein bißchen langsamer angehen zu lassen. Ob das wahr ist oder nicht, es kann dem Espresso mit Sicherheit einen bitteren Beigeschmack geben.

Ich hörte, wie der Lesben-Tanzkurs über meinem Kopf

loslegte, und ich hörte auf einige der dunkleren Gedanken, die in meinem Kopf herumtanzten. Irgendwie glaubte ich nicht, daß Fred Katz mit Winnie Katz verwandt war. Im Grunde bezweifelte ich, daß er überhaupt mit jemand verwandt war. Ich bezweifelte, daß er überhaupt existierte.

Der Name war offensichtlich ein sehr humorvoller Deckname. Oder wäre es zumindest gewesen, wenn Rocky nicht vermißt worden wäre. Und wenn sie im Garden keine Leiche mit herausgerissener Zunge gefunden hätten. Kleinigkeiten wie so was können ein Lachen ganz schnell ersticken.

Ich dachte über die ganze Lage nach. Die Katze von jemand wurde vermißt, und der Literaturagent von jemand war zu Jesus gegangen. Was davon wichtiger war, hing davon ab, wie man die Welt sah. Wenn man den Fall jedoch näher ansah, hingen die Katze und der Agent eng miteinander zusammen. Wer auch immer die Katze geklaut hatte, hatte die Botschaft geschrieben, und wer auch immer die Botschaft geschrieben hatte, hatte den Agenten kaltgemacht. Wahrscheinlich hatte er auch noch ein paar andere Sachen gemacht. Könnte Zweige aufgehoben haben. Seine Schuhe zugeschnürt haben. Nun, was immer er getan hatte und wer immer er war, er mußte ziemlich rasch die Krallen geschnitten kriegen und kastriert werden, oder es könnte unangenehm werden. Der erste Schritt, entschied ich, war, im Sechsten Revier vorbeizuschauen und Sergeant Cooperman die »Hat-die-Katze-deine-Zunge-erwischt«-Botschaft vorzulegen. Es versprach ein extrem öder Besuch zu werden, aber wenn ich nicht bald hinging, dann konnte ich mir wesentlich mehr blockieren als die winzige Aussicht, einen schönen Tag zu erleben.

Ich hatte Marilyn Park, Stanley Park, Hilton Head und die Hunderte von anderen Katzenliebhabern im Garden nicht vergessen. Sie würden die ganze Woche dort sein. Ich hatte auch nicht vergessen, daß ein Agent wie Rick »Slick« Goldberg sich über die Jahre wahrscheinlich eine Menge Feinde gemacht hatte. Wenn er so war wie die meisten Agenten, die ich kannte, dann würde ihn die Hälfte seiner Klienten liebend gerne abgemurkst haben.

Mir fiel eine kleine Story ein, die mir mein Kumpel John Mankiewicz über einen Schriftsteller in L. A. erzählt hatte, der nach Hause kam und sein Haus bis auf die Grundmauern abgebrannt vorfand. Ein Nachbar kam rüber und sagte: »Ihr Agent war da. Er vergewaltigte Ihre Frau und Ihre Tochter, tötete Ihren Hund und fackelte das ganze Haus ab.« Der Schriftsteller war wie gelähmt. Er stolperte durch die Asche seines Heims, und alles, was er sagen konnte, war: »Mein Agent war da?«

Ich setzte meinen Hut auf, zog Jagdweste und Mantel an, steckte die Botschaft in die Westentasche und übertrug der Katze die Verantwortung und war schon fast an der Tür, als die Telefone klingelten. Das war aus zwei Gründen gut: Erstens hatte ich meine Zigarren vergessen, und zweitens war es einer dieser Anrufe, die dein Leben verändern können. Ich ging zurück zum Schreibtisch, schnappte mir ein paar Zigarren und packte den Hörer zur Linken.

»Red schon«, sagte ich.

»Kinky!«

»Yeah.«

»Hier ist Eugene in Jane Mearas Büro. Ich bin ihr Assistent.«

Ich wußte, daß Jane jetzt Lektorin in einem großen Verlagshaus war.

»Yeah?«

»Jane möchte, daß Sie sofort mal rüberkommen, wenn Sie können.«

Die Katze sprang auf den Tisch, und als ich sie streichelte, joggte ein kleines Schauern mein Rückgrat runter.

»Wo liegt denn das Problem, Eugene?«

»Nun, das mag verrückt klingen – wie so was von Agatha Christie – aber Jane kam gerade zurück vom Lunch, und da –«

»Komm zur Sache«, sagte ich gereizt.

»Da liegt ein Fleischermesser auf ihrem Schreibtisch. Und es ist voller Blut.«

Ich streichelte die Katze noch mal und versuchte, meine Gedanken zu sammeln. Ich steckte die letzte Zigarre in die kleine angenähte Tasche an meiner Jagdweste.

»Scharfe Wendung«, sagte ich.

10

Ich nahm die Otis-Kiste zum sechzehnten Stock in Janes Gebäude und schmuggelte auf dem ganzen Weg eine brennende Zigarre. Bis zum dreizehnten Stock ging alles gut, aber dann stieg eine Frau mit einem hypersensiblen Riecher ein und schnüffelte mich aus. Nichts währt ewig.

Ich entkam in einen kleinen Flur und rannte praktisch in den Rücken einer großen, schlangenartigen Gestalt, die die leidliche Nachahmung eines Mannes abgab, der Gourmetkochbücher in einer Glasvitrine betrachtete. Die Gestalt rollte sich auf und sprang auf mich zu, als die Aufzugtür sich schloß.

»Was hat dich so lange aufgehalten, Tex?« zischte sie. Es war Detective Buddy Fox vom Sechsten Revier.

»Hab gewartet, daß meine Fingernägel trocknen«, sagte ich. Fox war wahrscheinlich mein zweitliebster Amerikaner. Mein liebster war jeder andere.

»Ich denke«, sagte Fox, »du hast da ein Beweisstück in einem Mordfall gehamstert. Vielleicht solltest du diesen gestohlenen Brief, von dem wir soviel gehört haben, mal rüberwachsen lassen. Oder willst du dich bis zum Valentinstag daran festklammern?« Da war ein Lächeln in Fox' Gesicht, aber ihm schien eine gewisse Wärme zu fehlen.

Ich langte in meine Westentasche und gab ihm die Botschaft, die Ratso, Jane und ich in Zimmer 407 des Roosevelt Hotels gefunden hatten.

Liebe Jane, dachte ich. Liebe, süße, unschuldige, kleine, katzenliebende Jane. Ich hätte Jane geradewegs mit einem Paar Taubmachern oder wie immer sie genannt werden, umbringen können. Jedes exotische nordkoreanische Kampfsportgerät wäre mir wahrscheinlich recht gewesen. Sie hatte mich in diesen Schlamassel reingeritten, indem sie an ein Mitleidsgefühl appellierte, von dem ich noch nicht mal gewußt hatte, daß ich es überhaupt besaß. Und jetzt, wenn auch unwissentlich, hatte sie mich den Hunden, Schweinen, Schakalen, Löwen, Wölfen und welchem Tier auch immer, das man sich aussuchen konnte, wenn man irgendein Tier sein konnte, das man wollte, zum Fraß vorgeworfen.

Was mich betraf, fühlte ich mich wie eine Schwalbe, die den falschen Weg eingeschlagen hatte und an einer Tankstelle anhielt, um nach dem Weg nach Capistrano zu fragen. Ich brauchte entweder eine Straßenkarte oder ein medizinisches Manöver, das mich von einem Kloß im Hals befreite, und ich war mir nicht sicher, was.

Fox eskortierte mich durch ein Labyrinth von Gängen zu einem kleinen Büro. Er forderte mich mit einer Bewegung auf, reinzugehen, steckte seinen Kopf hinter mir durch die Türöffnung, zwinkerte mir zu und sagte: »Warte hier, Tex.«

Ich sah mich im Zimmer um. Da war ein Sofa und ein überfüllter Schreibtisch. An der Wand hingen diverse Buchumschläge. Da war eine kleine Pinnwand mit Fotos von Jane Meara bei einem Baseballspiel und ein paar Schnappschüssen von einer Katze. Ich bemerkte ziemlich wütend, daß die Katze vier kleine Socken trug. Rocky. Ich nahm einen der Schnappschüsse von Rocky runter und ließ ihn in meine Tasche gleiten.

Ich brauchte nicht Frank und Joe Hardy, um mir zu sagen, daß ich in Jane Mearas Büro war. Ich sah mir sorgfältig den Schreibtisch an. Ich sah kein blutiges Fleischermesser. Natürlich ist es ein bißchen schwierig, eins zu sehen, wenn man es im Rücken hat.

Eigentlich konnte keiner was dafür, dachte ich. Selbstmitleid konnte ein wichtiger Charakterzug für einen Countrysänger sein, aber bei einem Detektiv war das ungefähr so attraktiv wie eine geplatzte Reisetasche. Vielleicht war diese ganze öde Situation nur einer von den kleinen Streichen, die uns Gott von Zeit zu Zeit spielt. So wie mit Sommersprossen geboren zu werden oder auf einem Skateboard aus Vietnam zurückzukommen.

Ich war dabei, darüber nachzugrübeln, als eine große, verdächtig fiese Gestalt die Türöffnung hinter mir verdunkelte. Ohne meine Anwesenheit wahrzunehmen, ging Cooperman um den Schreibtisch herum und setzte sich auf den Stuhl. Fox schlängelte sich über die Türschwelle und schob mich verführerisch in Richtung Sofa. Ich ging rüber und setzte mich. Immer noch keinen Blick für mich übrig, zog Cooperman ein Päckchen Gauloises aus seiner Tasche, schüttelte eine raus und zündete sie mit seinem Zippo-Feuerzeug an. Ich zog eine Zigarre raus und zündete sie mit einem Bic an. Keiner sagte ein Wort. Wenn Schweigen Gold war, dann mußten wir bald in Klondike sein.

11

Anderthalb Stunden später war ich soweit, mein Gehirn zur französischen Reinigung zu bringen und den Oberfrosch darum zu bitten, es leicht zu stärken. Ich hatte Cooperman alles gegeben, was ich über das Zimmer 407 des Roosevelt Hotels hatte, was nicht gerade verdammt viel war. Er hatte den Zimmerschlüssel verlangt und präzise wissen wollen, wie ich aus der Rezeption des Roosevelt den Namen Fred Katz rausgeleiert hatte. »Ich habe meine Methoden«, hatte ich gesagt. Er war davon nicht erfreut gewesen.

Von da an ging es bergab.

Cooperman verbot mir, an dem Fall weiterzuarbeiten. Er sagte, ich könne losziehen und nach so vielen streunenden Miezen suchen, wie ich wolle, aber das hier sei ein Mordfall. Keine vermißte Katze. Sobald ich das Büro verlassen hätte, wünschte er mich für mindestens mehrere Jahre nicht mehr zu sehen. Sagen wir drei oder vier.

Ich stand auf, um zu gehen, und er sagte: »Wir sind noch nicht fertig mit dir.« Ich setzte mich wieder aufs Sofa und zog an meiner zweiten Zigarre. Die Zigarre war schon weit bis über die Hälfte durchgeraucht. Ich mochte es nicht, eine Zigarre bis weit über die Hälfte durchzurauchen, aber ich mochte schließlich eine ganze Menge nicht. Cooperman zum Beispiel.

Ich fragte Cooperman nach dem Messer, und er sagte, es sei im Labor. Nach dem, was er *jetzt* wisse, sagte er anzüglich, habe er wenig Zweifel daran, daß es die Mordwaffe sei. Ungefähr zu diesem Zeitpunkt hatte Cooperman Jane Meara reingeholt, sie zu mir aufs Sofa gesetzt und ihr in reichlich plastischen Worten zum erstenmal genau erzählt, wie dieses reizende Werkzeug vor seiner Ankunft auf ihrem Schreibtisch benutzt worden war. Sie hatte noch nicht mal was von der Leiche gewußt, geschweige denn von der Zunge, und sie wurde so weiß wie ein Ku-Klux-Klan-Mann am 4. Juli.

Cooperman stellte ihr eine andere Frage, aber er kriegte keine Antwort. Wenn man einen Nickel einwirft, dann kann man auch erwarten, einen Ritt für einen Nickel zu kriegen. Alles, was Cooperman kriegte, war ein autistisches Starren.

Cooperman zerdrückte die fünfte Gauloise im Aschenbecher. Ich begann mit den zündungsvorbereitenden Prozeduren für meine dritte Zigarre. Es war natürlich kein richtiger Wettkampf, aber ich mochte es nicht, mich unterkriegen zu lassen. Die Konversation hatte angefangen, ein bißchen lahm zu werden.

Auf ein Zeichen von Cooperman ging Fox raus in den Flur und brachte Jim Landis, den Verleger, für den Jane arbeitete, und Eugene, ihren Assistenten, rein. Cooperman fragte Landis, wo er in den letzten Stunden gewesen sei. Landis sagte, er sei in einem Restaurant in der Nähe gewesen. Fox notierte den Namen des Lokals und sagte, er werde das nachprüfen.

Eugene sagte, er habe während der ganzen Mittagspause an seinem Schreibtisch gesessen, und es hätten verschiedene Autoren und Möchtegernautoren in Janes Büro reingeschaut, als sie weggewesen sei. Er habe ihre Namen auf Memozetteln auf seinem Schreibtisch.

»Würden Sie so nett sein und sie uns jetzt bringen?« fragte Cooperman in einem süßlichen, sarkastischen Ton. Eugene ging mit Fox raus. Ich rauchte meine Zigarre. Jane schniefte leise neben mir. Landis zappelte nervös herum. Cooperman starrte auf die leere Türöffnung.

Eugene kam zurück und gab Cooperman die Memos. Cooperman reichte sie an Fox weiter. »Das ist alles?« fragte er.

Eugene nickte. Dann schien er sich an etwas zu erinnern. »Oh, warten Sie«, sagte er, »da waren ein paar Leute hier, kurz nachdem du gegangen bist, Jane. Sie sagten, sie seien von der Katzenschau und sie wollten –«

»Katzenschau?« fragte Cooperman.

»Katzenschau«, sagte Eugene.

»Namen?« fragte Cooperman.

»Ich – ich habe sie nicht nach ihren Namen gefragt«, sagte Eugene. Er begann sichtlich zu versinken.

»Sie haben sie nicht nach ihren Namen gefragt!« schrie Cooperman.

»Nun ja, sie sagten, sie würden zurückkommen, um Jane zu sprechen. Ich dachte nicht – ist es wichtig?«

»Nein«, sagte Cooperman, »es ist nicht wichtig. Wir haben hier nur ein bißchen Spaß im Büro. Wir spielen heiteres Besucher-Raten.«

Mit einem Knurren gestikulierte Cooperman heftig in Richtung Eugene und schrie: »Fox, schaffen Sie diesen Kerl aus meinen Augen und lassen Sie sich die Beschreibungen geben.«

Cooperman schnappte sich seine Zigaretten, winkte Landis mit einer Hand raus und sagte Jane, sie könne ihr Büro wieder für sich haben. Jane zitterte. Cooperman stand auf. Ich stand auf. Cooperman sah mich an. Seine Augen waren eine merkwürdige Mischung aus Mitleid, Bosheit und vielleicht noch ein bißchen Angewidertheit.

»Einen Penny für deine Gedanken«, sagte ich.

Cooperman schenkte mir ein trockenes, kieseliges Kichern. Klang wie ein Kerl, der 1957 versuchte, seinen Rasenmäher zu starten.

»Man sieht sich, Tex«, sagte er.

12

Dienstag abend. Zehn Uhr. Ratso und ich gingen ins Carnegie Delicatessen, unsere Heimat fern der Heimat fern der Heimat. Es roch großartig – nach Pastrami und Parfum, Salami und Zigarren. Das Carnegie erwärmte dein Herz wie ein Matzekloß im Januar, und auf genau das hatte ich mich eingestellt, als wir zu diesem Lokal gingen. Matzekloß-Suppe mit einem Matzekloß in der Größe von McGoverns Kopf. McGovern war mein Freund, der für die ›Daily News‹ schrieb und mir manchmal ziemlich widerwillig dabei half, entscheidende Informationen über zahllose und ruchlose Individuen einzuholen. McGovern hatte den größten Kopf von Nordamerika.

Leo begrüßte Ratso und mich an der Tür wie ein weißer Joe Louis. Er war Besitzer des Carnegie, aber seine Begrüßungen waren so überschwenglich, daß er einen täuschen konnte. Er war immer gleich überschwenglich, selbst wenn man gerade erst am Nachmittag dagewesen war. Natürlich hatte ich nicht in Leos Lokal gegessen. Ich hatte Sergeant Cooperman gegenübergesessen.

»Kinky! Kinky!« sagte Leo, als er herbeirauschte und meine Hand herzlich mit seinen beiden drückte. Bei aller Bescheidenheit mußte ich zugeben, daß nur sehr wenige Gäste auf diese herzliche Art begrüßt wurden. Diverse Kunden sahen von ihren Blintzes auf.

»Wann spielst du wieder im ›Lone Star‹, Kinky?« fragte Leo.

»Nun, für eine Weile nicht, Leo, wenn ich es einrichten kann«, sagte ich zu Leos Hinterkopf. Er hatte sich von mir abgewandt, um Ratso zu begrüßen. Fragte ihn wahrscheinlich, wie sein Magazin lief. Bewunderte vielleicht seine Garderobe. Ich überstand diesen peinlichen Moment, indem ich die Salamis im Schaufenster bewunderte, und bald darauf richtete sich Leos Aufmerksamkeit wieder auf mich. Geduld wird immer belohnt.

»Nun, Kinky«, sagte Leo, »wie geht's mit deinem Broadway-Musical voran?« Ich hatte die Partitur für eine Broadway-Musical-Comedy geschrieben, aber mein Partner, Don Imus, schleppte sich schon rund vier Jahre mit dem Buch rum. Neulich hatte er ein paar Fortschritte gezeigt.

»Tja . . . nun«, sagte ich ohne Begeisterung, »wir hoffen, daß wir bis zum Spätsommer ein paar Homosexuelle zum Stepptanzen haben.«

»Großartig, Kinky«, sagte Leo, »großartig.«

Leo rief einen Kellner heran und gab uns einen Tisch. Als Ratso und ich uns setzten, hörten wir, wie Leo in der besten Tradition des Bühnenflüsterns dem Kellner zuschrie: »Gib ihnen Leinenservietten!«

Ratso und ich saßen uns in der Mitte eines langen Tisches gegenüber, an beiden Seiten von uns Leute. Der Typ direkt rechts von mir saß so nah, daß ich die Gräten ausspucken konnte, wenn er seinen geräucherten Fisch aß. Alle am Tisch hatten Papierservietten mit dem Carnegie-Logo: Ein Bild von Leo, der ein Tablett trug und sagte: »Ich mache ein guuuuutes Sandwich.« Ich bestellte Seltzer und Kaffee und fing an, die meilenlange Karte zu studieren. Ratso fing an, einen Eimer mit Pickles zu bearbeiten, der immer auf dem Tisch stand. Dann brachte der Kellner unsere Leinenservietten. Das erregte ein mildes Aufsehen. Ein bißchen Geflüster. Ein nervöses Grinsen hier und da. Ein bißchen Ressentiment. Ein erstaunter Blick im Gesicht einer Lady, bevor sie sich wieder ihrer gehackten Leber widmete. Ich legte meine Leinenserviette auf meinen Schoß, aber Ratso steckte seine mit einer peinlich angeberischen Gebärde wie ein Hummerlätzchen in seinen Hemdkragen. Jeder nach seiner Fasson, dachte ich.

Aber in erster Linie war es ein gutes Gefühl. Es war sogar ein guuuuuutes Gefühl.

Möglicherweise messen nur sehr wenige Leute der Tatsache, im Carnegie Delicatessen eine Leinenserviette zu kriegen, so viel Bedeutung zu wie ich. Die meisten Leute verbringen ihr Leben natürlich damit, sich um die falschen Dinge zu kümmern. Sie machen sich Sorgen über Südafrika oder Nicaragua. Sie verbringen so viel Zeit damit, sich selbst zu finden, daß sie kein Taxi kriegen. Sie begreifen nicht, daß es heute in der Welt eine Sache von größter Bedeutung ist, welche Art von Serviette man im Delicatessen bekommt.

Darum kriegen sie auch keine Leinenserviette.

Ich hatte eine Schüssel Matzekloß-Suppe weggehauen und Ratso hatte ein obszön großes Stück Gefilte Fisch und eine Papst-Nase gegessen, die nicht obszön ist, aber sein sollte, denn sie ist das Hinterteil eines Truthahns. Wir waren beide immer noch hungrig. Ratso studierte die Karte so, wie sich ein Pferdetotospezialist eine Rennliste ansieht.

»Da läuft gerade ein ganz interessantes Völkchen ein«, sagte ich. »Die sehen aus, als wären sie Theatertypen oder Nutten.«

»Oder Puertoricaner von den Vereinten Nationen«, sagte Ratso und sah von seiner Karte auf. »Also, erzähl mir von der Untersuchung.«

Ich erzählte Ratso von Fred Katz. Ich erzählte Ratso von dem blutigen Fleischermesser. Ich erzählte Ratso von den Katzenschau-Leuten, die in Jane Mearas Büro gewesen waren, als sie weg war. Ich erzählte Ratso, daß ich mich nicht entscheiden könne, was ich noch bestellen solle.

»Was wirst du jetzt tun?« fragte Ratso.

»Ich weiß nicht«, sagte ich. »Ich schwanke zwischen Corned beef und Pastrami.« Ich sah in die Karte.

»Ich spreche von dem Fall«, sagte Ratso. »Was wirst du in diesem Fall unternehmen?«

»Nichts«, sagte ich. »Cooperman hat es mir verboten.«

»Ach komm«, sagte Ratso und schob dieses Thema mit einem Pickle in der Hand beiseite. »Du läßt dich doch wohl nicht von so einer Kleinigkeit aufhalten, oder? Das hier ist Amerika. Das hier ist 1988.« Er nahm einen weiteren Biß vom Pickle und dachte einen Moment darüber nach. »Das hier ist das Carnegie Deli«, sagte er.

»Das weiß ich alles«, sagte ich. »Ich will jetzt nur nicht darüber nachdenken. Alles, worüber ich nachdenken will, ist, was ich bestellen soll.« Ich sah wieder in die Karte.

Leo schwebte von links ein wie ein Huey-Hubschrauber mit surrenden Rotoren.

»Kinky! Wie geht's, Kinky? Was kann ich dir bringen?«

»Ich weiß nicht, Leo«, sagte ich. »Ich bin irgendwie zu konfus, um was zu bestellen.«

»Ich weiß genau das Richtige«, sagte Leo. »Ich bin gleich wieder da. Nur einen Moment.«

Er schwirrte in Richtung Küche ab. Als Leo zurückkam, hielt er ein großes, sehr unerfreulich aussehendes, purpurfarbenes Objekt in den Händen.

»Hier«, sagte er. »Wie wär's, wenn ich dir ein schönes Stück Zunge abschneide?«

13

Wieder zurück in 199B Vandam, hatte ich in dieser Nacht ein aufrichtiges Gespräch mit meiner Katze. Ich saß an meinem Schreibtisch. Die Katze hockte auf dem Schreibtisch. Ebenso eine Flasche Jameson Irish Whiskey und das alte Stierhorn.

Ich hatte ein paar Kurze intus. Die Katze hatte den Stoff nicht angerührt. Hielt sich wahrscheinlich selbst auf Trab.

»Hast du dich jemals gefragt«, sagte ich, »warum schwarze Leichenbestatter immer weiße Leichenwagen fahren und weiße Leichenbestatter immer schwarze Leichenwagen fahren?«

Die Katze sah mich an und zwinkerte mit den Augen.

»Ich weiß, es ist eine schwierige Frage«, sagte ich. Während die Katze darüber nachdachte, goß ich noch einen großzügigen Schluck in das Stierhorn. Dann goß ich mir das Stierhorn in den Mund.

»Ich habe keine Angst zu sterben«, sagte ich. »Ich habe keine Angst zu leben. Ich habe keine Angst zu versagen. Ich habe keine Angst, erfolgreich zu sein. Ich habe keine Angst, mich zu verlieben. Ich habe keine Angst, allein zu sein. Ich habe nur Angst, daß ich für fünf Minuten aufhören müßte, über mich zu reden.«

Die Katze gähnte.

»Es ist nicht leicht, der zu sein, der ich bin«, sagte ich. »Manchmal sehe ich mich als Countrysänger. Manchmal als Broadway-Komponist . . .«

Die Katze schüttelte ihre rechte Vorderpfote in einer unmißverständlichen Geste der Gereiztheit.

». . . manchmal als Privatschnüffler«, sagte ich.

Die Katze richtete sich auf dem Schreibtisch auf und streckte sich. Fing an, unruhig zu werden. Ich tat so, als würde ich es nicht merken.

»Ich sag dir was«, sagte ich, »in der Mitte ist es einsam.«

Einer plötzlichen Regung folgend, nahm ich die Katze hoch und drückte sie eng an mich. Wie alle anderen auch, sind Katzen ein ziemlich perverser Haufen. Sie möchten nur von denen in den Arm genommen werden, die sie nicht in den Arm nehmen wollen. Als ich mich daran erinnerte, war es zu spät.

Die Katze kratzte mich fest an meinem Handgelenk. Dann sprang sie runter und hopste davon. Ich verfolgte sie, drängte sie in eine Ecke und schlug ihr mit der flachen Hand auf den Kopf. Sie schrie und rannte unter die Couch. Ich betrachtete meinen Arm. Sah aus wie ein beinah erfolgreicher pubertärer Selbstmordversuch.

»Du Arschloch!« schrie ich. Die Katze war ein kleines Stück hinter der Couch herausgekommen, so daß sie es genießen konnte, mich zu beobachten. Technisch gesehen, war die Katze kein Arschloch, dachte ich. Wie mein Freund Bianca so gerne sagt: »Arschlöcher sind Leute (oder Katzen), die nicht wissen, daß sie Arschlöcher sind.« Nach dieser Definition war die Katze kein Arschloch.

Ich auch nicht.

Ich ging zum Schreibtisch zurück und kippte noch einen Schuß in mein Stierhorn. Da gab es Leute, dachte ich verbittert, die sagen würden, daß es nicht recht von einem 155-Pfund-Mann sei, eine 7-Pfund-Katze zu schlagen. Sogar nicht mit der flachen Hand. Es ist nicht fair, würden sie sagen. Kaum eine der Situation angemessene Reaktion, würden sie plärren. Nun, es machte mich nicht besonders stolz, ein Amerikaner zu sein, aber man konnte nicht immer die andere Wange auch noch hinhalten. Das Leben ist ein Spiel mit Geben und Nehmen. Hund frißt Katze. Katze kratzt Mensch. Mensch schlägt Katze.

Verdammt, es würde schon wieder gut werden. In ein paar Tagen würde das Ganze nur noch komisch wirken. Es ging sowieso keinen was an. Es war ein Akt der Leidenschaft.

Ich sah auf mein Handgelenk runter. Ich starrte quer durch den Raum auf die Katze. Das brachte mir nicht gerade verdammt viel Befriedigung, denn die Katze hatte ihre Augen geschlossen und sich schlafend im Schaukelstuhl zusammengerollt.

Ich seufzte, nahm das Stierhorn, kippte den Schnaps runter und zündete mir eine Zigarre an. Ich sah zu, wie der Rauch davonschwebte und dahinschwand wie die Träume eines Kindes, das immer Feuerwehrmann werden wollte.

14

Am Mittwoch morgen gab ich ein schönes Bild des schwerbeschäftigten kleinen New Yorkers ab. Ich hatte die Espressomaschine, eine Zigarre und den Hörer zur Linken gleichzeitig in Betrieb. Irgendwo da draußen war eine verschwundene Katze. Irgendwo da draußen war ein Mörder. Mein Plan war, mit oder ohne Hilfe der Polizei, beide zu finden. Wenn man schon einen unmöglichen Traum haben mußte, dann konnte es auch gleich ein guter sein.

Am anderen Ende der Leitung erzählte mir Jane Meara, wie leid es ihr täte, daß sie mir den Ärger mit der Polizei eingebrockt habe.

»Sie sagten mir, ich solle ihnen *alles* erzählen«, sagte sie.

»Vergiß es«, sagte ich. »Ich arbeite noch an dem Fall, trotz Coopermans Verbot.«

»Kinky«, sagte sie zögernd, »ich glaube nicht –«

»Das hier ist Amerika«, sagte ich. »Das hier ist 1988.«

»Das hier ist gefährlich.«

»Ich liebe die Gefahr. Sie gibt mir einen Kick. Sie soll eine gute aerobische Wirkung haben.« Ich zog ein paarmal an der Zigarre.

»Das mit Slick war furchtbar«, sagte sie, »ich war noch am selben Nachmittag mit ihm zum Lunch.«

»Wußte ich nicht. Worüber habt ihr geredet?«

»Oh, nur über das Übliche. Die großen Deals, an denen er arbeitete. Wen er diese Woche ins Rennen brachte.«

»Wen hat er diese Woche ins Rennen gebracht?«

»Oh, so einen Typ, der ein Buch darüber geschrieben hat, woher es kommt, daß eine außergewöhnlich hohe Zahl von Massenmördern mit zweitem Vornamen »Wayne« heißt. Der Autor meint, daß sich ihre Väter zu sehr mit John Wayne identifizierten, ihre Söhne entsprechend benannten und ihnen so auch eine Art schwärender internalisierter Gewalttätigkeit mit auf den Weg gaben.«

»Ein schönes Buch für den Wohnzimmertisch?«

»Nein. Es ist ein langatmiges psychologisches Buch. Für mich gestorben.«

»So wie Slick«, sagte ich. Ich unterbrach mich, um einen Blick auf die Espressomaschine zu werfen. Sie sah so aus und hörte sich so an, als würde sie sich für einen Flug zum Jupiter klarmachen. »Was für ein Typ war Slick?« fragte ich.

»Tja«, sagte Jane, »er war nicht gerade besonders beliebt.«

»Offensichtlich nicht«, sagte ich.

Jane legte sich noch mal schnell für die Suche nach Rocky ins Zeug, sagte, sie habe es eilig, ciao-te mir zu und legte auf.

Ich schlug mir einen Pfad zur Espressomaschine, schenkte mir eine Tasse ein, ging zurück zum Schreibtisch, setzte mich und nahm einen Schluck. Das war eine Menge Arbeit für diese frühe Morgenstunde.

Ich lehnte mich im Stuhl zurück und dachte über Agenten nach. Agenten waren auch Menschen. Wie Katzen. Vielleicht manchmal nicht ganz so nachdenklich und sensibel. Aber wer war das schon?

Die Teile fingen an, zusammenzupassen. Einmal hatte diese Person, die sich Fred Katz nannte, ziemlich sicher nicht im Zimmer 407 des Roosevelt Hotels übernachtet. Er hatte nur seine »Hat-die-Katze-deine-Zunge-erwischt«-Botschaft dagelassen und war dann zum Garden gegangen, um Rocky zu holen, den Zimmerschlüssel in den Käfig zu legen und Slick Goldberg fertigzumachen. Das mußte einen ausgefüllten Nachmittag ausgemacht und nicht viel Zeit übriggelassen haben, um zu entscheiden, was aus Rocky werden sollte, bevor die Unterschrift unter Slicks allerletzten Vertrag gesetzt wurde. Natürlich konnte er Rocky zurück zum Hotel gebracht haben, aber wie sollte er ohne den Schlüssel ins Zimmer gekommen sein? Und der Besitz von zwei Schlüsseln würde unter diesen Umständen das Risiko bedeutet haben, den Verdacht der Rezeption zu erregen. Also mußte Rocky auf der Straße ausgesetzt oder auf ziemlich schnelle Art in den Kätzchenhimmel befördert worden sein. Es wäre zu viel verlangt gewesen, den Agenten zu killen, ohne die Katze aus dem Sack zu lassen, um es mal so auszudrücken.

Ich holte tief Luft und rief McGovern bei der ›Daily News‹ an.

»Landesredaktion«, sagte eine vertraute Stimme.

»Yeah, Landesredaktion«, sagte ich. »Ich würde gerne eine ausgebüchste Gartenschnecke hier draußen in Westchester melden.«

»Ist das exklusiv?« fragte McGovern.

»McGovern«, sagte ich, »hier ist Kinky. Du mußt mir einen Gefallen tun.«

»Keinen Scheiß«, sagte er. Ich nahm einen ruhigen Zug aus meiner Zigarre. Es war wichtig, daß McGovern nicht aus dem Häuschen geriet. Wenn er das tat, konnte es reichlich unangenehm werden.

»Es ist wirklich nur eine kleine Sache«, sagte ich, »aber du könntest das schneller erledigen als ich. Du hast die Connections. Außerdem arbeite ich an einem Fall, und ich muß schnell irgendwohin.«

»Wo mußt du denn hin?«

»Zur Katzenschau im Madison Square Garden.«

Es kam keine Antwort.

»Alles, was ich von dir will, ist, eine Suchanzeige für eine verschwundene Katze in der ›Daily News‹ zu veröffentlichen.«

Es gab ein erstauntes Schweigen in der Leitung. Es folgte ein herzhaftes, ungläubiges, irisches Gelächter. McGovern war einer der wenigen Menschen in der Welt, die sogar herzlich sein konnten, wenn sie skeptisch waren. Er war immer ganz der Ire.

Ich versuchte, ihn mit dem Anzeigentext zu überfahren, während er noch lachte. »Okay«, sagte ich, »es geht ungefähr so: ›Fred Katz – alles ist verziehen. Geben Sie Rocky zurück, und es werden keine Fragen gestellt. Rufen Sie Kinky an: 555-3717.‹«

»Weißt du«, sagte McGovern, »ich bin ein bißchen enttäuscht von dir. Nur ein *bißchen* enttäuscht.« Er lachte wieder.

»Was ist schon groß dabei?« fragte ich. »Ich bin sehr beschäftigt heute morgen, und ich dachte ...«

»Ich hab Titelstories über jede Sensation gemacht, die es nur gab«, sagte McGovern mit einigem Nachdruck. »Ich hatte die Exklusiv-Story über die Richard-Speck-Morde in Chicago. Ich habe sechs Wochen damit verbracht, über Charles Manson zu berichten. Ich habe die tiefschürfendste Story über Lieutnant Calley geschrieben, die je ...«

»Rusty?«

»Yeah«, sagte McGovern, »der gute alte Rusty. Ich habe über zwei Jahrzehnte damit verbracht, bedeutende Zeitungs-Stories zu bringen. Meine ganze Karriere – mein ganzes Leben – wurde aufgebaut, wurde gefestigt für diesen Moment, in dem ein mir bekannter Countrysänger mich bittet, eine Suchanzeige für eine vermißte Katze zu veröffentlichen. Dafür hat sich doch alles irgendwie gelohnt.«

Sich mit McGovern herumzuschlagen, hatte sich als mindestens genauso ermüdend herausgestellt, wie die ›Daily News‹-Anzeigenabteilung selbst anzurufen, was ich wohl besser gleich getan hätte. Aber man tanzt mit dem, der einen mitgebracht hat.

»Also wirst du es machen«, sagte ich. Ich wartete.

»Klar, alter Kumpel«, sagte McGovern ein bißchen nachdenklich.

»Danke, Kumpel«, sagte ich. »Du bist ein großartiger Amerikaner.«

»Du könntest mir auch einen kleinen Gefallen tun«, sagte McGovern.

»Klar«, sagte ich. »Worum geht's denn?«

»Du kannst dem Pulitzerkomitee sagen, daß sie sich wieder hinlegen können«, sagte er.

15

An diesem Nachmittag gingen Ratso und ich in den Garden, um einen Killer auszumerzen. Ratso hatte in dem Moment neues Interesse, sogar Faszination für diesen Fall entwickelt, als er die Leiche gesehen hatte. Der Tod ist schon eine heiße Sache. Für Gaffer, die auf der Autobahn einen tragischen Unfall beglotzen, oder einen Möchtegern-Watson ist das Gespenst des Todes unwiderstehlich. Man braucht schon die Subtilität eines sherlockschen Verstandes, um Vergnügen an der Suche nach einer verschwundenen Katze zu finden.

An diesem Morgen hatte ich, bevor ich das Loft verließ, mit Eugene von Jane Mearas Büro gesprochen und ihm die Leute beschrieben, die ich im Garden befragen wollte, und nicht gerade zu meinem Erstaunen herausgefunden, daß die Katzenschaubesucher von Janes Büro eine große Ähnlichkeit mit Marilyn und Stanley Park und ihrem Sprecher Hilton Head aufwiesen. Natürlich konnten es auch Doubles von Marilyn und Stanley Park und Hilton Head gewesen sein, aber irgendwie bezweifelte ich das.

Ich beauftragte Ratso damit, die drei mit seiner Präsenz zu plagen. Ich sagte ihm, er solle sich in ihre Leben reinschleichen und alles rauskriegen, was wichtig war. Für mich selbst hatte ich andere Ideen.

Ich stellte mir vor, da anzufangen, wo Rocky verschwunden war, mit Leuten und Katzen zu sprechen und das Ambiente dieses Ortes in mich aufzusaugen. Wo war Rocky? Was brachte eine Cheshire-Katze zum Lächeln? Was brachte manche Leute dazu zu töten? Ich wollte mehr über Katzen im allgemeinen wissen. Mehr über Gott und die Menschen. Weniger über William Buckley.

Der Garden sah gespenstisch aus, als Ratso und ich aus dem Taxi stiegen, geradezu bösartig. Der Nachmittag war so kalt wie blaue Augen, die niemanden mehr liebten. Es fing an zu regnen.

Ich bezahlte grollend den Fahrer, der allergisch gegen Zigarrenrauch und wahrscheinlich noch eine Menge anderer Dinge war. Ganz schön clever, den Job anzunehmen, eine Mietkutsche durch New York zu chauffieren, wenn man allergisch gegen Zigarrenrauch ist. Als Kind hatte sich der Fahrer wohl kaum gewünscht, ein zu Allergien neigender Taxifahrer zu werden. So wie sich auch kein Kind wünscht, erwachsen zu werden, um Kritiker bei der ›New York Times‹ zu sein. Kinder wollen was Sinnvolles in ihrem Leben sein. So was wie der Feuerwehrhauptmann von Spokane.

Ich zündete mir eine Zigarre an, und Ratso und ich

spazierten so still durch den Tag wie zwei Motten, die von den hellen Flammen des Todes angezogen wurden.

Ich latschte eine Weile im Garden herum und konzentrierte mich auf den Teil, in dem Rocky vor zwei Tagen verschwunden war. Ich kämmte das Gebiet systematisch durch, und ich kriegte nicht das kleinste Fitzelchen dabei heraus. Jedesmal, wenn ich ein empfängliches Gesicht sah, holte ich den Schnappschuß raus, den ich aus Jane Mearas Büro befreit hatte, und fragte die Person: »Jemals diese Katze gesehen?«

Keiner von ihnen erkannte Rocky wieder. Wenn ich die Katze jedoch als Rocky vorstellte, gaben viele von ihnen ihren Senf zur Entführung ab. Niemand schien zu glauben, daß die Katze einfach abgehauen sein könnte. Niemand hatte irgend jemand gesehen, der merkwürdig aussah.

Natürlich waren die Katzenbesitzer selbst ein so merkwürdiger Haufen, daß es ihnen wohl schwergefallen wäre, jemanden zu bemerken, der merkwürdig aussah.

Ich war soweit, die Hunde zurückzupfeifen und das Feuer auszupinkeln und Ratso zu suchen, als ich sie sah.

Sie trug eine David-Copperfield-Mütze, und zwischen ihren Händen hielt sie irgendwas, das eine große weiße Ratte zu sein schien. Unter der Mütze sah ihr Gesicht schön und in einer kindlichen, rührend amerikanischen Art vage ethnisch aus, so wie eine Parade in New York für ein Land, das praktisch nicht mehr existierte.

Sie sah aus, als wäre sie zur Hälfte etwas ziemlich Unheimliches, und ich hoffte, daß es nicht türkisch war. Der einzige wichtige Exportartikel von denen waren Messer, die sich krümmen.

»Sexy Wetter haben wir heute«, sagte ich. Ich hatte das mal an einem regnerischen Abend am Vancouver Airport von einem Taxichauffeur aufgeschnappt.

»Was wollen Sie?« fragte sie.

»Nun, ich will nicht das, was Sie da in der Hand haben«, sagte ich.

Sie lächelte ein hämisches Lächeln und zeigte mir eine wunderschöne kalte Schulter. Sie trug die große weiße Ratte zu einem Tisch und setzte sie darauf ab. Ich folgte der Ratte wie ein konfuser Rattenfänger.

Ich blieb in einer kleinen Entfernung von beiden stehen und sah sie an. Die Ratte sah immer noch aus wie eine Ratte, aber die Braut sah aus wie ein Killer. Zur Hölle, was soll's, dachte ich, ich suchte schließlich nach einem Killer.

Wir betrieben eine ziemlich angestrengte Cocktail-Konversation ohne die Cocktails, und ich erfuhr so einiges. Ihr Name war Leila. Sie war eine Halb-Palästinenserin. Sie war Jurorin der Katzenschau. Sie hatte keine große weiße Ratte in den Händen gehalten. Sie hatte eine reinrassige, haarlose Sphynx in den Händen gehalten. Sie hatte von Rockys Verschwinden gehört, und sie hatte in der Zeitung über den Mord gelesen, aber sie konnte mir zu beidem keinerlei Informationen geben. Das letzte, was ich erfuhr, war, daß sie keine Lust hatte, mit mir was trinken zu gehen.

Ich holte Ratso direkt bei einem Veterinär ein, der eine Diashow über Diarrhö zeigte. Ratso führte gerade eine sehr angeregte Diskussion mit Hilton Head. Ich kam gerade rechtzeitig, um Hilton sagen zu hören: »Ich hoffe, Sie sind zufrieden« und ihn davonstolzieren zu sehen.

»Da geht ein sehr unglücklicher junger Mann dahin«, sagte ich.

»Ja«, sagte Ratso, »und er verpaßt den Rest der Diashow.«

»Wir auch«, sagte ich.

Ich wäre gerne in der Lage zu sagen, daß ich ein leichtes

Prickeln im Nacken verspürte, als Ratso und ich uns aufmachten, um den Garden zu verlassen. Es wäre ganz nett gewesen, wenn ich bemerkt hätte, daß die Haare auf meinen Handrücken aufrecht gestanden hätten wie kleine sandinistische Soldaten. Unglücklicherweise war alles, was ich bemerkte, daß ich einige Stunden damit verbracht hatte, Leute nach einer Katze zu fragen, von der viele noch nie was gehört hatten, und Tagträume von einer sensiblen Beziehung mit einem palästinensischen Harems-Girl zu haben. Ich wußte nicht, ob ich Leila wiedersehen oder unter welchen Umständen so ein Ereignis herbeigeführt werden konnte. Ich wußte nur, daß wir zwei eine echte Chance hatten, sechstausend Jahre schlechtes Karma auszulöschen, wenn ich es schaffte, den Schleier von ihrem Herzen zu reißen.

»Nun, was hast du rausgekriegt, Rats?« fragte ich, als wir den Gang vom Felt Forum zum Garden runterliefen.

»Hilton Head ist ein Wiedergeborener Christ.«

»Reichlich unangenehm.«

»Yeah, und es ist auch irgendwie komisch.«

»Wieso?«

»Weil er nicht aussieht wie ein Wiedergeborener Christ.«

Ich blieb kurz stehen, um mir eine Zigarre anzuzünden. »Was ist mit Marilyn Park?« fragte ich.

»Sie ist Vegetarierin.«

»Gute Detektivarbeit«, sagte ich, während ich in das Ende der Zigarre blies. »War es dir auch möglich, ihre Lieblingsfarbe rauszukriegen?«

»Nein«, sagte Ratso, »aber ich habe etwas ziemlich Merkwürdiges über Stanley Park rausgefunden. Seine Frau und Head sagen, daß sie gestern alle drei zu Janes Büro gegangen sind.«

»So?«

»Park sagt, davon würde er zum erstenmal hören. Behauptet, er hätte den ganzen Tag die Jurierung überwacht.«

»Interessanter Widerspruch.«

»Yeah«, sagte Ratso. »Wer war also der dritte Mann? Vielleicht unser alter Freund Fred Katz?« Die einzigen Male, wo ich Ratso so lebhaft gesehen hatte, waren die gewesen, wo jemand sein Essen bezahlt hatte.

»Nun, da könnte was dran sein«, sagte ich. »Oder . . .«

»Oder . . . was?«

»Oder . . . nichts.«

»Großartig, Sherlock. Ich habe gerade etwas entdeckt, das ein wichtiger Hinweis sein könnte. Was hast du aufgedeckt?«

Wir gingen durch die Vordertüren des Gardens und dann den Fußweg zur Seventh Avenue runter. Ich dachte einen Moment nach. Dann erzählte ich Ratso von Leila.

»Ich sehe da in deinem Wunsch, auf einem weiblichen Kameltreiber zu reiten, keinen Zusammenhang mit dem Fall«, sagte Ratso.

Ich zuckte mit den Achseln. »Sie und ich könnten die letzte Hoffnung für einen Frieden im Nahen Osten sein«, sagte ich. Ratso war unbeeindruckt und reagierte mit einer leicht ethnischen Handbewegung.

Wir näherten uns dem Ende des Weges, als eine Gestalt hinter einer Säule hervorsprang. Sie trug eine grelle Maske, die denen nicht unähnlich war, die in dem Broadway-Musical »Cats« getragen wurden. Sie hatte was ziemlich Furchterregendes in ihrem Verhalten, so als würde man einen Jekyll dabei erwischen, wie er gerade über eine Rampe in Mr. Hide hineinrauscht. Sie hatte auch noch was ziemlich Furchterregendes in ihrer rechten Hand.

Es war eine Pistole, und sie zielte auf mein Herz.

16

Jeder stirbt früher oder später einen frühen Tod. Ich hatte immer gehofft, meiner würde etwas später kommen. Sterben ist nicht das, als was es immer dargestellt wird. Aber das sind wenige Dinge, um fair zu bleiben. *Body surfing* zum Beispiel.

Die Gestalt richtete sich die Maske, und ich richtete mich auf den Gedanken ein, daß ich zum letzten Mal eine Leinenserviette bekommen haben könnte. Die Jamaica-Zigarre, die ich wie eine Lebenslinie in meiner Hand hielt, könnte die letzte Jamaica-Zigarre sein, die ich geraucht haben würde. Ich würde jetzt wahrscheinlich nie mehr nach Jamaica kommen. Ich würde wahrscheinlich noch nicht mal mehr zu Big Wong kommen.

Komisch, an was man alles denkt, wenn das Leben an einem einzigen grauen Faden von Ratsos Hadassah-Secondhandshop-Mantel hängt. Vielleicht bleibt es da hängen und man bleibt am Leben. Oder irgendeine wohlmeinende neurotische Braut auf einer Galerie-Eröffnung in Soho stellt ihren Plastikbecher mit Weißwein hin und sagt: »Augenblick, Ratso, Honey, da hängt ein Faden an deinem Mantel.« Sie zupft den Faden ab, und man stirbt. Der Vermieter findet einen neuen Mieter und erhöht die Miete. Die Katze geht ins Wasser. Das Mädchen im pfirsichfarbenen Dreß ruft an, hört immer noch deine Stimme auf dem Anrufbeantworter, hinterläßt eine Nachricht und fragt sich, warum du nie zurückrufst. Geschieht ihr recht, wenn sie sich so verdammt viel Zeit mit ihrem Anruf gelassen hat.

Anrufbeantworter neigen dazu, ein eigenes Leben zu führen. Ich erinnere mich an die Zeit, als der Papst Mutter Teresa anrief und ihr sagte, daß sie in Los Angeles gebraucht würde. Mutter Teresa meinte, das sei ein sehr ungewöhnlicher Auftrag, aber der Papst sagte ihr, da wären jede Menge armer Leute in den *barrios*, die ihre Hilfe brauchten. Drei Monate später rief der Papst Mutter Teresa in L. A. an. Sie war nicht zu Hause, aber er hörte ihren Anrufbeantworter. Die Botschaft lautete: »Hi, hier ist Terri. Ich bin im Moment gerade nicht da . . .«

Es ist erstaunlich, wieviel Zeit man hat, wenn man keine Zeit mehr hat. Abgewürgte Vorstellungen zappelten durch die Kentucky-Fried-Synapsen unter meinem Cowboyhut. Was mal war. Was mal gewesen sein könnte. Ein dunkles und wunderschönes Mädchen in einem kleinen blauen Auto – das schönste Mädchen der Welt mit einer Blume im Haar . . .

Und da war Leila. Braune Augen, in denen süße und saure Geheimnisse des Semitismus lagen. Zarte arabische Fesseln, denen ich niemals näherkommen würde. Ich haßte es, das Kommando über den Frieden im Nahen Osten an die Henry Kissingers dieser Welt zurückzugeben. Laßt sie doch winzig kleine Kambodschaner zählen, damit sie einschlafen können. Bald würde ich wahrscheinlich auch ein winzig kleiner Kambodschaner sein. In jedem Moment . . . Leila wieder . . . braune Augen . . . wie mein Freund Chinga Chavin sagt . . . die aussehen wie Handschellen . . . und die Espressomaschine würde ich Ratso hinterlassen . . .

Plötzlich gab die Katze unter der Maske ein scharfes, erschreckendes Geräusch von sich, halb katzenartig, halb teuflisch – irgendwo zwischen einem zynischen menschlichen Miauen und dem Geräusch, das eine Katze machen würde, wenn sie lachen könnte.

Dann zog sie den Abzug durch.

17

Als ich zu mir kam, krochen zwei grüne Gartenschläuche aus meinem Bauch, und drei Ratsos saßen an meinem Bett. Sie sahen alle hungrig aus. Die drei Ratsos aßen Bagel, und was auch immer die grünen Gartenschläuche aßen, wollte ich nicht wissen, also schlief ich wieder ein.

Als ich zum zweiten Mal aufwachte, war da nur ein Ratso, der ein großes Stück Pizza von John's in der Bleeker Street aß, der besten von New York. Ratso aß zwar wie ein ausgehungertes Wildschwein, aber er hatte Geschmack.

»Wo sind die anderen beiden Ratsos?« fragte ich. Ich wußte nicht, ob es Nacht oder Tag war, aber es dämmerte mir langsam, daß ich in einem Krankenhaus war. Die Hölle mußte warten.

»Die anderen beiden Ratsos?« fragte er unsicher. »Vielleicht sind sie draußen und spielen mit den beiden anderen Kinkys.«

Ich dachte einen Moment darüber nach. Mein Verstand wurde ein bißchen langsamer klar als mein Sehvermögen.

Es dauerte eine Weile, über die anderen beiden Kinkys und die anderen beiden Ratsos nachzudenken. »Vielleicht arbeiten sie an dem Fall«, sagte ich.

»Könnte sein«, sagte Ratso und nickte mit dem Kopf. »Was meinst du, an was für einem Fall sie arbeiten?«

»Vielleicht finden sie die kleinen verschwundenen Kinder von den Milchtüten«, sagte ich.

»Vielleicht«, sagte Ratso. Ich war sicher, daß er besorgt war, denn er hörte auf, seine Pizza zu essen. »Sieh mal, Kinkster«, sagte er, »du bleibst hier ne Minute liegen. Ich geh mal eben einen Arzt holen.«

Ratso ging raus auf den Flur, und ich sah mich im Zimmer um. Alles stürzte wieder auf mich ein wie ein Bussard auf einen Highway. Offensichtlich war auf mich geschossen worden. Offensichtlich war ich nicht tot. Offensichtlich war ich in einem Krankenhauszimmer. Offensichtlich hatten mir meine Freunde nicht gerade verdammt viel Blumen geschickt.

Meine Gehirnwindungen wurden ein bißchen weniger vernebelt, und sie waren verdammt nahe dran, etwas Wichtiges zu erhaschen. Ich versuchte noch mal zu denken, und diesmal funkte es. Wer auch immer auf mich geschossen hatte, mußte gewußt haben, daß ich im Garden war, und er mußte gewußt haben, wonach ich suchte. Das reduzierte alles auf eine sehr kleine Anzahl von Leuten. Die Parks. Hilton Head. Leila?

Ich traute mir selbst genügend angeborenes Gespür zu, um die Leute auszuschließen, denen ich Rockys Foto gezeigt hatte. Ich hatte nichts in ihren Augen gesehen, das über die Grenzen von Unschuld, Sympathie, Bewunderung, Langeweile hinausgegangen war – jeder war ein normaler Katzenliebhaber gewesen, falls es solch ein Tier gab. Ich hatte gelernt, mich vor »normalen« und »harmlosen« Typen in acht zu nehmen. Es waren gewöhnlich die »normalen« und »harmlosen« Typen, die einen fertigmachten. Und die Frauen.

Meine geistigen Kräfte sackten ein wenig durch, als ich den Kreis der Verdächtigen auf praktisch jeden, dem ich das Foto gezeigt hatte, und seine kleine Schwester ausweitete. Und weiß Gott, was Ratso aufgewühlt hatte, als er die Parks und Head interviewte. Es war hoffnungslos. Nach allem, was ich wußte, konnte der Veterinär auf mich geschossen haben, weil ich aus seiner Diarrhö-Show rausgegangen war. Menschen wurden schon aus geringeren Anlässen erschossen.

Ich schüttelte meinen Kopf, wischte ein paar Spinnweben weg, und meine geistigen Kräfte nahmen wieder zu. Die Gestalt mit der Katzenmaske hatte irgendwas Bekanntes an sich gehabt. Ich war nicht sicher, was es war. Ich war mir noch nicht mal sicher, ob es ein Mann oder eine Frau gewesen war. Aber wer auch immer sie war, über eines war ich mir ziemlich im klaren. Sie schien mich zu kennen. Das zog den Kreis enger.

Ich versuchte mich zu erinnern, was das war, das mir bekannt vorgekommen war, als der Doktor ins Zimmer rauschte und Ratso wie ein Kondensstreifen hinter ihm herkam. Der Doktor sah aus wie Robert Young an einem schlechten Tag. Er stellte ein paar Knöpfe an einem Ding an, das aussah wie eine Gesangsanlage, setzte ein Stethoskop an dem an, was ich als mein Herz bezeichne, streichelte einen der Gartenschläuche und lächelte.

»Sie sind knapp davongekommen«, sagte er, »sehr knapp davongekommen. Ich werde Sie noch für ein paar Tage hierbehalten.«

»Nun«, sagte ich, »zumindest werden wir herausfinden, ob mein Blaues Kreuz Räder hat.«

Robert Young lachte das gleiche hohle Lachen, mit dem er immer den Ovomaltine-Werbespot beendete. Der nervöse Fensterputzer, der im 18. Stock arbeitet, hat sich gerade auf Ovomaltine umgestellt. Robert Young fragt ihn, wie er sich jetzt fühlt. Er sagt: »Großartig, jetzt wo ich mich auf Ovomaltine umgestellt habe.« Robert Young lacht, ha-ha-ha. Man traute diesem Lachen nicht so recht, aber es war tröstend.

»Wissen Sie«, sagte er nett aus seinem Lachen heraus, »Sie waren über zwölf Stunden bewußtlos.« Natürlich wußte ich das nicht. Ich hätte der Kinky mit den drei Gesichtern sein müssen, um das zu wissen.

»Yeah«, sagte Ratso, »du warst fast der Rip van fucking Winkle des Village.«

Ich sah Robert Young an. »Haben Sie die Kugel rausgekriegt?«

Robert Young sah mich an. Er gab ein weiteres freundliches, nachsichtiges kleines Kichern von sich. »Es gab keine Kugel«, sagte er, »Sie sind mit einem Narkosepfeil angeschossen worden.«

»Ein Narkosepfeil?« Ich konnte es kaum fassen.

»Ein Narkosepfeil«, sagte Robert Young. »So einer, den sie für große Raubkatzen nehmen.«

18

Ich verbrachte den Freitag nachmittag damit, im Krankenhausbett von Zigarren zu träumen. Aber ich zweigte ein bißchen Zeit ab, um mich in einen toten Literaturagenten einzufühlen, den niemand gemocht hatte, und um mich übertrieben mit einer verschwundenen Katze zu identifizieren, die von einer Person geliebt wurde.

Immerhin war ich sensibler als die meisten Amerikaner. In Wirklichkeit waren die meisten Amerikaner sensibler als die meisten Amerikaner.

Ich hatte ein Telefon in meinem Zimmer, und ich hatte es den Großteil des Morgens bearbeitet wie ein hyperaktiver Croupier. Ich mag Telefone. Bei manchen Gelegenheiten liebe ich Telefone. Manchmal machen sie es möglich, mit der Distanz eines Traums durch die Dunkelheit zu reisen. Ich mochte Katzen lieber als Agenten, aber ich wollte ganz wissenschaftlich vorgehen, also begann ich mit den Anrufen in alphabetischer Reihenfolge; das heißt, ich gab den Anrufen, die tote Agenten betrafen, den Vorrang gegenüber denen, die mit vermißten Katzen zu tun hatten. Ein organisierter Verstand klärt organisierte Verbrechen auf.

Ich rief Esther »Lobster« Newberg an, eine Agentin, die

ich kannte, und erfuhr das Schlimmste. *Jeder* hatte Rick »Slick« Goldberg gehaßt. Lobster wollte nichts Schlechtes über Tote reden, und sie wollte auch nichts Schlechtes über andere Agenten (viele verärgerte Autoren würden das als das gleiche betrachten) sagen, aber selbst sie hatte Rick »Slick« Goldberg nicht besonders gemocht. Wenn ich seine Mutter im Shalom Altenheim hätte ausrufen lassen können, hätte *sie* Rick »Slick« Goldberg wahrscheinlich auch nicht gemocht. Nun, es war ein Mordfall und kein Beliebtheitswettbewerb.

Ich führte noch ein oder zwei andere Telefongespräche, und dann rief ich meinen Freund Ted Mann in Hollywood an, dem glitzernden Friedhof jeglichen Talents. Ted sagte, die Dinge liefen so schlecht, daß er einen nichtjüdischen Agenten habe einstellen müssen.

Er hatte noch nie was von Rick »Slick« Goldberg gehört, und so redeten wir eine Weile von Küste zu Küste über Katzen.

Ted erzählte, er hätte mal eine Katze namens Puss-Puss gehabt, die fünfundzwanzig Jahre alt geworden sei. Hätte die meisten seiner Freunde überlebt, sagte er. Als ich auflegte, geschah das nicht ohne einen gewissen Stolz. Es war zwar nicht gerade etwas, über das man triumphieren konnte, aber auch ich hatte Puss-Puss überlebt. Natürlich würden ein paar weitere Narkosepfeil-Anschläge wie der von gestern ausreichen, um Puss-Puss nicht allzu hoch zu schlagen.

Ich kriegte raus, daß ich im St.-Vincent's-Hospital lag. Laut Robert Young waren die Inhaltsstoffe des Narkosepfeils zur Analyse ins Labor geschickt worden. Er war gespannt auf das Resultat. Ich sagte ihm, daß ich das auch sei. Jeder braucht was, auf das er sich freuen kann.

Am früheren Nachmittag hatte ich Ratso in die Vandam 199B geschickt, um ein paar Zigarren und saubere Wäsche zu holen, die Katze zu füttern, ihr zu sagen, daß ich bald wieder zu Hause wäre und die Nachrichten auf dem Anrufbeantworter abzuchecken. Das schien kein besonders schwieriger Auftrag zu sein, aber er war immer noch nicht zurück. Vielleicht war er unterwegs an einem Flohmarkt vorbeigekommen.

Während ich auf Ratso wartete, überlegte ich, was ich tun konnte. Es gab nur so viel zu tun, wie man vom Telefon aus erledigen konnte. Ich mußte hier raus, bevor Robert Young für mich zur Vaterfigur wurde.

Aber die Tatsache, daß ich in einem Krankenhausbett lag, und die vorhergehenden Ereignisse, die mich da reingebracht hatten, hatten was zu bedeuten. Das alles hieß, daß ich verdammt nah dran war, wen ich auch immer suchte. Es hieß auch, daß dieser pfeilschießende Teufel hinter mir her war. Und ich hatte das ungemütliche Gefühl, daß die Hand, die den Pfeil abgeschossen hatte, bereits ein Leben genommen, eine Katze gemaust und eine Zunge abgeschnitten hatte.

19

Im Winter wenden sich die Gedanken der Menschen den Palästinensern zu. Ich war nicht gerade ein großer Sympathisant von ihnen, aber warum sollte man die Sünden eines ganzen Volkes einer einzigen Braut entgegenhalten? Jetzt war nicht der Zeitpunkt für ethnozentrisches Denken. Trotzdem war es besser sicherzugehen als etwas zu bereuen, wenn man es mit Fremden des weiblichen Geschlechts zu tun hatte, auch wenn es oft mehr Spaß macht, etwas zu bereuen. Ich entschloß mich, Leilas Background abchecken zu lassen. Es war nicht so, daß ich sie für eine

PLO-Spionin hielt. Es war nur so, daß manche Frauen manchmal ein bißchen mehr Erfahrung im Maskentragen als Männer haben.

Ich rief Rambam an, einen Freund in Brooklyn, der Privatdetektiv und noch eine Menge von anderen Dingen war. Rambam kannte die Sorte von Typen, die sich die meisten Leute nur in Spätfilmen ansahen. Ich stellte ihn mir gern als einen sehr militanten jüdischen Jim Rockford vor. Er war charmant und liebenswert, aber es gab Aspekte in seinem Leben, von denen man besser nichts wußte. Konnten einen ins Krankenhaus bringen.

Als ich Rambam im Büro von Palorium, seinem Sicherheitsunternehmen, erreichte, erzählte ich ihm, wo ich war und wie ich dahingekommen war. »Interessant«, sagte er. Ich berichtete über das unappetitliche Ableben von Rick »Slick« Goldberg. »Sogar noch interessanter«, sagte er. Ich beschrieb ihm mein Treffen mit Leila und sagte ihm, daß sie Halb-Palästinenserin sei.

»Vergiß sie«, sagte er.

Ich sagte ihm, daß Leila und ich die letzte Hoffnung für einen Frieden im Nahen Osten sein könnten. Es war kein schlechter Spruch, aber er fing langsam an, so dünn zu werden wie der Gaza-Streifen.

»Vergiß sie«, sagte er.

»Okay«, sagte ich, »aber während ich damit beschäftigt bin, sie zu vergessen, hätte ich gerne, daß du einen kleinen Background-Check von ihr machst.«

»Kein Problem«, sagte Rambam. Da war eine gewisse Endgültigkeit in Rambams Art, »kein Problem« zu sagen, die sich jedesmal sehr tröstlich anhörte. Besonders dann, wenn man glaubte, daß es ein Problem gab.

Ich ver-schalomte mich gerade von Rambam, als Ratso durch die Tür geschossen kam wie ein Vorstadtköter. Er war offensichtlich über irgendwas sehr aufgeregt, aber so wie ich Ratso kannte, ließ er mich wahrscheinlich erst mal zappeln. Ich hatte recht.

»Saubere Klamotten«, sagte er und stellte meine New-York-Rangers-Hockey-Tasche auf den Tisch. »Kannst damit wahrscheinlich nicht auf einen Botschaftsempfang gehen, aber sie sind nicht so abgerissen wie das, was auch immer du da trägst.«

»Das schießt jeden Kleiderständer ab, was?«

»Das ist ne Idee«, sagte Ratso. »Hey, vielleicht hat der Typ mit der Pfeil-Kanone auf mich gezielt.«

»Unwahrscheinlich«, sagte ich.

Ratso tat das mit einem Achselzucken ab. »Hier ist dein Kulturbeutel«, sagte er. »Ein moderner Großstadtmensch kann ohne seinen Kulturbeutel nicht leben . . .«

»Mein lieber Ratso, ich bin dir unendlich dankbar dafür, daß du mir meinen Kulturbeutel gebracht hast, aber womit hältst du hinterm Berg?«

» . . . oh yeah, und die Zigarren. Ich hab die Zigarren nicht vergessen. Aber du mußt mir versprechen, daß die Oberschwester nichts davon zu wissen kriegt.«

»Ich mach mir mehr Sorgen um den Oberblödel, der hier rumsteht und mir nicht sagt, was ich wissen sollte.«

Ratso tat so, als hätten ihn meine Worte verletzt, erholte sich aber schnell. »Jetzt aber wirklich, Sherlock, der Arzt sagt, du sollst dich beruhigen und nicht –«

»Mein lieber Ratso, du bist so durchsichtig wie ein Toilettenbrillenschutz, wenn auch nicht so hygienisch. Warum sagst du es mir nicht? Spuck's aus, verdammt noch mal.«

»Nun, da waren einige Nachrichten auf deinem Anrufbeantworter – von einer Braut aus Texas –«

»Wo in Texas?«

»Texas. Ich weiß nicht . . . Houston, Austin . . . einer dieser Orte.«

»Hast du ihren Namen?«

»Yeah. Er fängt mit einem L an, glaube ich.«

»Linda?«

»Nein.«

Ich sah liebevoll zu den Zigarren rüber. »Lydia?«

»Nein.«

»Leda?«

»Nein, es ist irgendwie ein texanischer Name.«

»Bubbette?«

»Nein. Er fängt mit einem L an. Mach weiter.«

»Lola?«

»Nein. Kennst du diese Bräute wirklich alle?«

»Ich komme ziemlich gut klar mit Frauen, deren Namen mit einem L anfangen. Ich weiß nicht, warum. Alle außer Lady Luck natürlich, sie kann ein gemeines, hirnloses Aas sein . . . Leila?«

»Träum weiter.«

»Warte eine Minute . . . ich weiß, wer es ist. Das ist großartig.«

»Was ist daran so großartig?«

»Es ist das Mädchen mit dem pfirsichfarbenen Dreß«, sagte ich.

»Das kann ich nicht sagen. Auf einem Anrufbeantworter klingen alle Klamotten grau«, sagte Ratso.

Es stellte sich heraus, daß noch eine weitere Nachricht auf dem Anrufbeantworter gewesen war. Ratso beschrieb die Stimme als tonlos, ausdruckslos und mit etwas fast Unmenschlichem in sich. Wie der Tod persönlich, sagte er. Schon allein die Stimme habe Ratso erschauern lassen, sagte er, als er mir die Nachricht auf ein Stück Papier schrieb. Ich mußte ohne die Stimme auskommen, aber die Worte, die ich las, strahlten nicht gerade Wärme in meinem Bett aus. Die Nachricht lautete wie folgt: »Hey Kinky.

Wenn die Katze weg ist, tanzen die Mäuse auf dem Tisch. Wenn du das nächste Mal einschläfst, könnte es für immer sein.«

»Fred Katz?« fragte Ratso und sah mich an.

Ich las die Worte noch mal und nickte düster. »Und ich fing gerade an, den Kerl zu mögen«, sagte ich.

Martin Luther King hatte einen Traum. Ich hatte einen Albtraum. Er handelte von Fred Katz, einem Mann, den ich nicht kannte.

In diesem Traum war Fred Katz' Gesicht weich, ziemlich gutaussehend und charakterlos. Er sah aus wie so ein Typ, der mit seinem Rolls-Royce in einer Kleinstadt rumfährt. Aber seine Augen sahen aus wie zwei wütende Kolibris, die mit dem Schnabel voran auf dich zufliegen. Das Lächeln sah auch nicht gerade gesund aus.

Er kam zu meinem Krankenbett rüber und sagte was zu mir, aber die Worte waren unverständlich. Seine Lippen fingen an auszusehen wie eine Blume vom Mars. Etwas, das selbst ein Blumenversandhaus in Fort Worth nicht auf Lager haben würde. Madenartige Ranken begannen aus seinem Gesicht zu wachsen – nicht ganz unattraktiv –, und sie krümmten sich wie die blassen Zehen einer Frau, die man mal geliebt hatte. Er trat mit einem blitzenden Messer auf mich zu und schnitt die zwei grünen Gartenschläuche durch. Irgendwas Malvenfarbenes wie ein Dairy-Queen-Joghurt fing an, rauszusickern.

Aus den Augenwinkeln sah ich, wie er das Messer weglegte und meinen Kulturbeutel hochhob. Eine tiefe, biblisch klingende Stimme dröhnte wie durch ein Hallgerät gejagt aus dem Himmel ins Krankenzimmer. Sie sagte: »Ein moderner Großstadtmensch kann nicht ohne seinen Kulturbeutel leben.«

Katz nahm den Kulturbeutel und steuerte die Tür an.

Ich griff vom Bett aus nach ihm, um ihn aufzuhalten, aber plötzlich war ich verdammt müde. Des Lebens müde. Der Krankenhäuser müde. Des Anblicks eines Gesichts müde, das so abgerissen aussah wie eine Totenmaske.

»Schlaf gut«, sagte das Gesicht.

Vielleicht schlief ich nur ein paar Stunden. Vielleicht war es lang genug, um sich zu verlieben, zu heiraten, Kinder zu haben, geschieden zu werden und um das Sorgerecht für ein sieben Jahre altes Kind zu kämpfen, das so aussah, so lachte und exakt so agierte wie der Ehepartner, den man verachtete. Es war nur Zeit, und Zeit war nur ein Magazin, und das kostete zwei Dollar, und man hatte nur einen Dollar, und so war das Leben, und das Leben war nur ein Magazin, und wer verdammt glaubte schon noch das, was er las?

Irgendwann sah ich mich nach oben in das brackige Gewässer des Bewußtseins schwimmen. Passenderweise kraulte ich im amerikanischen Stil – zurück von einem Neonlicht-Albtraum in das fahle, gleichgültige Licht des 20. Jahrhunderts. Kaffeebraune Spinnweben verschwanden langsam aus meinem Kopf. Die grünen Gartenschläuche waren wieder da, wo sie hingehörten. Das war nett. Das, was als New Yorker Sonnenschein durchging, strömte träge durchs Fenster herein. Aber da war was Neues im Bild.

Ich wußte nicht, ob sie ein Engel des Morgens oder eine Streunerin aus *Tausendundeiner Nacht* war, aber sie saß auf meinem Bett und trug das unanständigste Lächeln, das ich je gesehen hatte, und sonst verdammt wenig.

»Herrgott«, sagte ich.

»Versuch's noch mal«, sagte Leila.

Die Aussicht, verbotene Früchte zu essen oder zu bumsen, hat schon was sehr Attraktives. Leila war nicht gerade ein verbotenes Früchtchen, aber sie saß nah genug zum Farbfernsehen. Sie trug eine sehr durchsichtige Bluse, und auf ihrem Kopf hatte sie eine Art rot-weißes Tuch, das aussah, als wäre es als Tischtuch in Little Italy zur Welt gekommen.

»Ich habe zwei Fragen an dich«, sagte ich, als sich ihr Lächeln direkt durch mich ins Bett bohrte, wo es auch hingehörte. »Die erste ist, was ist das für ein Ding, das du auf dem Kopf hast?«

Das unanständige Lächeln ging ein bißchen ins Boshafte über, dachte ich. »Wir nennen es Kaffiyeh«, sagte sie. Ich nickte, als hätte ich gerade eine Information von größter Bedeutung gekriegt. Ihre Brüste füllten die Vorderseite der Bluse aus wie die Höcker eines kleinen *Camels*. Nicht die Sorte, die man raucht, sondern die Sorte, die man reitet.

»Die zweite Frage ist«, sagte ich ziemlich brüsk nach einer kleinen Pause, in der ich das Terrain sondierte, »wie, verdammt noch mal, bist du hier hereingekommen?«

Es ist eine gute Taktik, immer auf ziemlich tougher Typ zu machen. Da ist immer die Braut, die meint, sie sei die einzige, die die freundliche, sensible Seite von dir kennt. Dabei ist es reichlich irrelevant, ob man überhaupt eine freundliche, sensible Seite hat. Frauen mögen Männer, die in Lebensgefahr schweben, die gerade mit einem Narkosepfeil beschossen wurden oder irgendein ganz besonders krankhaftes, abscheuliches Verbrechen begangen haben, das auf dem ganzen Planeten niemand, der bei Trost ist, billigen oder vergeben könnte. Mein Rat ist: wenn sie diese freundliche, sensible Seite sehen wollen, dann soll man sie lassen. Es gibt immer noch genügend andere Leute im

Leben, die glauben, daß man ein Schmock ist, wenn man tut, was man für richtig hält.

»Vielleicht bin ich ja nur ein Rechtsverdreher für Unfallopfer, der einen Tag zu spät dran ist«, sagte sie. »Sie wollten mich gestern nicht zu dir lassen. Nachdem ich erst so kurz angebunden war, habe ich meine Meinung geändert und mich dafür entschieden, daß ich dich gerne kennenlernen würde.« Sie musterte mich immer noch. Ihre Augen waren frech und fragend.

»Komm her, Baby«, sagte ich, »ich zeige dir die Stelle, wo der Rabbi mich gezwickt hat.«

Sie lachte. Vielleicht war sie sogar rot geworden, aber ich bezweifelte das. Wenn ja, dann war das in einem Sonnenuntergang irgendwo westlich von Mekka untergegangen. Sie lehnte sich ans Fußende des Betts zurück. Das Kamel ließ aufreizend seine Höcker hoppeln, als es die Leinenwüste durchquerte. Leila lächelte nicht mehr. Man sah, daß sie eine von den Frauen war, die einen Schmollmund machen konnten, wenn sie wollten.

Keiner von uns sagte ein Wort, als sie die Knie zum Kinn hochzog und auf dem Bett saß und zwanglos unter die Decke schaute. Sie hatte einen wunderschönen Hintern, und ich wußte verdammt gut, daß ich nicht der einzige war, der diese Seite von ihr betrachten konnte. Der Bauarbeiter im achten Stock konnte sie von der anderen Straßenseite aus sehen.

Ich wollte sie zum Lachen bringen. Würde die sexuelle Spannung ein bißchen entschärfen.

»Wo wir gerade von diesen Rechtsverdrehern für Unfallopfer sprechen«, sagte ich, »mein Freund Sammy Allred in Austin, Texas, kennt einen Staranwalt, der mal eine Anklage wegen Sodomie auf zu dichtes Auffahren runtergehandelt hat.«

»Das klingt nett«, sagte sie.

Ich hätte rot werden können. Falls ich es wurde, ging das in der unausgesprochenen sexuellen Spannung unter.

Leila fuhr fort, mir zu erklären, wie sie sich ganz merkwürdig zu mir hingezogen gefühlt hatte, obwohl ich so barsch zu ihr gewesen war. Dann hatte sie den Krankenwagen gesehen, als sie eine Pause von der Katzenschau machte, und jemand hatte ihr gesagt, daß auf mich geschossen worden sei. Sie hatte sich schrecklich gefühlt. Sie hatte mich sehen müssen.

Als ich sie um ihre Telefonnummer bat, sah sie mich auf eine altertümliche Weise an. Ihre Augen sahen aus wie reine Perlen an einem Abakus. Dann lächelte sie, griff in ihre Handtasche, holte einen rosa Marker-Stift raus und sah sich entweder nach einem Stück Papier oder nach jemand um, der uns beobachten konnte.

»Gib mir deine Hand«, sagte sie.

Ich gab sie ihr.

Mit einem geradezu dreckigen kleinen Lächeln schrieb sie eine Weile auf meiner rechten Hand herum, dann steckte sie den Stift weg, schnappte ihre Handtasche und stand auf, um zu gehen. Meine Hand fühlte sich heiß an, wo sie sie gehalten hatte.

»Ich werde dich anrufen, wenn's mir besser geht«, sagte ich.

»Nein«, sagte sie. »Ruf mich an, wenn du bereit bist.«

Sie ging durch die Tür, und ich betrachtete meine Hand. Würde niemals ein Zigeunerbaron sein, dachte ich. Konnte noch nicht mal meine eigene Hand lesen. Die Schrift sah aus wie eine Art verwischte knallrosafarbene Hieroglyphe.

»Leila!« brüllte ich mit einer befehlerischen, sandpapierrauhen Stimme.

Sie drehte sich in der Tür um und sah mich an. Ihr Gesichtsausdruck konnte etwas bezaubernd Schadenfrohes haben. Er konnte etwas kindlich Naseweises haben. Ich dachte, daß ich besser den Laborbericht abwarten sollte, bevor ich mich für eins von beiden entschied. Und irgendwas sagte mir, ich könnte noch länger damit warten müssen. Es gibt Frauen, die man bis zu seinem Tod niemals richtig kennt, und selbst dann kann man nicht allzu sicher sein.

»Was zum Teufel soll das heißen?« fragte ich.

»Kannst du nicht lesen?« fragte sie neckisch. »Es sind arabische Ziffern.«

21

Ich erinnere mich, wie ich mal auf einer sonnigen Veranda an der linken Küste unserer Nation die Zeitung las. Ich trank einen Mimosa-Cocktail und aß Eier à la Strammer Max und las einen Artikel darüber, was prominente Kalifornier am Nationalfeiertag zum 4. Juli vorhatten. Der Bürgermeister von Los Angeles plante, an einem Picknick im Park teilzunehmen. Cal Worthington, der Gebrauchtwagenhändler, wollte eine Parade in Pasadena anführen. Aber als sie Henry Miller nach seinen Plänen für den 4. Juli fragten, hatte der gesagt: »Durchschlafen wie durch einen schlechten Traum.« Genau das hatte ich mit meinem Sonntagmorgen vor. Von St. Patrick's bis St. Vincent's ist es ein weiter Weg.

Ich hätte Henry Millers Rat befolgt, wenn McGovern nicht gewesen wäre. McGovern war bei all seiner Warmherzigkeit und unbeschwerten Natur absolut brutal, wenn er eine gute, unappetitliche Story roch. Ich wußte nicht, wie McGovern mir auf die Schliche gekommen war oder woher er wußte, wo ich war, aber er brauchte nicht lange, um den wunden Punkt zu finden. Er rief an und wollte wissen, ob dieses Pfeil-Gerücht der Wahrheit entsprach, ob es eine Verbindung zum Mord in der Katzenschau am Anfang der Woche gab und ob beides einen Zusammenhang mit der verschwundenen Katze habe, nach der ich fahndete.

»Der Hüftknochen hängt mit dem Arschknochen zusammen«, sagte ich.

»Nun«, sagte McGovern, »offensichtlich bist du nicht wegen Überarbeitung und Erschöpfung im Krankenhaus.« Er lachte. »Also muß an diesem Pfeil-Kanonen-Gerücht was dran sein.«

»Okay«, sagte ich. »Sagen wir mal, es ist so.«

»Langsam kommen wir vorwärts«, sagte McGovern.

»Das ist genau das, was ich befürchtet habe.« Es war schlimm genug, daß die Katzenschau vorbei war und die meisten meiner Verdächtigen sich wahrscheinlich in alle vier Himmelsrichtungen verstreut hatten. Es war nicht nötig, daß McGovern sie mit sensationellen Spekulationen in der ›Daily News‹ noch mehr aufscheuchte.

»Hast du irgendeine Antwort auf deine Katzen-Suchannonce bekommen?« fragte McGovern.

»Das geht dich einen feuchten Kehricht an«, sagte ich kühl.

»Ich kann einfach nicht glauben, daß du das sagst. Wir hängen zusammen in dieser Sache drin. MIT . . . MIT . . . MIT . . .« MIT war die Abkürzung, die McGovern und ich einst für unsere Man-in-Trouble-Hotline fanden, die wir gegründet hatten, damit es, falls einer von uns zu Hause sterben sollte, nicht acht Monate dauern würde, bis man die Leiche fand, so wie es einem Typen in Chicago passiert war, von dem McGovern gelesen hatte. Wenn die Dinge unangenehm wurden, riefen wir uns gegenseitig an und sagten: »MIT, MIT, MIT.«

»McGovern«, sagte ich, »das Problem ist, daß neugierige Köpfe gerne was wissen wollen, und wenn du darüber schreibst, dann werden die neugierigen Köpfe Kinky was antun wollen.«

»Okay«, sagte McGovern, »das ist jetzt inoffiziell. Nur zwischen uns zwei Mädels. Wer war dieser steile Zahn, der dich gestern im Krankenhaus besucht hat?«

»Da springt doch Jesus auf die Christbaumspitze, McGovern. Was machst du eigentlich? Bestichst du hier die Krankenpfleger?«

»Du hast deine Quellen, ich habe meine Quellen«, sagte McGovern leicht gestelzt. »Ich habe nur gehört, daß diese mysteriöse Frau dich in deinem Zimmer besucht hat, und offensichtlich habe ich richtig gehört. Sie sagten, sie sähe verdammt gut aus.«

»McGovern, ich hab was für dich«, sagte ich. »Es ist was, das du drucken kannst.«

»Was?«

»Wann immer du eine schöne Frau siehst, bedenke, daß sie ein anderer schon nicht mehr sehen kann.«

Abgesehen von McGoverns Anruf hatte der Sonntag noch drei weitere Höhepunkte. Der erste war der Labor-Report. Er sah bemerkenswert aus, weil Robert Young ihn höchstpersönlich aus dem achtzehnten Loch geholt hatte. Zumindest hoffte ich, daß er Golf gespielt hatte. Wenn nicht, dann hatte er am Times Square ein paar Nutten auf dem Strich. Golf ist die einzige Möglichkeit für weiße Spießer in mittleren Jahren, sich so anzuziehen wie ein Zuhälter.

Ich war anscheinend mit einem Beruhigungsmittel für Tiere namens Supercallefragelistischexpirallegorisch angeschossen worden. Oder irgendwas ähnlich Langem und Ödem.

»Genug, um einen Löwen umzulegen«, erklärte Robert

Young Ratso und mir. »Sie können sich vorstellen, wie das normalerweise auf einen Menschen wirkt.«

»Kinky, das Löwenherz«, lachte Ratso. Ich lächelte. Ich war trotz allem irgendwie stolz auf mich. Vielleicht hatten die Jahre, in denen ich *on the road* war und meinen Körper mit Drogen mißbraucht hatte, sich am Ende ausgezahlt – mein Organismus war konditioniert auf das Zeug.

»Ich glaube, Sie haben einen starken Willen«, sagte Robert Young.

»Ich will leben«, sagte ich, »ich will malen.«

»Nichtsdestotrotz«, sagte er, »habe ich mit Ratso gesprochen, und er wird für die erste Woche ein Auge auf Sie werfen. Sie können morgen nach Hause, aber Ratso wird eine Weile bei Ihnen bleiben.«

Die Vorstellung, unter Ratsos Vormundschaft zu stehen, war nicht gerade erfreulich, aber darin schien die einzige Chance zu bestehen, daß Robert Young mich aus dem Krankenhaus rauslassen würde. Ratso war vor einigen Jahren schon mal für ein paar Wochen in mein Loft eingezogen, als ich versuchte, McGovern aus einem schrecklichen Schlamassel zu retten, in den er sich verwickelt hatte. Ich hatte einen kleinen urbanen Jagdunfall gehabt. Ratso war damals hingebungsvoll, ja geradezu aufopfernd gewesen. Er hatte sich angesichts von Todesdrohungen, meiner Arbeitsunfähigkeit und Belästigungen durch die Polizei gut bewährt. Aber er stand trotzdem ziemlich weit unten auf der Liste der Erdenbewohner, die ich gern als Untermieter gehabt hätte.

Um es höflich auszudrücken, Ratso mangelte es an gewissen guten Umgangsformen. Und Leute, denen es an gewissen guten Umgangsformen mangelt, sind genau die, die nicht wissen, wovon man redet, wenn man ihnen sagt, daß es ihnen an guten Umgangsformen mangelt. Na ja, es ist nicht gerade sehr höflich, jemand zu sagen, er sei ein verfressenes, knauseriges, unhygienisches Tier. Das einzige, was man sagen kann, ist das, was mal eine schlampige, humorlose Frau zu Ratso gesagt hatte, als er in einem indischen Restaurant reichlich laut rülpste: »Verzeiht dem Schwein.«

»Das könnte das Ende einer wunderbaren Freundschaft sein«, sagte ich. »Wir haben das schon mal gemacht, und es war absolut unerfreulich.«

»Nun, dann machen wir es eben noch mal«, sagte Ratso.

»Verzeiht dem Schwein«, sagte ich.

22

Es war Sonntag nacht, meine letzte Nacht im Krankenhaus, und Ratso war nach Hause gegangen, um seine Gucci-Koffer für die große Schlummerparty zu packen. Vielleicht behandelte ich ihn ungerecht, aber ich *wußte* zumindest, daß ich ein Arschloch war, und das hieß, daß ich kein Arschloch war.

Ich hatte bis dahin noch ein paar Besuche gehabt. Jane Meara hatte reingeschaut. Sie grämte sich immer noch wegen Rocky, und sie sagte, daß sie an allem schuld habe, was mir passiert sei. Ich sagte, es sei nicht ihre Schuld. Cooperman kam vorbei und stellte ein paar Fragen. Ich sagte, ich würde mich fühlen wie in der Hölle, und er sagte, dort würden wir uns wiedersehen. Er ging weg. Unglücklicherweise kam Leila nicht wieder.

Ich betrachtete liebevoll die ungerauchten Zigarren in meinem Kulturbeutel auf dem Nachttisch. Es hatte bereits einen sehr häßlichen Wortwechsel über das Thema Zigarrenrauch in Krankenzimmern gegeben, an dem ich, die Schwester und die Oberschwester beteiligt waren. Ich behauptete, daß Zigarren besser als Krankenhäuser röchen, aber sie waren anderer Meinung. So was macht ein gutes Kopf-an-Kopf-Rennen aus. In meinem geschwächten Zustand war ich kaum ein Gegner für sie, und ich lebte in der Angst, daß sie es Robert Young erzählen könnten und daß er mich bis zum 4. Juli im St. Vincent's festhalten würde. Ich kam zu dem Schluß, daß ich, wenn ich nur meine Karten richtig ausspielte und eine gewisse ghandimäßige Enthaltsamkeit an den Tag legte, binnen zwölf kurzer Stunden zu Hause sein und so rauchen können würde wie eine Fabrik in New Jersey.

Ich war so standhaft geblieben, wie ich nur konnte, als der letzte Anruf des Tages kam. Es war Rambam.

»Das Mädchen, Leila – diese Halb-Palästinenserin, ich hab sie abgecheckt.«

»Großartig«, sagte ich.

»Gar nicht so großartig«, sagte Rambam.

»Wer ist sie?« fragte ich. »Yassir Arafurz' Aerobic-Lehrerin?«

»Die Tatsache, daß sie zur Hälfte Palästinenserin ist, hat nichts zu sagen. Die andere Hälfte ist das Problem.«

»Was könnte schlimmer sein?«

»Denk mal drüber nach.«

»Kraut«, sagte ich.

»Schlimmer.«

»Frosch.«

»Schlimmer.«

»Was könnte schlimmer sein?«

»Versuch's mal mit Kolumbianer«, sagte Rambam. »Sie kommt aus einer großen, reichen, mächtigen kolumbianischen Familie, mit Betonung des Wortes *Familie*. Und glaub mir, die machen ihre Kohle nicht mit Kaffeebohnen.«

Als ich auflegte, sah ich die kleine rote Flagge in der

Parkuhr meines Verstands aufrechtstehen wie eine kleine Erektion. Ich wußte nicht, ob es »Gefahr« hieß oder »Ihre Zeit ist um«, aber beide Möglichkeiten erschienen mir hinreichend unerfreulich.

Ich dachte an Leila und kriegte das Frösteln. Es begann heiß und endete kalt. So wie ich mich kannte, würde ich mich sehr bald wie Ferdinand der Stier auf diese kleine rote Flagge stürzen. Und das könnte zu allem Überfluß ziemlich gefährlich werden.

Es dauerte lange, bis ich in dieser Nacht einschlief. Ich hörte immer wieder Rambams letzte Worte: ». . . sie machen ihre Kohle nicht mit Kaffeebohnen.«

Wo war Robert Young, wenn ich eine Tasse Ovomaltine brauchte?

23

Für einen reichlich großen, kalten Ort wirkte das Loft überraschend gemütlich. Nach einem Krankenhausaufenthalt würde natürlich selbst der Houston International Airport gemütlich wirken. Aber ich war froh, daß ich wieder da war. Und die Katze war froh, daß ich wieder da war. Aber die Katze war nicht darüber erfreut, zu sehen, wie Ratso sein Gepäck ins Loft schleppte.

Katzen stehen politisch gesehen ziemlich rechts. Sie sind Anhänger des Status quo. Sie mögen nichts, was eine Veränderung bedeuten könnte. Sie hassen Hochzeiten, Scheidungen, Umzugstage, Schulabgänge, Bar-Mizwa, Rechnungseintreiber, Teppichreiniger, Maler, Klempner, Elektriker, Fernsehtechniker, Hausmasseure, Zeugen Jehovas und so ziemlich alles andere, und meistens bin ich mit ihnen einer Meinung darüber. Ratso war, wahrscheinlich zum ersten Mal in seinem Leben, der Urheber einer Veränderung.

Der Ärger begann ganz harmlos damit, daß die Katze am ersten Abend unserer Rückkehr einen Nixon in einen von Ratsos roten antiken Schuhen abdrückte. Das ist eine Verhaltensweise, die vielleicht für den Gast sehr belästigend ist, von Katzenliebhabern aber in der Regel mit stillem Amüsement betrachtet wird. Der Gast fühlt sich dadurch ungemütlich, aber der Gastgeber fühlt sich dadurch auf einem irgendwie sonderbaren Umweg gefordert.

»Es ist nur die Art der Katze, ›Willkommen, Ratso‹ zu sagen«, sagte ich, als Ratso das Küchenfenster in den grimmigen Februarmorgen hinein aufriß und gefrorene Katzenscheiße runter auf den Bürgersteig und die Köpfe einer Mutter und ihrer beiden Kinder kippte. Die Bürgersteige von New York sind aus vielen Gründen berühmt, und einer davon ist der, daß die Leute darauf seit über hundert Jahren mit gefrorener Katzenscheiße beworfen werden. Die Fußgänger halten sie für Graupel oder eine neue Art von Witterung. Sie empfinden sie als erfrischend und belebend.

Ratsos Kommentare sollen hier nicht wiedergegeben werden, denn sie bringen weder die Erzählung noch sonst was weiter. Es reicht zu wissen, daß sie zu dieser Sorte von ärgerlichen, unglückseligen Bemerkungen gehörten, die man oft schon bedauert, sobald man sie von sich gegeben hat.

Beim Einbruch der Dunkelheit waren wir wieder in dem Zustand, der in New York als normal durchgeht. Ratso, der mit einer sehr pionierhaften Einstellung agierte, litt unter der Einbildung, daß wir für Monate eingeschneit werden könnten. Essen hatte für ihn absolute Priorität, und ich hörte, wie er große Bestellungen bei Joe im Big Wong und bei meinem Freund Herb im Carnegie Deli aufgab.

Ich hielt diesen Moment für ungeeignet, Ratso zu sagen, daß uns langsam das Katzenfutter ausging.

Ratso nahm alle eingehenden Anrufe an und behandelte mich zu meinem extremen Mißvergnügen ganz wie eine rekonvaleszierende, altjüngferliche Tante.

»Du würdest einen sehr guten Privatsekretär abgeben, Ratso«, sagte ich. »Jemals an so eine Art Arbeit gedacht?«

»Eigentlich nicht«, sagte Ratso. Er war damit beschäftigt, dicke Bücher über das Leben von Jesus als Jugendlicher und andere geheimnisvolle Gegenstände auszupacken. Ratso ignorierte meine Bemerkungen und Beschwerden in ziemlich ähnlicher Weise, wie er die Anwesenheit der Katze ignorierte. Die Katze und ich waren nichts als zwei große lästige Mücken in Ratsos Leben. Die Katze und ich existierten praktisch nicht mehr für ihn. Ratsos dominierende Art brachte ein gewisses Ressentiment in mir hervor, und ich wußte, daß die Katze auch nicht gerade sehr erbaut war.

Ratso ging in die Küche und fing an, Töpfe, Pfannen und Teller hin- und herzuschieben – etwas, das der Katze intensivst auf die Nerven ging – wie ein Raubinsekt, das Wintervorräte anlegte. Die Bestellungen vom Carnegie und Big Wong mußten jeden Moment angeliefert werden, und Ratso wurde zunehmend lebhafter.

Er drehte sich mit einer Bratpfanne in der Hand zu mir um und sagte: »Ich bleibe nicht nur hier, bis du wieder in Ordnung bist. Ich bleibe so lange hier, bis wir herausgekriegt haben, wer auf dich geschossen hat.«

Das war eine frustrierende, aber irgendwie rührende Haltung. Ich sah Ratso an und zuckte mit den Achseln.

»Aus dir wird noch mal ein feiner homosexueller Pfannkuchenkoch«, sagte ich.

Das Essen, das Ratso bestellt hatte, brauchte länger, als

man denken würde. Das tut es immer. Die Typen im Carnegie schüttelten wahrscheinlich immer noch den Matzekloß-Baum, und die Typen von Big Wong durchkämmten die Nachbarschaft wahrscheinlich immer noch nach einem kleinen schwarzen Hund. Matzekloß-Bäume gedeihen in diesem Land nicht besonders, aber ein kleiner schwarzer Hund *ist* eine chinesische Delikatesse.

Ratso stand am Fenster und starrte finster in die Finsternis. In seinen Händen jonglierte er nervös den kleinen Negerpuppenkopf mit dem Haustürschlüssel im Mund und dem angehängten grellfarbigen Fallschirm. Ich saß auf dem Stuhl an meinem Schreibtisch und rauchte eine Zigarre.

»Geh sorgfältig damit um«, sagte ich.

»Keine Sorge«, sagte Ratso. »Ich hatte schon lange nicht mehr so einen hübschen Kopf, der was in den Mund nimmt.«

Zufällig liefen beide Lieferanten fast präzise zur gleichen Zeit ein. Ich weiß nicht, wer der erste war, aber sie kamen beide mit demselben Puppenkopf hoch. Während die zwei Liefertypen noch im Türrahmen standen, kam Ratso zu mir rüber und sprach in einer Lautstärke, die er für Flüstern hielt.

»Gib mir mal ungefähr achtzig Dollar für dieses Schlitzaugenessen«, sagte er.

»Das ist aber ganz schön happig«, sagte ich. »Wo kommt das her? Mr. Chow in Beverly Hills?«

»Gib mir schon das Geld . . . sieh mal, ich leg auch was dazu. Ich muß den Jungs ein Trinkgeld geben. Du kriegst schon was zurück.«

»Sicher.«

Die Wahrheit war, daß ich jedesmal, wenn Ratso und ich uns eine Rechnung geteilt hatten, beschissen worden war. Und dann hatte Ratso jedesmal die Quittung verlangt, weil er die angeblich für seine Steuererklärung brauchte. Einmal hatte ich die Quittung lieber zerrissen, als sie ihm zu geben, aber das hatte Ratso so traurig gemacht, daß ich schwor, so was nie wieder zu tun. Also predigte ich Ratso auf fünfundsechzig Bucks runter und ließ es dabei bleiben, während die beiden Lieferanten in der Tür einen ungeduldigen Jitterbug-Tanz aufführten.

Ratso gab den Lieferanten Trinkgeld, sie gingen, und er fing an, die Päckchen über die ganze Küche zu verteilen. »Ich denke«, sagte Ratso, »wir bewahren das jüdische Essen für morgen auf und ziehen uns heute abend das Schlitzaugenessen rein. Wir könnten auch beides mischen und eine Art multikulturelles Smörgåsbord veranstalten. Egal, wir haben jedenfalls genug, um ne Weile davon zu leben.«

»Warte mal nen Moment. Wie hast du für das Essen vom Carnegie bezahlt?«

»Ich hab ein Geschäft mit Herb ausgehandelt«, sagte Ratso verschlagen.

»Was für ein Geschäft?«

»Er hat's auf deine Rechnung gesetzt.«

»Gute Arbeit, Fatso.«

»Keine Ursache, Shylock.«

24

Um zwei Uhr morgens sprang die Katze auf Ratsos Eier. Ich hatte darauf gewartet, daß sozusagen der andere Schuh drankam, und als es passierte, hatte ich keinerlei Schwierigkeiten mitzukriegen, was los war. Ich sah nicht, wie es passierte, aber eine Katze auf die Eier von jemand springen zu hören ist wohl so ziemlich die rustikalste Erfahrung, die man machen kann, außer der, daß eine Katze einem auf die eigenen Eier springt.

Ich sprang seitlich aus dem Bett, ging ins Wohnzimmer und sah zu, wie Ratso seine Hoden umklammerte und nach einer Waffe Ausschau hielt. Die Katze ließ sich schlauerweise nirgendwo blicken. Ohne die Katze hatte ich es also nur mit der Ratte zu tun.

Ich mußte ihn erst mal beruhigen. »Nimm es nicht persönlich«, sagte ich. »Es ist eine territoriale Angelegenheit, es hat nichts damit zu tun, was die Katze von dir hält.« Das war natürlich eine himmelschreiende Lüge, aber wenn eine Katze auf die Eier eines Gastes springt, dann reitet man nicht auch noch darauf herum.

»Wenn ich ihn finde, bringe ich ihn um.«

»Es ist ein Weibchen.«

»Hätte ich mir denken können.«

»Ovomaltine?«

»Verpiß dich.«

Ratso war verständlicherweise aufgebracht. Er hatte auf sein Bett und seine zehntausend Bücher über Bob Dylan, Jesus und Hitler verzichtet. Er hatte sein Kabelfernsehgerät und damit das geopfert, was er nach dem Essen am meisten in seinem Leben liebte: in einem verrufen aussehenden Schlafanzug Hockeyspiele anzuschauen. Er hatte sich ein paar Tage Urlaub genommen, war an einen ziemlich merkwürdigen Ort übergesiedelt und setzte wahrscheinlich sein Leben aufs Spiel. All das hatte er getan, um einem rekonvaleszierenden, zum Amateurdetektiv gewendeten Countrysänger zu helfen. Und wie hatte man es ihm gedankt?

Aber das machte die Sache für mich auch nicht besser. Ich war immer noch geschwächt und wurde von periodischen Schwindelanfällen heimgesucht. Ich versuchte, einen Killer und eine Katze zu lokalisieren, bevor mich jemand in einem Sack ersäufte. Und jetzt mußte ich auch noch mit einem gereizten torpedoähnlichen Gast fertigwerden.

Ein urbaner Einsiedler zu sein, ist nicht gerade das leichteste Ding von der Welt, wenn man heranwächst. Man fühlt sich entweder belagert oder höllisch einsam. Aber zumindest fühlt man was. Ich fühlte mich so, als könnte ich einen Schluck Jameson gebrauchen.

Ich ging zur Theke rüber und goß mir ein medizinisches Quantum in das alte Stierhorn. Ratso lag schon wieder auf der Couch. Ich bemerkte, daß er auf dem Bauch schlief.

Ich kippte den Schnaps runter und dachte an Jane Meara, die ich abchecken mußte. Ich dachte an Fred Katz, den ich finden mußte, bevor er mich noch mal fand. Ich dachte an Sergeant Cooperman, mit dem ich sprechen mußte, aber nicht sprechen wollte. Ich dachte an Leila, die ich sehen wollte. Mir ging's nicht besser, aber ich war bereit. Ich dachte an eine Menge Dinge, eine Menge Leute, eine Menge Gründe, warum ich ich war. Vielleicht würde ich eines Tages dem Heiraten zum Opfer fallen, Vorortwohnung, Rasenmähen und so, aber ich konnte es mir nicht recht vorstellen. Ich war vor langer Zeit zu dem Schluß gekommen, daß man allein geboren wird und alleine stirbt und daß man sich genausogut von Anfang an daran gewöhnen kann. Nichts, was Thoreau oder Kerouac nicht auch schon rausgefunden hätten, aber es war tröstlich festzustellen, daß sich nichts geändert hatte.

Ich nahm noch einen Schluck und sah rüber zu meinen Stiefeln, die am Schreibtisch standen. Sie waren lang und eng, genau wie mein Verstand. Ich stellte mir eine Person vor, die in ihnen steckte. Ein anderer Kinky, aber nicht so wie der andere Kinky, den ich gesehen hatte, als ich im Krankenhaus zum ersten Mal wieder zu mir gekommen war. Es war der Kinky, der ich mit ein bißchen Glück und höllisch viel Mumm hätte sein können. Er war ein bißchen wettergegerbt, aber er sah okay aus. Man sah, daß er keine Zeit hatte, einsam zu sein.

Es ist nicht mehr allzuviel Zeit übrig, dachte ich. Es hatte nie allzuviel Zeit gegeben. Nie genug, um den Rest seines Lebens damit zu verbringen, das sanfte Gesicht eines Kindes in einer gelben Kutsche zu betrachten.

Die Straße hätte irgendwo geendet haben können, aber sie hatte nicht. Also fährst du weiter im einsamen DeSoto deines Lebens, hinein in Regen und Dunkelheit, mit Scheibenwischern, die runtersausen wie Sicheln, die knapp deine Träume verfehlen. Und du bremst nicht, bis du verdammt noch mal bereit bist. Bis du am richtigen Ort angekommen bist. Bis du das richtige Gesicht getroffen hast. Der Ort kann New York oder Texas sein, oder er kann irgendwo mit den Farben aufgemalt sein, die Neger für ihre Neonlichter benutzen.

Das Gesicht wird lächeln. Also nimmst du den Schlüssel aus dem Zündschloß und siehst nach, ob der ihr Herz öffnen kann.

25

Der Anruf von Eugene kam gegen 6.15 morgens. Das war ein bißchen früh und das war ein bißchen unerfreulich. »Unser kleiner Freund« war laut Eugene während der Nacht nicht faul gewesen. Wer immer er auch war, er setzte seine Terrorkampagne gegen Jane Meara fort. Eugene war jetzt bei Jane Meara zu Hause, weil sie Angst hatte, alleine zu sein. Sie wollten sich mit mir treffen. Sie hatten was für mich. Ich wollte nichts. Höchstens weitere zwölf Stunden Schlaf.

Ich willigte ein, mich mit ihnen in einer Stunde in einem kleinen griechischen Café in der Twenty-eighth Street an der Ecke von Janes Büro zu treffen. Ich legte auf, zog mich an, fand und fütterte die Katze und fand und zündete eine Zigarre an. Ich zog meine alte Jagdweste, meinen Hut und meinen Mantel an und ging auf Zehenspitzen durchs Wohnzimmer wie ein Typ, der sich zu einem Pokerspiel aus dem Haus schleicht. Es war mein Haus – ich konnte rausschleichen, wann immer es mir paßte. Ich schloß die Lofttür hinter mir ab.

Eine Regel, die ich im Leben immer befolgte, heißt: »Wecke keine schlafenden Ratten.«

Die Vandam Street war am frühen Morgen windig, kalt und leer. Da war nur eine alte Lady, die versuchte, ihren kleinen rosa Hut festzuhalten, und ich, der versuchte, meinen Cowboyhut festzuhalten. Verlassen wie sie war, hatte die Gegend eine Aura von städtischer Prärie. Natürlich ritt ich heutzutage zweibeinige Tiere.

Ich schob in Richtung Hudson ab und schnappte mir ein Taxi. Durch ein vereistes Fenster, das nicht richtig zuging, sah ich, wie die Stadt erwachte. Eine stämmige Frau mit einem Schal schließt ein Eisentor auf. Ein Mann mit einer Wollmütze lädt eine Kiste Orangen aus einem Lkw. Die Straße runter sitzt ein anderer Mann am Bordstein neben einer Whiskeyflasche und bläst in seine Hände. Zwei kleine Kinder in Fischgrätenuniformen kommen aus einem Haus mit einem Türsteher. Ein Mann im Mantel führt einen Hund in einem Sweater spazieren.

Die Leute führen Hunde in Dallas aus. Die Leute führen Hunde in Kalifornien aus. Aber in New York kann man manchmal einen richtigen Mann einen richtigen Hund ausführen sehen, und das hat was Zeitloses und Schönes an sich. Es ist Performance-Kunst.

Mein Verstand fing auch langsam an, ein bißchen wach zu werden. Jane Meara passierten eine Menge Sachen, und sie war nicht der Typ, dem immer Sachen passierten. Sie war nicht der Typ, der von ihrem Junkiefreund zusammengeschlagen wurde oder der nicht wußte, daß sein Appartement als Crack-Küche benutzt wurde, oder der einen Serienkiller in seinem geschroteten Weizenmüsli fand. Sie war so stinknormal wie ein Blaubeeren-Pfannkuchen.

Warum also hatte jemand ihre Katze gekidnappt? Warum hatte jemand ihr eine verrückte Mitteilung im Roosevelt Hotel hinterlassen? Warum hatte jemand ein blutiges Fleischermesser auf ihren Tisch gelegt? Ich hatte keine sicheren Antworten, aber ein häßliches Muster begann sich vor meinen Augen zusammenzusetzen, und es war nicht gerade die Art, die man sich gerne ins Wohnzimmer hängt.

Das Taxi kam an der Twenty-eighth Street quietschend vor einem Mann zu stehen, der auf einen Polizeiwagen kotzte. Der Polizeiwagen war leer, und der Mann würde es auch bald sein. Gab ein hübsches Bild für eine Ansichtskarte ab. Ich bezahlte den Fahrer, stieg aus dem Taxi und ging die Straße runter.

Auf halbem Weg des Blocks fand ich das kleine griechische Café. Es war nicht schwer zu finden. Wenn man ein griechisches Café gesehen hat, dann hat man sie alle gesehen. Das Leben imitiert John Belushi.

Es war kurz nach sieben, aber das Ding war schon voll. Eugene und Jane saßen an einem Fenstertisch und winkten mich heran. Jane sah zerbrechlich aus. Eugene sah nervös aus. Die Kellnerin kam zum Tisch, frisbeete mir eine Karte zu und sagte: »Was soll's sein?«

Ich sagte: »Kaffee.«

Sie schnappte sich die Karte und verschwand schneller

als ein Traum, von dem man nicht sicher war, ihn überhaupt gehabt zu haben.

»Ich bin froh, daß du kommen konntest«, sagte Jane.

»Laßt uns nicht persönlich werden«, sagte ich. Ich habe es mir zur Regel gemacht, niemals allzu geistreich zu erscheinen, bevor der Kaffee serviert ist. Jane sah aus, als würde sie ihr Lächeln zum ersten Mal praktizieren, und Eugene machte eine Laß-endlich-die-Show-losgehen-Geste. Die Kellnerin brachte meinen Kaffee. Ich nahm einen Schluck und wartete. Eugene sah Jane an, und Jane sah Eugene an. Ich sah in meine Kaffeetasse und wünschte, ich wäre auf einer kleinen griechischen Insel statt in einem kleinen griechischen Café.

»Also gut«, sagte ich schließlich, »spuckt es aus.«

»Nun, zunächst«, sagte Eugene, »ist da was, das du unbedingt wissen mußt. Ich habe es letztes Mal aus gutem Grund nicht der Polizei gesagt, aber ich habe mit Jane darüber gesprochen, und ich denke, ich sollte es dir sagen.«

»Spuck's aus«, sagte ich.

»Nun, Jim Landis ist mein Chef. Ich arbeite mit Jane zusammen, aber er ist der Boß von uns beiden. Er ist der Verleger. Er hat sein eigenes Imprint. Du weißt, was das heißt?«

»Ich hab das Wort schon mal gehört.«

»Es heißt, daß er einen eigenen Verlag hat.«

»Und?«

»Und er war nicht in einem Restaurant, so wie er es der Polizei gesagt hat, er war in Janes Büro.« Eugene sah mich nervös an. Ich mußte das abchecken, aber es schien mir ein bißchen zu einfach zu sein.

»Vielleicht sollte ich mir ein Stück Kuchen bestellen«, sagte ich.

»Landis darf nicht wissen, daß wir mit dir gesprochen haben«, sagte Eugene.

»Autismus ist mein zweiter Vorname«, sagte ich. »Was habt ihr noch?«

Jane griff in ihre Handtasche, brachte eine Kassette zutage und reichte sie mir rüber. Es war eine Kassette aus einem Anrufbeantworter. »Es ist die letzte Nachricht auf Seite B«, sagte sie. »Sie kam gestern spät nachts – eigentlich so gegen zwei Uhr morgens.«

»Okay«, sagte ich. Zwei Uhr morgens war ungefähr die Zeit gewesen, als die Katze auf Ratsos Eier gesprungen war. Die beiden Vorfälle hatten wahrscheinlich nichts miteinander zu tun, aber es war im selben Zeitraum.

»Ich weiß, es ist eine blödsinnige Nachricht«, sagte Jane, »aber sie hat mich zu Tode erschreckt, als ich sie hörte. Im Grunde tut sie es immer noch.«

»Was war das für eine Nachricht?«

»Miau«, sagte Jane.

»Das Wort hab ich schon mal gehört«, sagte ich.

26

Als ich wieder zurück in die 199B Vandam kam, rückte die Uhr auf 8.30 zu, und Ratso tauchte einen Bagel in eine Schüssel mit Wonton-Suppe. Die Katze saß auf meinem Schreibtisch. Keiner von beiden schien erfreut, mich zu sehen.

Die Katze wußte, daß ich keine Einkaufstüte mit Katzenfutter trug. Sie hatte die Angewohnheit, jedesmal, wenn ich sie fütterte, gemeinsam mit mir einen Blick in den Vorratsschrank zu werfen, und sie wußte, daß wir nur noch zwei Dosen Southern Gourmet Dinner hatten. Die Katze haßte Southern Gourmet Dinner.

Die Katze war bloß schlecht gelaunt, aber Ratsos Ausdruck kombinierte gleichwertige Komponenten aus Wut und Ekel. Ich wußte, daß er wirklich wütend war, als er sein Essen stehenließ und in der Küche hin und her lief. Ich war froh, daß ich kein Nudelholz besaß.

»Du darfst nicht rausgehen, ohne mich zu fragen«, sagte er mit blitzenden Augen, »besonders nicht in den ersten Tagen. Und selbst wenn du mich fragst, will ich nicht, daß du allein auf die Straße gehst. Ich will jederzeit wissen, wo du bist. Verstehst du?«

Ich nahm die Kassette und legte sie auf den Schreibtisch. »Ziemlich viele Spielregeln für eine so kleine Gesellschaft«, sagte ich.

Ratso starrte mich immer noch an. »Da hast du verdammt recht«, sagte er.

»Warum bist du so feindselig?«

»Weil du ein Arschloch bist.«

»Für dich immer noch Mr. Arschloch, Kumpel.«

Die Zänkerei plätscherte noch eine Weile hin und her, und die Katze beobachtete das wie ein leicht gelangweilter Tennisfan. Ich spielte noch für ein paar Minuten weiter, und dann erklärte sich Ratso grollend bereit, sich mit mir die Kassette anzuhören.

Ich nahm den Keramikhut vom Kopf der großen Sherlock-Holmes-Büste, die auf meinem Schreibtisch stand, und angelte nach einer Zigarre. Die Sherlock-Holmes-Büste hatten mir meine Freunde Bill und Betty Hardin vom Smokehouse in Kerrvill, Texas, geschenkt. Ich bewahrte meine Zigarren und andere Wertsachen darin auf. Ratso sagte oft, dies sei kaum ein sicherer Platz für Wertsachen, aber ich berief mich jedesmal auf den Spruch meines alten Freundes Goat Carson: »Früher oder später pissen Katzen auf alles.« So wie die Dinge lagen, würde die Katze wahrscheinlich inzwischen auf alles gepißt haben, wenn da nicht der kleine Keramikhut gewesen wäre.

Ich nahm die Kassette aus meinem Anrufbeantworter und warf die von Jane ein. Ich spulte das Band zurück. Dann drückte ich auf den Wiedergabeknopf. Die erste Stimme, die wir hörten, gab sich als die von Jim Landis aus. Sie klang schroff und gereizt.

»Jane, hier ist Jim Landis . . . es ist halb zehn . . . was ist das für ein Scheißdreck? Eine Monographie über die Flachkopfindianer von Montana? Du glaubst, die gibt es wirklich? Du glaubst, irgendeiner interessiert sich einen Scheißdreck für die Flachkopfindianer von Montana? Ich kann einfach nicht glauben, daß du mir das geschickt hast – der Stil stinkt, und das ganze Ding ist einfach Mist. Schick es den Kerlen von ›National Geographic‹. Was, verdammt, ist los mit dir, Jane?«

»Nett, für so einen Kerl zu arbeiten«, sagte Ratso.

»Er hat sein eigenes Imprint«, sagte ich.

»Wenn ich für ihn arbeiten würde, dann würde ich ihm ein Imprint auf die Stirn drücken.«

»Hör zu.« Es wurde einmal aufgelegt, und dann kam eine Nachricht von Janes Mutter. Dann hörten wir es. Es fing in einer hohen Tonlage an und stürzte bösartig zu einem bis in die Knochen gehenden, tiefen Knurren runter. Das gleiche teuflische, halb katzenartige, halb menschliche Geräusch, das wir im Garden für einen kurzen Moment gehört hatten, bevor auf mich geschossen worden war.

»Irgendwelche Fragen?« fragte ich.

»Kein Zweifel«, sagte Ratso.

Ich zündete meine Zigarre mit einem ziemlich schwächlichen Bic an. Ich hatte das Bic jetzt vier oder fünf Tage. Für das Leben eines Bic war das schon ein ganz schönes Alter. Ich zog gedankenverloren an meiner Zigarre.

»Da bin ich gleicher Meinung«, sagte ich, »das ist unser Mann.«

»Oder unsere Frau«, sagte Ratso.

27

»Ich werde Hilton Head nicht mehr beschatten«, sagte Ratso, als wir am selben Tag etwas später am Küchentisch saßen. »Ich hab genug Zeit mit dieser kleinen Schwuchtel verbracht.«

»Das ist aber eine besorgniserregend homophobische Äußerung, Ratso«, sagte ich. Ich arbeitete gerade an meinem fünften oder sechsten Espresso, und ich kriegte langsam einen kleinen Kick.

Wir feilschten eine Weile rum, und allmählich bildete sich so was wie eine Arbeitsteilung. Ratso würde sich, ohne dabei die Betroffenen aufzuschrecken, einen aktuellen Überblick über Head und die Parks verschaffen. Head lebte in New York, aber die Parks hatten verschiedene Wohnsitze, und es war noch nicht mal klar, ob sie überhaupt noch in der Stadt waren.

Ich für meinen Teil würde die Fred-Katz-Situation und die Miau-Situation untersuchen und Kontakt zu Sergeant Cooperman aufnehmen. Meine Nachforschungen würden telefonisch erfolgen. Zumindest momentan würde Ratso die Beinarbeit erledigen. Es war eine Umkehrung der Rollen, die keinem von uns besonders schmeckte.

Es war Dienstag abend, ungefähr um die Dämmerung herum. In New York sieht es natürlich meistens aus wie an einem Dienstag abend um die Dämmerung herum. Ratso ging gerade mit der halben Canal Street auf seinem Rücken zur Tür. Seine Schuhe, Hosen, Hemd, Mantel und Hut waren ausschließlich Flohmarktartikel. Man konnte sagen, daß er auf eine ziemlich schäbige Art makellos gekleidet war. Er war ein Mann mit tiefer Loyalität zu seinem Kleiderhändler.

»Gib deinen Tagesjob nicht auf«, sagte ich.

»Keine Sorge.«

»Sieh dich nur ein bißchen um. Ich würde das tun, bevor jemand anders etwas über den Pfeil-Zwischenfall erfährt oder darüber, daß wir Druck in dem Fall machen.«

»Ich weiß, was ich zu tun habe.«

Ratso hatte die Lofttür geöffnet, als mir noch was anderes einfiel. »Oh yeah«, sagte ich, »da ist noch was.«

»Was?«

»Würde es dir was ausmachen, Katzenfutter einzukaufen?« Ratso schloß die Tür.

Endlich allein im Loft, setzte ich mich an meinen Schreibtisch und überdachte die Lage. Wenn eine Gray-Line-Tour an diesem Abend durch die 199B Vandam gezogen wäre, dann hätte sie ein sehr farbiges, exzentrisches Bild für die Touristen abgegeben. Sie würden einen Mann gesehen haben, der in der New Yorker Winterzeit allein an einem Schreibtisch gesessen, eine Zigarre geraucht, gelegentliche medizinische Schlucke Jameson aus einem alten schwarzen Stierhorn genommen und wiederholt zu sich selbst »Miau« gesagt hätte. Aber da war keine Gray-Line-Tour. Da war nur Grau.

So wie ich den Fall sah, war er an einem ziemlich toten Punkt angelangt. Nach dem, was ich in der Zeitung gelesen hatte, hatten die Bullen keine neuen Spuren im Rick-»Slick«-Goldberg-Mordfall. Ich hatte mal gelesen, daß im Fall eines Frauenmordes zu mindestens 85 Prozent der Liebhaber der Mörder ist. Im Fall eines ermordeten Literaturagenten konnte die Hälfte der zivilisierten Welt der Mörder sein. Wobei der Begriff »zivilisiert« natürlich mit Vorsicht zu gebrauchen war.

Mir fiel nichts ein, was ich tun konnte, um Fred Katz herauszulocken, was nicht bereits geschehen war. Vielleicht würde ein Himmelsschreiber was ausrichten können. Und was Rocky betraf, nun . . .

Der winzige Hoffnungsschimmer, den Jane hatte, wurde wahrscheinlich durch die Hotelbotschaft, das Messer und die Nachricht auf dem Anrufbeantworter angespornt. Vielleicht dachte Jane, jemand hätte Rocky gekidnappt und würde sie wegen eines Lösegeldes oder aus unbekannten Gründen festhalten. Das war möglich, aber ich bezweifelte es. Ich hatte das »Miau«-Geräusch zweimal gehört. Einmal in Person und einmal auf dem Tonband. Da war was in der Natur des Geräusches selbst, das es schwierig machte, etwas über die Identität des Verursachers zu sagen. Es gab nur eins, das für mich laut und deutlich dabei rüberkam. Und das versprach nichts Gutes für Jane Meara. Es klang so, als würde diese Person Katzen nicht mögen.

28

Drei Zigarren und eine halbe Flasche Jameson später war die Lesben-Tanzschule die einzige Sache, die noch einzuschlagen schien. Die Kombination von Irish Whiskey und dem übriggebliebenen Löwen-Tranquilizer fing an, sich sehr gut anzufühlen. Es war eine sehr unorthodoxe Methode, Drogen und Alk zu mischen, aber wenn jeder alles auf die gleiche Art täte, würde das eine alte langweilige Welt sein.

Ich fühlte mich fast dumpf genug, um Sergeant Cooperman anzurufen. Das Spiel war ganz gut in Bewegung, aber mit den neuen geltenden Regeln von Ratso würde es unmöglich, um nicht zu sagen ermüdend sein, zu versuchen, in den nächsten 48 Stunden irgendwohin zu gehen. Nicht daß es irgendwo was gegeben hätte, wo man hätte hingehen können.

Ich nahm den Hörer zur Linken ab und wählte das Sechste Revier.

Der diensthabende Sergeant hörte sich müde und erschöpft an. Hart, ein Bulle zu sein, dachte ich. Aber ich wußte auf meine Art auch, was hart war. Wenn man mal für eine Weile als Countrysänger auf Tournee gewesen war, dann gab es nicht mehr viel im Leben, das man als hart betrachtete. Vielleicht, was von einer Weinkarte zu bestellen.

Ich gab dem Diensthabenden meinen Namen durch, sagte ihm, daß ich Sergeant Cooperman zu sprechen wünschte, und mußte warten. Das kannte ich schon. Ich hatte in meinem Leben schon auf ganz schön wichtige Leute warten müssen. Jetzt mußte ich auf einen Bullen warten.

Aber warten war warten. Ich wußte, was ich zu tun hatte. Ich zog ein paarmal gemächlich an meiner Zigarre und ließ meine Phantasie fliegen wie einen gefährdeten Kranich. Ich sah die Welt mit den Augen von Agamemnon, der im Los Angeles International Airport einflog, aus dem Flugzeug stieg und über eine blutrote Tartanbahn stolzierte. Ich war Davy Crockett im Russian Tearoom und wehrte mit einer Salatgabel Literaturagenten ab. Ein bißchen Phantasie kann eine gefährliche Angelegenheit sein. Man kann gerade jemand getroffen haben, und zehn Minuten später sitzt man gemütlich in einer Frühstücksecke zusammen und hört Arthur Godfrey. Man kann auf diese Art im Leben eine Menge verpassen, aber es vertreibt einem die Zeit, wenn man warten muß.

Eine wohlbekannte mürrische Stimme kam durch die Leitung und brachte mich wieder zurück in die Vandam Street.

»Tja nun«, sagte Sergeant Cooperman, »wie geht's Bomba, dem Dschungelboy?«

»Ich häng hier fest«, sagte ich.

»Der Doktor sagte, du wärst zu krank, um zu reden, aber zu unserer großen Freude hier auf der Wache scheinst du ja überm Berg zu sein.«

»Tut mir leid, Herr Wachtmeister.«

»Vielleicht geht's dir nächstes Mal besser. Was brauchst du, Kumpel?« Man kann das Wort Kumpel aussprechen oder ausspucken. Cooperman spuckte es aus wie langsam fliegenden Schleim von einem schnell fahrenden Pick-up.

»Nun, Sergeant, Sie wissen, daß ich nach der vermißten Katze von Jane Meara suche.«

»Jau.«

»Und dieser Typ, der auf mich geschossen hat, sagte, kurz bevor er auf mich schoß, das gleiche, was er letzte Nacht auf Jane Mearas Anrufbeantworter gesprochen hat. Ich habe mich gefragt, ob wir nicht irgendwie eine Art Stimmenabdruck oder einen Stimmenvergleich machen könnten und – «

»Das ist nicht zulässig. Wie war der Wortlaut?«

»Was?«

»Wie war der *Wortlaut*?«

»Nun, es war eigentlich nur ein Wort.«

»Unmöglich. Wie heißt das Wort?«

»Miau.«

Ein langes Schweigen war in der Leitung. Es war so lang, daß ich dachte, er wäre rausgegangen, um einen Notruf oder so was anzunehmen. Endlich sprach er.

»Wau-wau«, sagte er.

»Du brauchst mich nicht anzubellen.«

Er legte auf.

29

Es war 11.30 Uhr abends. Ratso war noch nicht zurück, und die Katze war in keiner gesprächigen Stimmung, also hob ich den Hörer zur Linken ab und wählte eine Nummer, die ich neulich von meiner rechten Hand runtergeholt hatte.

»Hallo«, kam eine verschlafene Stimme.

»Scheiße«, sagte ich. »Schläfst du?«

»Kinky?«

»Woher weißt du?«

»Ich kann deine Zigarre riechen«, sagte sie verträumt.

»Leila – magst du es wirklich, wie meine Zigarren riechen?« Es war zu schön, um wahr zu sein.

»Ich liebe es.« Was für ein wunderbares Mädchen.

Eine Sache mit den Zigarren ist, daß sie einem eine Menge Zeit mit Bräuten ersparen. Wenn man ein Mädchen findet, das Zigarrenrauch mag, dann heißt das gewöhnlich, daß sie auch eine Menge anderer Dinge mag. Und meistens, wenn auch nicht immer, heißt es, daß man sie in der Tasche hat. Entweder sie ist die Art von Braut, die es liebt, es nicht zu mögen, oder sie sucht unbewußt die Nähe ihres Großvaters, der Zigarren rauchte und von einem Trolleybus überfahren wurde, als sie sechs Jahre alt war.

In beiden Fällen sollte man Freudsche Interpretationen vergessen, was immer ein guter Ratschlag ist. Was übrigbleibt, ist eine gesunde, robuste, seelenvolle, aufgeschlossene, altmodische sinnliche Person des weiblichen Geschlechts.

Es heißt auch, daß man seinen Kuchen rauchen und essen kann.

Als ich auflegte, hatten Leila und ich uns für den nächsten Abend um acht Uhr in ihrer Wohnung verabredet, die ganz in der Nähe des Village lag. Sie gab mir die Adresse.

Ich zog mir meinen Borneo-Sarong aus den Friedenskorps-Zeiten an, machte das Licht aus und ging ins Bett. Ich hatte es aufgegeben, auf Ratso zu warten, und ich machte mir keine Sorgen, wie ich am nächsten Abend aus dem Loft schlüpfen konnte.

Ich dachte nur an einen gewissen heißen Flecken im Nahen Osten, der mit ein bißchen vermittelnder Diplomatie bald explodieren würde.

30

Ich träumte in dieser Nacht nicht von Leila. Ich träumte von androgyn aussehenden Katzen, die eine Art Veitsballett um mein Bett herum tanzten. Mehrmals in der Nacht zwang ich sie abzuhauen. Auf Ratsos Eier zu springen oder sonst irgendwas. Wo immer er auch sein mochte.

Die Katzen verschwanden dann für eine Weile, aber dann kamen sie zurück und drehten kleine giftige Pirouetten in immer engeren Kreisen in meinem Gehirn. Sie trugen natürlich alle Masken. Und scheußliche Neontrikots. Sie waren geschmeidig und sinnlich auf katzenartige Weise sexy. Die kleinen Bastarde waren macho, was Androgynität betraf.

Als die tanzenden Katzen endlich in der Dunkelheit verduftet waren, war es schon nahezu Morgengrauen, und die Müllwagen begannen draußen vor meinem Fenster mit den Zähnen zu knirschen. Ich war verdammt müde, aber ich konnte nicht schlafen. Alles, was ich anscheinend tun konnte, war denken. Und was ich dachte, war nicht sehr erfreulich.

Im griesgrämigen Licht des Morgengrauens war ich fast überzeugt davon, daß die androgynen Katzen versucht hatten, mir was zu sagen. Sie hatten versucht, mir zu sagen, daß das alles irgendwie zusammenpaßte. Es schien genauso einfach zu sein, wie die Punkte miteinander zu verbinden, die vor meinen blutunterlaufenen Augen herumtanzten.

Es gab jetzt keinen Platz für Zufälle mehr. Der Mann, der sich Fred Katz nannte, war ein ganz schön krankes Kätzchen. Er hatte die »Hat-die-Katze-deine-Zunge-erwischt«-Notiz im Roosevelt liegen lassen, und er hatte Goldberg gekillt und *seine* Zunge gekriegt. Ich war mir sicher, daß er es war, der hinter der Serie der Possen stand, die aufgeführt worden waren – das Messer, die Nachricht auf dem Anrufbeantworter. Ich glaubte auch, daß Fred Katz versucht hatte, mich umzubringen.

Finde Fred Katz, dachte ich, und du hast die Katze und den Killer. Je mehr ich darüber nachdachte, desto verzweifelter und tödlicher erschien mir die Lage.

Ich machte mir keine Sorgen mehr darüber, was Rocky passieren könnte. Ich machte mir Sorgen, richtig schlimme Sorgen, darüber, was Jane Meara passieren könnte.

31

Ich brauchte länger als die Blütezeit von Miss Jane Brodie, um Leilas Straße zu finden. Der kleine Spaziergang durchs Village machte mir allerdings nichts aus. Es war eine klare Nacht und höllisch kalt. Erfrischend, wie man sagt. Es spielt keine Rolle, wie grauenhaft kalt es in der Stadt ist, die New Yorker denken immer, es wäre erfrischend. Das ist einer der Gründe, warum New York nicht Buffalo ist. In Buffalo denken sie, daß es kalt ist.

Ich war dankbar, aus dem Loft raus zu sein, wo ich nicht mehr tun konnte, als die Katze und Ratsos sich rapide entwickelndes Ego zu streicheln. Er schien sich übermäßig mit seiner Rolle als Dr. Watson zu identifizieren. An diesem Morgen hatten wir bei einer Power-Frühstückssitzung den Rest der Wonton-Suppe verputzt und gut sieben Espressos runtergeschüttet.

Ratsos Appetit an diesem Fall war dramatisch gestiegen. Es war gerade erst etwas über eine Woche her, daß ich ihn fast an seinen Füßen zum Garden hatte ziehen müssen, um eine vermißte Katze zu suchen. Jetzt konnte er es kaum abwarten, wieder die Fährte der mysteriösen Parks und von Hilton »Schwuli« Head aufzunehmen. Amateurdetektive sind schwer einzuschätzen.

Die andere Sache, die mich während der Powersitzung an Ratso irritiert hatte, war, wie wenig er sich in seine Karten sehen ließ. Es sei eine »laufende Untersuchung«, hatte er gesagt. Er würde mich »informieren«, wenn er mehr wüßte. Fast so, als würde man mit Sergeant Cooperman sprechen.

Das Gute an Ratsos aktivem Eingreifen in den Fall war jedoch, daß ich keine Mühe hatte, rauszuschlüpfen, um Leila zu treffen. Ich fühlte mich noch nicht mal besonders schuldig, gegen die Hausregeln zu verstoßen. Außerdem fing ich gerade an, mich besser zu fühlen. Es tat nur noch weh, wenn ich miaute.

Als ich Leilas Straße gefunden hatte, hatte die starrende Kälte Jane Mearas Lage aus meinem Kopf verdrängt. Ich zündete mir mit einem neuen pastellpurpurnen Bic, das ich bei einem sehr unfreundlichen Pakistani in einem Lebensmittelladen an der Ecke gekauft hatte, eine Zigarre an. Jetzt sah ich mich nach Straßennummern um und versuchte, mir nicht die *huevos* abzufrieren. Nach drei weiteren Blöcken stieß ich zufällig auf das Haus.

Leila lebte in einem ziemlich modernen Gebäude, das nach einem französischen Maler benannt worden war, der selbst mal ziemlich modern gewesen war. Das war über hundert Jahre her, und jetzt war er tot und berühmt genug, daß ein Wermutbruder an ein Gebäude pissen konnte, das nach ihm benannt worden war. Ein hübscher Zug, wenn man zur Schule der Impressionisten gehörte.

Ich betrat einen kleinen Flur mit einem großen Türsteher. Er pflanzte sich direkt vor mir auf.

»Kann ich Ihnen helfen?« fragte er. Seine Augen sahen ein bißchen aus wie verschlossene Glastüren.

»Zwölf K«, sagte ich.

»Name der Person, die Sie besuchen wollen?« fragte er und betrachtete meinen Hut.

»Leila.«

»Und Ihr Name ist –?«

»Kinky.«

Er ging zum Haustelefon, wählte ein paar Nummern und sagte: »Mr. Kinky ist da.«

Er hörte zu, nickte, legte den Hörer auf und winkte mich rein. Ich schmuggelte meine Zigarre in den Aufzug und drückte auf die Zwölf. Ich trat zurück, um die Fahrt zu genießen. Zog ein paarmal an der Zigarre. Gab mich gleichgültigen Fahrstuhlgedanken hin. Auf der Zwölften ging ich nach links, fand Zwölf K am Ende des Gangs und klopfte an die Tür. Nach einem Moment öffnete sich die Tür. Es war nicht Leila. Es war ein stämmig gebauter, dunkelhäutiger Mann mit einem großen Schnauzer. Sah aus wie ein Leierkastenmann, der gerade seinen Affen totgetreten hatte.

»Komm rein«, sagte er.

32

Ich spähte an Jerry Colonna vorbei und sah einen roten, glitterbesetzten Tennisschuh lässig auf einem Glasbeistelltisch ruhen. Ein nackter Knöchel wuchs so üppig aus dem Tennisschuh wie der Stengel einer sexy Tropenpflanze. Ich mußte mal gelegentlich in der ›National Geographic‹ nachschlagen, um rauszukriegen, ob sie ein Menschenfresser war. Der Kerl machte ein bißchen Platz, und ich ging in das Zimmer.

Die Wohnung sah aus wie ein Hurenhaus aus ›Architectural Digest‹. Da war eine Menge Glas, eine Menge Metall, überall Spiegel und eine Vierzig-Fuß-Couch, die ganz in Stierkampf-Rot gehalten war.

»Untertrieben«, sagte ich zu dem Mann mit dem Schnauzer.

Er sagte kein Wort. Seine Augen sahen glühend und distanziert aus. In sein Gesicht zu starren war, wie mitten in der Nacht in einer Höhe von 37 000 Fuß über einem Waldbrand zu fliegen. Man wußte, daß er einen nicht verbrennen konnte, aber man wußte auch, daß das Flugzeug in den nächsten Tagen irgendwann mal landen mußte.

»Es ist okay, Hector«, sagte eine vertraute weibliche Stimme. Der Typ trat zur Seite, und ich sah, daß der nackte Fußknöchel zu einem ziemlich schlanken, geschmeidigen, prachtvollen Bein gehörte. Und Leila gehörte zu dem Bein.

»Kinky ist harmlos«, sagte sie lächelnd. Sie trug ein paar ausgeblichene, appetitlich aussehende, abgeschnittene Jeans und ein enges rosa T-Shirt, auf dem irgendwas in einer romanischen Sprache stand. Ich winkte ihr harmlos zu.

Ich ging ein bißchen näher an die Couch heran. »Was ist ein Hector?« sagte ich.

Sie machte mit ihrer rechten Hand ein kleines päpstliches Zeichen, und Hector nickte einmal und verließ den Raum. »Hector arbeitet für meinen Bruder«, sagte Leila.

»Vielleicht ist dein Bruder ein Arbeitgeber, der mit der Chancengleichheit einen Schritt zu weit geht.«

Sie lächelte ein boshaftes Obere-Zehntausend-Lächeln, krümmte ihren Finger und winkte mich um den Beistelltisch herum.

»Vielleicht habe ich einen Job für dich«, sagte sie.

»Zum Beispiel?« fragte ich, als ich mich neben sie setzte.

»Ich weiß nicht«, sagte Leila, »aber du könntest sehr hübsch aussehen, wenn du mir ein trockenes Handtuch reichtest.«

Man könnte sagen, daß eine vierzig Fuß breite Couch nicht besonders gemütlich ist, und man könnte damit recht haben. Aber mit einem spirituell geilen Amerikaner und einer ziemlich scharfen Palästinenserin kann es auch ganz anders sein.

Leila hatte das Licht heruntergedreht. Sie hatte mich zu dem Punkt aufgedreht, wo ich nur noch einen Schritt davon entfernt war, aus ihren abgeschnittenen Jeansbeinen Schwimmwestenflügel zu machen. Wir versuchten gerade beide, am selben Stück Dentyne zu kauen, als eine schlanke, irgendwie bedrohliche Gestalt in der Türöffnung zum Flur auftauchte. Als das Licht anging, kriegten wir das kaum mit. Dentyne kann ein ziemlich sexy Kaugummi sein.

Leila kam zuerst wieder zu sich. »Kinky«, sagte sie, ». . . das ist mein Bruder Carlos.«

»Carlos?« sagte ich. Ich setzte mich auf. Es war Schwerstarbeit, wieder zu Atem zu kommen.

»Carlos«, sagte Carlos. Sein Gesichtsausdruck hatte sich nicht geändert, seit ich ihn zum erstenmal dort stehen sah. Sein Gesicht sah aus wie eine süßliche, bösartige Marionette, die es genoß, alle ihre Fäden selbst zu ziehen. Ich wußte nicht, ob Kolumbianer Kerle mochten, die nah dran waren, ihre Schwestern auf Vierzig-Fuß-Couches zu bumsen, aber ich bezweifelte das, und ich versuchte, die Situation zu entspannen.

»Carlos«, sagte ich. »Carlos . . . warte eine Minute . . . doch nicht Carlos der internationale Terrorist?«

Seine Augen kriegten das unmißverständliche Schimmern primitiver Werkzeuge, die dazu gebraucht wurden, kleinen Tieren den Tod zu bringen. Ein sehr unangenehmes, zischendes Geräusch kam aus Carlos' Mund. Dann war er verschwunden.

»Ich glaube nicht, daß er mich als möglichen Schwager in Erwägung zieht«, sagte ich.

»Er wird drüber wegkommen«, sagte Leila. »Warte hier.«

Ich wartete. Leila stand auf und ging aus dem Zimmer in den Flur. Hübscher Hintern, alles was recht war. Ich hörte, wie eine Tür geöffnet und geschlossen wurde. Ich nahm eine Zigarre raus und zündete sie an und betrachtete das Bild von einem traurigen einsamen Gesicht eines Stiers in der Arena. Ich mochte spanisch sprechende Leute nicht, weil sie gemein zu Stieren waren. Klar, wenn die Krauts, Türken und Kommunisten ein paar Stiere zur Hand gehabt hätten, dann hätten sie vielleicht die Juden, Zigeuner, Armenier, Kambodschaner und jeden anderen in Ruhe gelassen. Ich paffte an der Zigarre und beobachtete, wie die Reflexionen des Rauchs in einem der Spiegel auf der anderen Seite des Raums verschwanden. Das Leben ist nur ein Traum.

Ich wartete. Man hätte annehmen können, daß Hector reingekommen wäre und mich gefragt hätte, ob ich nicht eine hübsche Tasse kolumbianischen Kaffee haben wollte. Ich wartete.

Das nächstemal, als ich aufblickte, sah ich eine Vision in einem hellrosa Afghan-Mantel mit einem rot-schwarzkarierten italienischen Tischtuch auf dem Kopf auf mich zukommen.

»Hübscher Kaftan«, sagte ich.

»Kaffiyeh«, sagte Leila.

Sie stellte eine rechteckige Leinentasche auf die Glasplatte des Tischs. Sie sah aus wie ein Gucci-Schuhpflegeset. Sie öffnete sie und fing an, das reichverzierteste Drogenzubehör auszupacken, das ich auf dieser Seite des East Village je gesehen hatte. Einen zweizinkigen, silbernen Kokainlöffel in der Form einer Opferjungfrau mit ausgestreckten Armen. Eine große Seemuscheldose mit einem Spiegel auf einer Seite und auf der anderen ein paar Zentimeter von etwas, das aussah wie Schnee in Diplomatengepäck-Qualität. Zum Schluß nahm sie das Ende eines schlauchartigen Geräts, das sich in zwei Silberkugeln verzweigte, und reichte es mir. Das andere Ende verblieb in dem Gucci-Schuhpflegeset.

»Das ist für dich, Kinkster. Weißt du, was das ist?«

»Sieht aus wie ein Stethoskop für einen Stecknadelkopf.«

Unglücklicherweise brauchte ich nicht gerade eine Menge guten Zuredens. Ich setzte eine Silberkugel an jedem Nasenloch an, inhalierte heftig und blies im gleichen Moment mein Gehirn raus. Es war so gut, daß es sehr gefährlich war. Genauso wie all die anderen guten Dinge im Leben.

33

Ich kann mich nicht erinnern, wie ich aus diesem Raum rausgekommen bin. Vielleicht flog ich mit jüdischem

Radar. Vielleicht leiteten mich die Gesichter von John Belushi und Lowell George wie Kutschenlaternen von Sherlock Holmes, die durch den Nebel schienen. Was auch immer es war, das mich dahin brachte, ich war froh, draußen zu sein. Das war Amerika. Das war 1988. Das wußte ich natürlich nicht. Meine rechte Gehirnhälfte fing gerade erst an, sich an die linke zu koppeln. Ich konnte fühlen, wie die schwerfälligen behandschuhten Hände russischer Kosmonauten irgendwo im Weltraum langsam die Maschinerie wieder zusammensetzten.

Ich konnte Leilas Stimme hören, weich und intim, irgendwo neben mir. Kokain schickt Männer und Frauen immer auf unterschiedliche Planeten. »Ich könnte auf einen Mann abfahren, der keine Laufschuhe trägt«, sagte sie.

Ich machte ein paar improvisierte Atemübungen und sah mich um, um mich zu orientieren. Erstaunlicherweise waren wir immer noch in Leilas Block, nur ein paar Häuser von dem entfernt, in dem sie wohnte. Es war schwer zu glauben, daß ich mich für eine Zeit, die mir wie eine Ewigkeit erschien, gehirntot gefühlt hatte. Wie konnte ich es beinah zugelassen haben, daß meine Kindheitsträume, meine schönsten Hoffnungen für die Zukunft, ja meine Existenz auf diesem Planeten auf eine völlig verschrumpelte Akte auf einem verstaubten, vergessenen Schreibtisch eines wenig interessierten, wissenschaftsorientierten Abiturienten reduziert worden waren, der mal eben rausgegangen war, um sich eine Pizza ohne Anchovis zu holen?

Der Wind fing an, ein bißchen fester und um einiges kälter zu pfeifen. Ich fing an, einige Dinge zu bemerken. Zwei von ihnen waren Leilas Beine. Als der Wind ihren Mantel hochpeitschte, sah ich, daß sie darunter immer noch die abgeschnittenen Jeans trug. Ihre Beine sahen so pink aus wie das Haus, in dem The Band immer mit Bob Dylan geprobt hatte.

»Deine Beine sehen kalt aus«, sagte ich. Ich nahm ihre Hand, und wir gingen ein Stück weiter. Sie sagte nichts.

»Vielleicht könnte ich sie mal anhauchen.«

»Vielleicht.«

Wir waren beide in unsere eigenen Gedanken auf unseren eigenen Planeten versunken, als wir plötzlich Sergeant Cooperman und Sergeant Buddy Fox von Angesicht zu Angesicht gegenüberstanden. Sie schienen es eilig zu haben.

»Aus dem Weg, Tex«, sagte Cooperman schroff. Fox sah Leila anerkennend an, wir traten beide zur Seite, und sie liefen in hohem Tempo den Bürgersteig entlang.

In der Gosse stehend, drehte ich mich um und sah aus diversen, nicht gekennzeichneten Autos Bullen steigen und in die gleiche Richtung gehen wie Cooperman und Fox. Vier von ihnen trugen eine lange Metallstange mit einer Art phallischem Kopf am Ende. An jeder Seite befanden sich zwei Griffe. Es war ein Rammbock.

Sie gingen alle in Leilas Gebäude, und sie schienen keinerlei Schwierigkeiten mit dem Türsteher zu haben. Ich nahm Leilas Arm und zog sie weiter die Straße runter und um eine Ecke rum.

»Was denkst du, was da los ist?« fragte sie ein bißchen zu cool.

»Ich weiß nicht«, sagte ich. »Vielleicht hat jemand seine Matratze vergewaltigt.«

34

Der Donnerstagmorgen brach in New York kalt, grimmig und grau an. Mein Hang-over und ich stapften schwungvoll um das Katzenklo herum, das die Türöffnung zum

Badezimmer blockierte. Gewöhnlich hielt ich das Katzenklo in der Duschkabine, außer natürlich, wenn ich duschte. Der Grund für den Ortswechsel des Katzenklos wurde schnell klar.

Ratso nahm gerade seine halbjährliche Dusche. Es war eine Art Reinigungsritus für Ratso, und er befolgte ihn fast religiös, egal ob ihm danach war oder nicht.

Und er sang.

Die Jahre, die ich als Countrysänger unterwegs gewesen war, hatten mich dazu gebracht, das Geräusch der singenden menschlichen Stimme zu hassen. Um das Ganze noch schlimmer zu machen, sang Ratso irgendeinen halb Punk-, halb Rap-Song seiner neuen Lieblingsgruppe Smoking/No Smoking. Unglücklicherweise oder vielleicht glücklicherweise, das hing davon ab, wie man es betrachtete, würden Song und Band bereits passé sein, bevor Ratso überhaupt aus dem Regenraum rausgeklettert war, ein visuelles Erlebnis, das ich mir zu dieser frühen Morgenstunde nicht wünschte.

Ich ging zum Waschbecken, wischte ein bißchen Dampf vom Spiegel und sah, daß mein Haar in der Form einer Rakete hochstand. Es war eine ziemlich modische New Yorker Frisur, aber sie ließ meine Brust nicht gerade vor Stolz anschwellen. Ich nahm eine Bürste und fuhr damit ein paarmal durch meine Matte, putzte meine Beißerchen und ließ das Rasieren sausen. Meine Augen würden gut im Kopf eines ausgestopften Karnickels ausgesehen haben.

Ratso gab keinerlei Anzeichen von sich, den Regenraum zu verlassen, also entschied ich mich für einen kleinen Trick, den ich auf Tournee aufgeschnappt hatte. Er war in der Countrymusik überall als die Waylon-Jennings-Bus-Dusche bekannt. Man steht dicht an einem Waschbecken und platscht sich Wasser ins Gesicht und in die Achselhöhlen. Wenn gerade ein Stück Seife in der Nähe ist, kann man sie benutzen, aber dann muß man sich ziemlich viel Wasser unter die Achselhöhlen spritzen, damit sie wieder abgeht.

Es war Seife da, und ich benutzte sie. Resultat war, daß mein Sarong und der Badezimmerboden ganz schön naß waren, aber wenn man es richtig bedachte, dann war das ein kleiner Preis dafür, geschniegelt auszusehen.

Ich ging zurück in die Küche und sah aus dem Fenster auf die düsteren Lagerhausmauern und rostigen Feuerleitern gegenüber in der Vandam Street. Der Hang-over verschwand langsam, aber ich fühlte mich immer noch nicht so ganz nach »Friede, Freude, Eierkuchen«.

Ich feuerte die Espressomaschine an und fütterte die Katze.

Während ich auf den Espresso wartete, lief ich auf und ab und dachte darüber nach, was letzte Nacht passiert war. Es war die Art von Situation, in der man sich am Morgen danach haßte, aber trotzdem verdammt froh war, daß man es getan hatte.

Bevor ich es wußte, war der Espresso fertig.

Ich schenkte mir eine Tasse ein, zündete die erste Zigarre des Morgens an und setzte mich an den Küchentisch, um Ratsos Exemplar der ›Daily News‹ zu lesen. Auf Seite 2 sah ich eine Überschrift, die mir fast den Espresso aus der Nase laufen ließ. Sie lautete:

BEDEUTENDER KOKAINRING
HOCHGENOMMEN
COUNTRYSÄNGER SOLL TIP GEGEBEN HABEN

35

»Großartige Fortsetzung«, sagte Ratso über meine Schulter hinweg. Er trug eine Art New-Wave-Bademantel, der meinen Augen weh tat. Ich wendete meine Aufmerksamkeit wieder der Story zu.

»Phantastische Serie«, sagte er.

»Wovon zur Hölle redest du?«

»Tolle Fortsetzung«, sagte er, »von ›Countrysänger entreißt Straßenräuber sein Opfer‹.« An diesem Punkt beugte sich Ratso nach vorn und begann, die Story laut vorzulesen.

»Laß mal sehen«, sagte er. »›Obwohl die Ermittlungsbeamten einen Kommentar ablehnten, enthüllte eine informierte Quelle, daß ein bekannter Countrysänger dabei gesehen wurde, wie er kurz vor der Razzia das Gebäude verließ. Der texanische Sänger, der oft im Lone Star Café auftrat, ist dafür bekannt, in der Vergangenheit mit der Lösung von Kriminalfällen auf Amateurniveau beschäftigt gewesen zu sein . . .‹« Ratso richtete sich auf und legte seine Hände auf meine Schultern.

»Was du brauchst, ist ein Agent, Kinkster«, sagte er begeistert. »Was du brauchst, ist ein Manager.«

»Was du brauchst, ist ein Knebel als Weihnachtsgeschenk«, sagte ich.

Ratso sah verletzt aus. Er stand neben dem Küchentisch wie ein großer verwundeter Spatz. Ich ließ mich davon nicht beeindrucken.

Ratso hatte diesen verletzten Blick sorgfältig kultiviert, und er war verdammt gut darin. Wenn ich verletzt war, sah ich nur konfus, nervös oder ärgerlich aus. Es war also nicht schlecht, einen verletzten Blick draufzuhaben. Konnte einen davor schützen, verletzt zu werden.

»Siehst du, mein lieber Ratso«, sagte ich, »das war nur ein einziger Straßenräuber. Du bist dir sicher klar darüber, daß es in New York Tausende von Kolumbianern gibt, die mit ihren Schnauzern im illegalen Drogenhandel stecken.«

Ratso dachte einen Moment darüber nach. Ich ebenso.

Die Katze sprang auf das Fensterbrett und beobachtete, wie ein paar giftige Schneeflocken in einer Ecke der Fensterscheibe eine Bruchlandung auf der East-Side machten.

»Du glaubst doch wohl nicht wirklich«, sagte Ratso, »daß sie sich das alles zusammenreimen konnten und hinter uns her sind?«

Ich stand vom Tisch auf, goß noch einen Espresso in meine Imus-in-the-morning-Kaffeetasse und beobachtete, wie die Katze den Schnee beobachtete. »Wie Albert Einstein immer sagte, Ratso, ›Ich weiß es nicht‹.«

Während der Schnee dahintrieb, trieb unsere Konversation anderen Themen zu. Ich war mitten in meiner zweiten Zigarre und leerte meinen dritten Espresso, als Ratso sich von den Resultaten seiner Abenteuer erleichterte, die er in den letzten Tagen als Amateurdetektiv gehabt hatte. Ich hörte höflich zu.

So wie Ratso es darstellte, hatte er eine sehr gründliche Untersuchung der drei fraglichen Parteien durchgeführt. Unglücklicherweise hatte ich so lange nicht mehr an sie gedacht, daß sie mir wie die Figuren aus einer alten russischen Volkssage vorkamen. Es dämmerte mir langsam, daß ich selbst für einen Amateurdetektiv nicht sehr professionell gewesen war. Ich hatte zugelassen, daß Marilyn und Stanley Park und Hilton Head mitsamt dem Großteil an Vorsicht und gesundem Menschenverstand von Leilas schönen Beinen in den hintersten Teil meines Gehirns gedrückt worden waren.

». . . Stanley Park gilt also seit fast einer Woche als vermißt«, sagte Ratso gerade. »Niemand hat ihn gesehen, und diesen . . .«

»*Rede nicht mit vollem Mund.*«

». . . Head zu kriegen, ist wohl nicht ganz so leicht, wie ich zuerst gedacht habe«, setzte Ratso fort.

»Ich nehme jetzt das trockene Handtuch.«

». . . mindestens bei drei Gelegenheiten aus Marilyn Parks Gebäude gekommen . . .«

»Ja, du kannst meine Zahnbürste ausleihen, aber in manchen Kulturen bedeutet das, daß wir verlobt sind.«

». . . und bei einer vierten Gelegenheit – hörst du noch zu, Kinkster? – aus seinem eigenen Haus rauskam, und zwar mit . . .«

»Leila!«

»Das ist richtig. Hilton Head kam mit Leila aus seinem Haus. Woher weißt du das?«

»Nenn es Cowboy-Intuition«, sagte ich. »Sie war zu schön, um wahr zu sein.«

Es nahm Gestalt an.

36

Wie Archie Goodwin, Nero Wolfes berühmter Gefährte, einst herausfand: »Noch nie wurde ein Mann von einer Frau zur Hölle geschickt, wenn nicht schon eine Fahrkarte in seiner Tasche steckte oder er zumindest mit Fahrplänen herumgespielt hatte.«

Ich war bis jetzt noch nicht zur Hölle geschickt worden, aber ich konnte es sicher kommen sehen. Es liefen eine Menge Dinge ab, und ich mochte keines davon. Wenn ich diesen Fall aufklären und noch erleben wollte, wie Ratso den Erfolg für sich in Anspruch nahm, dann würde ich besser verdammt vorsichtig sein und Glück haben müssen. Wenn ich wirklich Glück gehabt hätte, dann wäre ich jetzt natürlich irgendwo in Oregon in einem Park gewesen und hätte einem Hund mit einem Tuch um den Hals ein Frisbee zugeworfen und hätte erst gar nicht Jane Mearas Anruf bekommen. Natürlich hätte ich dann auch niemals Leila kennengelernt.

Gegen elf ging Ratso für eine Weile aus, um in seinem Appartement nach dem Rechten zu sehen. Wenn man einen ausgestopften Polarbärenkopf, eine vier Fuß große Statue der Jungfrau Maria, zehntausend Bücher über Jesus, Bob Dylan und Hitler und eine Couch mit Bremsspuren besitzt, dann kann man nicht einfach abhauen und die Dinge sich selbst überlassen.

Nachdem Ratso losgegangen war, sprang ich vom Espresso ab und goß mir einen ordentlichen Schuß Jameson in das Stierhorn. Ich toastete der Katze kurz zu und kippte den Schnaps runter. Ich rief Leilas alte Nummer an und hörte eine Bandansage, die mitteilte, daß der Anschluß abgestellt worden sei.

Ich rief Rambam an. Er war nicht zu Hause, also hinterließ ich eine Nachricht für seinen Anrufbeantworter, er möge doch bitte meinen Anrufbeantworter anrufen, damit sich die beiden Geräte vielleicht mal zu einem Lunch im Four Seasons treffen könnten. Für Rambam gab ich durch, er möge doch bitte nicht versäumen, die Seite 2 der ›Daily News‹ zu lesen und mich wissen lassen, was er davon hielt.

Je mehr ich darüber nachdachte, desto weniger wahrscheinlich erschien es mir, daß Mitglieder eines bedeutenden kolumbianischen Kokainkartells, wie die ›Daily News‹ dieses Unternehmen beschrieb, die Zeit und Mühe investieren würden, einen einzigen zum Amateurdetektiv gewendeten Countrysänger ausfindig zu machen. Als ich an diesem Donnerstagnachmittag in meinem Loft saß und noch einen Schluck Jameson kippte, erschien es mir sogar noch unwahrscheinlicher, daß sie irgendwas unternehmen würden. Sie hatten jede Menge Stiere zum Kämpfen, und wenn ihnen die Stiere ausgingen, dann hatten sie immer noch sich selbst.

Während der Morgen sich dahinschleppte, fing ich an, mich der ganzen Sache ein bißchen sicherer zu fühlen. Ich würde eben nur niemand den Puppenkopf runterwerfen, der einen großen Schnauzer trug.

Gegen Mittag öffnete ich den Kühlschrank, und es gelang mir, hinter einer kleinen Stadt aus chinesischen Mitnahmekartons, von denen manche noch bis vor der Ming-Dynastie zurückdatierten, einen übriggebliebenen Bagel aufzuspüren. Der Bagel war in überraschend guter Verfassung. Eigentlich in besserer als ich.

Ich nahm den Bagel und eine Flasche Dr. Browns Black Cherry Soda mit rüber zum Schreibtisch und nahm zusammen mit der Katze, zwei Telefonen und einer alten Schreibmaschine meinen Lunch ein. Ziemlich nette Gesellschaft auf ihre Art.

Nach dem Lunch öffnete ich mit meinem Smith & Wesson-Messer die Tagespost. Es gab nicht gerade verdammt viel zu öffnen. Wenn man einen Brieffreund will, dann muß man selbst ein Brieffreund sein.

Da war was, das so unerfreulich aussah wie eine Hochzeitseinladung. Ich schlitzte es auf, und es war tatsächlich eine. Ein Mädchen namens Nina Kong, das ich mal gekannt hatte, wollte heiraten. Um das hinzukriegen, mußte sie ihr Verhalten in mehr als nur einem Punkt geändert haben. Der Typ, den sie heiratete, war Edward S. Pincus, ein aufsteigender junger Urologe. Die Hochzeit fand im Pierre Hotel statt. Anschließend ein Empfang.

Offenbar hatte das frohe Ereignis vor zwei Tagen stattgefunden. Man kennt ja die Post.

Ich wollte die Einladung wegwerfen, aber dann überlegte ich es mir anders. Flach auf den Tisch gelegt, gab sie einen schönen Untersetzer für die Dr. Browns Black Cherry Soda ab.

Ein Haus ist kein richtiges Heim ohne einen Untersetzer. Ich schenkte der Katze ein falsches Lächeln. Die Katze lächelte zurück.

Von da an ging's bergab. Ein Formbrief von einem katholischen Priester in Nicaragua, der an den Hausbesitzer adressiert war. Eine Telefonrechnung von Con Ed. Ein Brief von einer militanten Lesben-Vereinigung namens Schwestern von Sappho, den ich unbeabsichtigt öffnete, bevor ich merkte, daß er für Winnie Katz war.

Den Schluß der Tagespost bildete eine Postkarte aus dem Pilgrim Psychiatric Center. Sie war von meinem alten Freund Cleve, dem ehemaligen Manager des Lone Star Cafés. Sie lautete wie folgt: »Glaube den Ärzten nicht. Mir fehlt Lampe Möhre Schaukelpferd überhaupt nichts. Schön, wenn du hier wärst.«

Das war alles. Eines Tages werde ich meine Postleitzahl ändern und mal sehen, was passiert.

Ich rief McGovern bei der ›Daily News‹ an, und er stritt vehement ab, etwas mit der Story auf Seite 2 zu tun zu haben. Er fragte mich, ob ich dabeigewesen wäre, als die Razzia stattfand. Ich stritt vehement ab, irgendwas damit zu tun zu haben. Wir legten beide vehement auf.

Ich nahm den Schraubenzieher und stellte das alte Schwarzweiß-Fernsehgerät, dem ein Knopf fehlte, auf *Im Reich der wilden Tiere* ein. Ich zog auf Ratsos Couch um, und die Katze zog auf ihren Schaukelstuhl um. Ich legte mich zu einem kleinen Stärkungsnickerchen hin, und allmählich formte sich hinten in meinem Gehirn inmitten der Trümmer, die Leilas Beine da vor kurzem hingekickt hatten, eine Idee. Die Idee stieg auf wie ein Phönix, zweifellos aus der Asche von diversen, ziemlich verkohlten Gehirnzellen. Sie startete ein bißchen wackelig, aber es sah so aus, als würde sie fliegen.

Ich mochte *Im Reich der wilden Tiere* nicht besonders. Ich hatte immer das Gefühl, daß es das Feeling der Mutual of

Omaha Versicherungsgesellschaft hatte. Die Katze schien die Show jedoch immer irgendwie zu genießen, also schaltete ich sie hin und wieder zu ihrem Vergnügen ein.

Es war kein großes Opfer für mich. Nur ein Teil des Gebens und Nehmens im täglichen Leben. Eine kleine Anpassung, die wir vornehmen, um sicherzustellen, daß die Welt für unsere Kinder und unsere Kätzchen ein besserer Ort wird. Auf der anderen Seite konnte es sein, daß diese kleinen Freundlichkeiten, die ich da aufführte, ein unbewußter Trick waren, den ich Gott vorspielte, um Ihn denken zu lassen, ich wäre ein sensiblerer Amerikaner, als ich wirklich war. Aber konnte ein Mensch Gott austricksen? Wessen *Reich der wilden Tiere* war es überhaupt? Gehörte es Gott oder der Versicherungsgesellschaft von Omaha? Schalten Sie nächste Woche wieder ein.

Ratso kam gerade rein, als ich den Anruf von Sergeant Cooperman bekam.

37

Nachdem ich überzeugt war, daß Ratso seine Reise zum Kühlschrank nicht unterbrechen würde, um an die Telefone zu gehen, ging ich rüber zum Schreibtisch und schnappte mir den linken Hörer.

»Red schon«, sagte ich.

»Goodbye, Tex«, sagte Sergeant Cooperman.

»Gehn Sie irgendwohin, Sergeant?«

»Yeah. Beerdigung von nem Kerl. War mal Countrysänger. Versuchte sich hin und wieder in kleinen amateurhaften Auflösungen von Kriminalfällen. Hatte ein paarmal Glück. Dann wuchs es ihm über den Kopf. War ein farbenfrohes Original. Auch ein Kerl mit Mumm. Mochte ihn persönlich nie besonders ... bin auch noch nie besonders auf Beerdigungen abgefahren. Ich werde an irgendeinem Tag einen verdammten Leichenschmaus abhalten.«

»Ich weiß, was Sie meinen. Ich würde lieber zu einem irischen Leichenschmaus als zu einer jüdischen Hochzeit gehen. Da hat man mehr Spaß.« Ratso sah vom Kühlschrank aus fragend zu mir rüber. Ich zuckte mit den Achseln und zog eine frische Zigarre aus Sherlock Holmes' Kopf.

»Hast irgendwo noch ne irische Trumpfkarte im Ärmel, Tex, oder?« Während ich mir Coopermans Kichern anhörte, legte ich mit den anzündungsvorbereitenden Prozeduren für meine Zigarre los. Eine Zeitlang dachte ich, er hätte dieses Kichern auf einer Endlosschleife, aber netterweise legte es sich genau zu dem Zeitpunkt, als ich die Zigarre fertig zum Anzünden hatte.

»Wirst du eine kolumbianische Krawatte zur Beerdigung tragen, Tex?«

»Ich muß annehmen«, sagte ich, »daß sich dieser Anruf auf das ›Countrysänger soll Tip gegeben haben‹ bezieht.« Ich nahm einen nicht ganz so relaxten Zug aus der Zigarre.

»Laß dir mal was sagen, was du offensichtlich nicht weißt«, sagte Cooperman. »Diese Typen operieren nicht wie die Mafia. Sie schlagen nicht präzise und gezielt zu. Ich kann die Tongs auch nicht ab, die ihre weißen Gäste ihr süß-saures Schweinefleisch weiteressen lassen, während sie die feindlichen Schlitzaugen am Nebentisch umblasen. Diese hier sind die Art von Typen, die gerne die Großmutter in ihrem Rollstuhl umlegen, den Hund, die Katze. Sie sehen ein zwei Monate altes Baby in der Wiege, und sie machen es kalt. Und glaub mir, sie heben noch nicht mal die Rassel vom Boden auf. Wenn sie dich kriegen, dann wird jede Stadtstreicherin und jeder Hot-dog-Verkäufer in der Vandam Street mit dir hopsgehen. Du hast es hier nicht mit Ricardo Montalban zu tun.«

Das Kichern war aus Coopermans Stimme verschwunden. Sogar die Bosheit war verschwunden. Die Dinge standen schlimmer, als ich gedacht hatte. Ich brauchte einen Drink.

»Weißt du«, setzte Cooperman geradezu wehmütig fort, »wenn ich mir vorstelle, wie zwei jüdische Fleischklopse wie du und dein Kumpel Ratso versuchen, einer Privatarmee von blutdürstigen Spics mit einem Nachrichtennetz, das wahrscheinlich dem des FBI überlegen ist, auch nur zehn Schritte voraus zu bleiben . . .«

Cooperman seufzte. Ich versuchte zu schlucken. Manchmal ist das schwieriger, als es aussieht.

»Vielleicht bist du reingelegt worden, Kumpel«, sagte er. »Oder jemand benutzt dich als Sündenbock. Ich kann es nicht beweisen. Tatsächlich habe ich es noch nicht mal gesagt, wenn jemand fragen sollte.«

»Vielleicht liegst du falsch«, sagte ich. »Vielleicht kriegen sie es nicht raus. Vielleicht wollen sie sich nicht die Mühe machen, uns zu schnappen.«

»Vielleicht bin ich ein Nigger-Jetpilot«, sagte Cooperman.

Ich legte meine Zigarre in der Mitte eines großen, texasförmigen Aschenbechers ab. Sie sah einsam aus, wie sie da tief im Herzen von Texas dahinbrannte. Ich nahm kaum Notiz von Ratso, der sich inzwischen in der Nähe des Schreibtischs herumtrieb wie ein werdender Vater.

»Nun«, sagte ich, »was kannst du mir raten, außer eine Kabine auf der Titanic zu buchen?«

»Absolut nichts. Und halt deine Finger gekreuzt. Ich muß los.«

»Nur noch eins«, sagte ich, »was ist eine kolumbianische Krawatte?«

»Das ist«, sagte Cooperman, »wenn sie die Kehle vertikal aufschlitzen, die Zunge durch die Öffnung ziehen und sie den Hals runterhängen lassen. Kolumbianische Krawatte.«

»Nee, glaub nicht, daß ich so was will. Zu *trendy*. Würde nicht zu meiner Jagdweste passen.«

»Zieh an, was du willst«, sagte Cooperman. »Es ist deine Beerdigung.«

38

Als ich in dieser Nacht endlich eingeschlafen war, träumte ich, in der Praxis einer schönen Psychiaterin zu sein. Offensichtlich hatten sich die Dinge nicht besonders gut für mich entwickelt, und ich besuchte diese Lady-Seelenklempnerin, um rauszufinden, was falsch war.

»Hatten Sie jemals was mit Joshman zu tun?« fragte sie.

Sie senkte ihre Stimme leicht, als sie das Wort »Joshman« sagte.

»Was ist Joshman?« fragte ich.

Sie schien ein bißchen überrascht zu sein, daß ich das nicht wußte. Sie sah mich einen Moment an. Dann sagte sie klar und deutlich: »Joshman ist, wenn ein Mann einen anderen Mann auf die Knie küßt.«

Ich wachte plötzlich auf. Ich hatte ein Geräusch gehört, von dem ich nicht glaubte, daß es zu dem Traum gehörte. Ich machte das Licht an und checkte die Uhr auf meinem Nachttisch. Kurz vor drei Uhr morgens. Ich lauschte.

Außer Ratsos reichlich unerfreulichem Schnarchen war da nichts. Ich war nah dran, das Licht wieder auszumachen und zu meinem Joshman-Traum zurückzukehren, als ich es wieder hörte. Klang wie gedämpftes Klirren. Vielleicht war es ein eingeschüchterter Trolleybus. Ich ging rüber zum Schlafzimmerfenster und guckte, aber das half nicht viel. Niemand hatte das Fenster in den letzten siebenundvierzig Jahren geöffnet, geschweige denn, durchgesehen. Nicht, daß es einen großen Ausblick gegeben hätte. Müllwagen-Ladeplatz.

Schmutz war eine höfliche Bezeichnung für das, was die Außenseite des Fensters bedeckte. Es war dichter zugerostet als die Hirne mancher Leute. Das Fenster funktionierte so gut wie fast alles im Loft. Ich mochte das irgendwie. Man sollte in einem Haus leben, das älter ist als man selbst.

Ich hörte das Geräusch wieder. Diesmal hatte ich es. Ein Betrunkener, der Steine gegen die Feuerleiter warf. Das war in New York so normal wie Grillen auf dem Land. Dann zerriß eine schrille Stimme die Nacht, als würde sie den ganzen Weg von Brooklyn runterkommen.

»Hey, Tom fucking Sawyer! Wirf den verdammten Puppenkopf runter!«

Es war Rambam.

Ich ging über den kalten Fußboden des Lofts zur Küche, vorbei an Ratsos erstarrtem Körper, vorbei an der Katze, die leicht den Schaukelstuhl bewegte. Ich machte das Küchenlicht an. Wenn die Kolumbianer mich kriegen wollten, dachte ich, dann konnten sie sich kreativere Methoden zusammenträumen, als einen Mann zu erschießen, der an einem Fenster stand.

Der Puppenkopf lächelte vom Kühlschrank auf mich herunter. Der Puppenkopf sah immer aus, als würde er lächeln. Du würdest auch aussehen, als würdest du lächeln, wenn du einen großen Haustürschlüssel zwischen den Zähnen hättest.

Ich nahm den Puppenkopf, öffnete das Fenster und suchte die Vandam Street ab wie ein mutiger Quarterback, der mit Verletzung spielte. Rambam kam gemessenen Schritts von rechts aus der Dunkelheit. Ich versuchte den Fallschirm zu lenken, indem ich ihn in Windrichtung warf, aber er schwebte nicht ganz so herab, wie ich erwartet hatte. Rambam mußte in die Gosse und die halbe Straße runterrennen, um ihn zu schnappen.

»Alle Punkte für Rambam«, rief er.

Ich schloß das Fenster, bevor ich mich zu Tode fror. Durch das Fenster beobachtete ich mit einem nicht geringen Grad von Faszination, wie Rambam den Puppenkopf in der Gosse auffing.

Rambam kam gerade in seiner grünen israelischen Armeejacke durch die Tür, als ich in meine alte Jagdweste stieg. Ost begegnet West. Oder, wenn man mit einem jiddischen Akzent sprach, Ost begegnet Weste. Das war nicht besonders witzig. Das waren nur die Gedanken, die einem kommen, wenn man an nichts anderes denken will.

»Hab weiter oben die Straße rauf geparkt«, sagte Rambam, als er mir den Puppenkopf zuwarf. »Für den Fall, daß die Kolumbianer versuchen sollten, eine Kartoffel in meinen Auspuff zu stecken.«

Ich überprüfte den Puppenkopf sorgfältig. Er sah fröhlicher, lebendiger und entschlußfreudiger aus als viele Gesichter, denen ich täglich auf der Straße begegnete. Und er gebrauchte nicht zu häufig das Wort »super«. Ich fing an, irgendwie an ihm zu hängen. Ich setzte ihn sanft auf dem Kühlschrank ab.

»Ach, armer Yorick«, sagte ich, »du hast einen Kopf von der Größe einer Feinerbse.« Ich holte die Flasche Jameson und zwei angemessene Stielgläser und setzte mich mit Rambam an den Schreibtisch. Wir nahmen eine oder zwei Runden, und ich spulte alles für ihn ab, was in den letzten 24 Stunden abgelaufen war. Leilas Appartement, Leila, Hector, Carlos, die Begegnung mit Cooperman und Fox vor der Razzia, die ›Daily News‹-Story und Coopermans Anruf am früheren Abend. Das einzige, was ich ihm nicht erzählte, war die Sache mit dem Joshman-Traum. Ich glaubte nicht, daß das für den Fall wichtig war. Außerdem wollte ich nicht, daß falsche Gerüchte von unbegründeten Joshman-Episoden in meiner Vergangenheit in New York umgingen. Selbst ein einziges kann einen Mann ruinieren.

Als ich damit fertig war, Rambam alles zu erzählen, was ich über die Kolumbianer wußte, was nicht gerade verdammt viel war, lehnte er sich im Stuhl zurück und dachte einen Moment darüber nach. Dann nahm er die Flasche und goß uns noch einen Schluck ein.

»Ihr haut morgen ab«, sagte er. »Du und Ratso. Ihr geht zurück zu deiner Ranch in Texas, und ihr werdet dort bleiben. Ich hole euch ab und setze euch in ein Flugzeug. Alles, was ihr tun müßt, ist packen, den Flugplan checken und mich anrufen, und ich hole euch ab. Irgendein Problem damit?«

»Alles klar«, sagte ich.

»Fein. Das war's.« Er stand auf. »Sieh mal«, sagte Rambam, »der durchschnittliche Detektiv dritten Grades verdient im Jahr ungefähr sechsunddreißigtausend Dollar. Die durchschnittliche Carlos-Figur gibt mehr als das an einem Tag nur für Lohnzahlungen aus. Sie wissen jetzt schon alles über euch. Eure Chance ist gleich Null. Ich hol euch Typen morgen ab.«

»Willst du hier pennen?«

»Wo verdammt soll ich schlafen?«

»Nun«, sagte ich, »du könntest mit Ratso auf der Couch schlafen.«

»Oder?«

»Oder du könntest mit mir im Schlafzimmer schlafen. Da ist nur ein Bett, aber wir könnten einen Gitarrenkasten zwischen uns legen, so wie wir es mit der Band immer *on the road* gehalten haben, damit wir nicht mitten in der Nacht rein aus Versehen jemand bumsten.«

»Danke für das Angebot«, sagte Rambam. »Es ist sehr verlockend, aber ich möchte nicht mit einem kolumbianischen Schmetterling aufwachen.«

»Was ist ein kolumbianischer Schmetterling?« fragte ich.

»Das ist, wenn sie dir die Lungenflügel rausnehmen, während du noch lebst, und sie dann neben deinen Körper legen.«

»Reizend«, sagte ich.

»Träum schön«, sagte Rambam.

Nachdem er gegangen war, ging ich zum Küchenfenster rüber und starrte in das Nichts der New Yorker Nacht. Es machte fast gar nichts aus, ob das Ganze wahr war oder nicht. Es war auf die eine oder die andere Art schlimm genug. Ich wußte nicht, was ich denken sollte. Ich wußte nicht, was ich tun sollte.

Ich starrte wieder in die Dunkelheit und dachte an die letzten Worte von Wyatt Earps Bruder Virgil. Die Earp-Brüder hingen alle sehr aneinander, und es hieß, daß sie streng an ein Leben nach dem Tod glaubten. Der Legende nach kniete sich Wyatt, als Virgil nach einer Schießerei im Sterben lag, an die Seite seines Bruders in den Staub und fragte ihn, was er sehe.

»Wyatt«, soll er gesagt haben, »ich sehe kein einziges beschissenes Ding.«

39

New York ist ein Teer-Baby. Wenn man einmal hier ist, ist es verdammt schwer, wieder loszukommen. Wie die meisten New Yorker, die vorhaben, die Stadt zu verlassen, schafften wir es auch nicht.

Jeder denkt, daß er in New York nicht sterben wird.

Jeder denkt, daß er in einem netten Ort wie St. Penisburg, Florida, sterben wird. Jeder liegt falsch.

Es gibt einige interessante, wenn nicht sogar bedeutende Ausnahmen. Wenn vom Tod die Rede ist, dann ist es natürlich manchmal schwer zu sagen, was von Bedeutung ist und was nicht von Bedeutung sein könnte. Vielleicht ist gar nichts von Bedeutung. Wie dem auch sei, Damon Runyon – natürlich in Manhattan, Kansas, geboren – wollte in New York sterben und tat das auch und ließ seine Asche von einem kleinen Flugzeug, das von Eddie Rickenbacker geflogen wurde, über den Broadway verstreuen. George S. Kaufman, der Theaterautor, wünschte sich, in New York zu sterben, und auch sein Wunsch wurde erfüllt. Kaufman verlangte jedoch in seinem Testament, daß seine Asche in das Gesicht eines Theaterkritikers der ›New York Times‹ geworfen werden sollte.

Der einzige andere Kerl, der jemals etwas von Bedeutung mit seiner Asche veranstaltete, war Joe Hill, der in Utah aufgrund einer falschen Anklage unrechtmäßig verurteilt und gehangt wurde. Joe Hills Asche wurde auf sein Verlangen in jedem Staat der Union verstreut, mit Ausnahme von Utah. Hab selbst auch nie viel um Utah gegeben.

Was wir aus all dem lernen, nehme ich an, ist, daß es eine gute Sache ist, wenn deine Asche solange wie möglich durch die Gegend geschleppt wird, bevor sie verstreut wird.

Ratso wachte auf.

Es war kein schöner Anblick.

Ich beschäftigte mich damit, die Katze mit etwas Thunfisch und die Espressomaschine mit ein paar Kaffeebohnen zu füttern, während Ratso seine Morgenwaschungen zelebrierte. Gegen neun Uhr Freitag morgen tranken Ratso und ich Espresso und sahen uns über den Küchentisch hinweg an wie Ward und June Cleaver.

Ich steckte Ratso alles über Rambams Besuch und erzählte ihm, was mir Rambam geraten hatte. Er schien es nüchtern genug aufzunehmen.

»Wir sind jetzt zweimal gewarnt worden«, sagte ich. »Einmal von Cooperman und einmal von Rambam. Natürlich mußt du nicht hier im Loft bleiben oder nach Texas gehen. Du kannst jetzt auch nach Hause gehen oder dich sonst irgendwo flachlegen.«

»Yeah«, sagte Ratso, »aber wenn das Nachrichtennetz von denen dem des verdammten FBI überlegen ist, dann werden sie bereits mehr über mich wissen als meine Mutter. Ich denke, da hängen wir zusammen drin, Kinkster. Und ich glaube nicht, daß diese Kerle uns wirklich umlegen wollen. Und überhaupt, es ist sowieso zu spät, um abzuhauen, und in Texas haben sie keine Bagels.«

»Großartig«, sagte ich. »Also bin ich an der Hüfte mit einem Kerl zusammengewachsen, der eine Waschbärmütze ohne Schwanz und die Schuhe eines toten Mannes trägt.«

»Könnte schlimmer sein«, sagte Ratso. »Es könnte auch ein toter Mann in deinen Schuhen stehen.«

Ich machte uns beiden eine weitere Runde Espresso und zog die erste Zigarre des Morgens aus Sherlock Holmes' Kopf.

»Weißt du«, sagte Ratso, »ich frage mich, ob diese Kerle – diese Kolumbianer – von Anfang an hinter dieser Sache gesteckt haben könnten. Immerhin hast du Leila in der Katzenschau kennengelernt. Dann bist du sehr kurz darauf mit einem Pfeil mit einer tödlichen Dosis eines Löwen-Tranquilizers angeschossen worden. Und diese Typen sind, nach allem, was ich gelesen habe, nicht sehr weit vom Dschungel entfernt.«

»Ich hab darüber nachgedacht.« Ich zündete die Zigarre an und beobachtete, wie der Rauch im Sonnenschein tanzte, der durch das Fenster kam. Es war ein kalter, aber schöner Februartag, und es war kein Kolumbianer in Sicht.

»Und dann«, fuhr Ratso fort, »ist da diese Sache mit der kolumbianischen Krawatte.« Meine Hand wanderte unbewußt zu meiner Kehle.

»Red weiter.«

»Nun, ich weiß nicht, ob diese Kerle Zungenfetischisten oder so was sind, aber es scheint da irgendein Zusammenhang zwischen dieser kolumbianischen Krawatte und dem, was Rick »Slick« Goldberg passierte, zu bestehen.«

»Mein lieber Ratso, ich weiß nicht, was ich ohne dich machen würde.«

»Also glaubst du, daß sie Goldberg kaltgemacht haben.«

»Eigentlich gehen meine Schlußfolgerungen genau in die Gegenrichtung.«

»Was meinst du?«

»Ich meine, es ist noch früh am Tag, Watson. Zu früh, um das jetzt müßig mit dir durchzudiskutieren.«

»Du bist dieser liebevolle, alles teilende Typ, Sherlock. Es ist inspirierend, mit einem Kerl zusammenzuarbeiten, der so viel von sich hergibt.«

Ich zog ein bißchen an meiner Zigarre herum und sah Ratso an. »Wie Marco Polo 1324 auf seinem Sterbebett sagte: ›Ich habe nicht die Hälfte von dem erzählt, was ich gesehen habe.‹«

»Yeah«, sagte Ratso, »aber das waren die Finsteren Zeiten. Heute wollen neugierige Geister wissen.«

»In diesem Fall«, sagte ich, »könnte Neugier die Ratte töten.«

Wenig später verließ Ratso in einer Art leichter Verwirrung das Loft. Ich ließ ihn gehen. In diesen Tagen war es auf den Straßen von New York sicherer als in der 199B Vandam. Wer, verdammt, weiß schon noch, was sicher ist?

Manche Leute behaupten, der Rauch meiner Zigarre würde zu ihnen rüberziehen und zur Gesundheitsgefahr werden, aber ich laß so was den Kinkster nicht erschüttern. Die Hauptgesundheitsgefahr in der Welt von heute sind Leute, die sich selbst nicht lieben.

Um alle Möglichkeiten abzudecken, ging ich zum Schreibtisch, suchte die Nummer von American Airlines raus und rief sie an. Die amerikanischen Vermittler waren alle beschäftigt, so daß ich mir Band-Muzak von Captain und Toenail anhören mußte. Wo waren die Disappointer Sisters, wenn man sie brauchte?

Es wäre irgendwie ironisch gewesen, wenn ich mir einen kolumbianischen Schmetterling gefangen hätte, während ich auf den nächsten verfügbaren Vermittler wartete, der ans Telefon ging. Ungefähr zwei oder drei Minuten lang hörte ich mir diese Art von Scheißdreck an, die jeden Aufzug zum Erröten bringen würde. Dann sagte ich einfach: »Zum Teufel damit.«

40

Der Anruf, der mein Leben verändern würde, kam an diesem Nachmittag nicht. Es gab jedoch zwei andere.

Der erste kam von Rambam, der meinte, ich würde mein Leben aufs Spiel setzen, wenn ich nicht nach Texas ging. Ich sagte ihm, daß ich mein Leben jedesmal aufs Spiel setzte, wenn ich im Madison Square Garden einen Frankfurter aß, aber daß ich die Stadt nicht verlassen würde, nur weil ein Cop und ein Privatdetektiv ein bißchen die Nerven verloren. Er sagte irgendwas, wahrscheinlich um sich von seiner Frustration und seinem Abscheu zu erleichtern, und legte auf.

Es war ein prachtvoller Tag, wie wir in New York sagen, selbst wenn man am Küchenfenster seines Lofts stand und darauf wartete, daß viele Männer kommen und einem wehtun würden. Die Gebäude sahen prachtvoll aus. Die Tauben sahen prachtvoll aus. Die Prostituierten sahen prachtvoll aus. Eigentlich haben alle diese Dinge schon immer eine angeborene Schönheit gehabt, aber die Leute haben sich zu viel Mühe gegeben, sie falsch zu sehen. Man sieht, was man sehen will.

Ich wollte sehen, daß diese ganze Anspannungsansammlung vorüberging. Ich wollte den Fall weiterbearbeiten, Slick Goldbergs Killer finden, Rocky finden. Ich wollte eine Menge, und es sah nicht so aus, als würde ich was kriegen. Meine Chance, aus dieser Situation als fröhlicher Amerikaner herauszukommen, war genauso groß wie die von Oliver Twist, was Besseres zu werden.

Der Telefonanruf, der uns kopfüber in etwas stürzte, das niemand als prachtvoll bezeichnen würde, kam an diesem Nachmittag gegen 15.15 Uhr.

Interessanterweise kam er von Jane Meara.

41

Es war Freitag abend, und im Central Park wurde es langsam immer schattiger, als Ratso und ich, nachdem wir wenigstens eine Art von Wiederannäherung erreicht hatten, an der Ecke von Seventh Avenue und Central Park South standen und ein großes Gebäude betrachteten.

»Zu schade«, sagte Ratso. »Wir sind nur zwei Blocks vom Carnegie Delicatessen entfernt.«

»Wenn wir hier lebend rauskommen, dann gebe ich dir eine Schüssel Matzekloß-Suppe aus.«

»Ich wollte eigentlich ein Reuben-Sandwich.«

»Fein.«

Es war kalt und dunkel, und es wurde kälter und dunkler, und ich versuchte Ratso zu erklären, was wir hier eigentlich machten.

»Jane Meara rief mich heute an, und sie war ziemlich unglücklich.«

»Sonst was Neues?«

»Mein lieber Ratso, man möchte meinen, du könntest ein bißchen mehr Feingefühl für eine Person aufbringen, die eine Katze verloren hat.«

»Mach weiter, Mr. Feingefühl.«

»Nun, Landis rief Jane zu sich und sagte, sie hätte mit ihrer Arbeit nachgelassen, seit das alles losging, und Eugene war roh genug, ihr vorzuschlagen, Rocky am besten zu vergessen und sich einen Hund anzuschaffen.«

»Wie gedankenlos.« Ratsos Augen streunten in Richtung Carnegie Deli.

»Aber der eigentliche Grund, warum wir hier sind, ist, daß Jane heute Lunch mit der Lektorin eines anderen Verlages haben sollte, deren Name Estelle Beekman ist. Ich kenne Estelle flüchtig. Sie ist Autorin eines neuen, bejubelten Romans, und sie ist eine Art von einsiedlerischer, aber sehr einflußreicher Person im Verlagsgeschäft. Sie kommt aus einer extrem reichen Familie, und sie lebt in diesem Gebäude. Eins von den Dingen, über die sie in ihrem Roman geschrieben hat, ist, daß sie seit ihrer Kindheit eine tödliche Angst vor Katzen hat. Sie verabscheut sie heute noch.«

»Ich mag sie bereits«, sagte Ratso. »Aber warum sind wir hier?«

»Sie ist nicht zu diesem Lunch-Meeting mit Jane gekommen, keiner in ihrem Büro weiß, wo sie ist, und ihr Telefon ist jetzt schon seit vier Stunden besetzt.«

»Vielleicht erzählt sie ihrem Seelenklempner von einem Tom & Jerry-Cartoon, den sie mal als Kind gesehen hat.«

»Ich glaube nicht, Ratso. In der Leitung wird nicht gesprochen. Ich hab selbst den Operator gefragt.«

»Warum rufen wir dann nicht die Polizei an?«

»Dazu könnte es kommen, aber Jane dachte, bei so einer Braut und so einem Gebäude wäre es besser, wenn wir zuerst mal selbst schnell die Situation klären würden. Wir würden doch niemand gesellschaftlich in Verlegenheit bringen wollen, oder?«

»Natürlich nicht«, sagte Ratso mit einer Stimme, die eventuell nicht ganz so aufrichtig war, wie man hätte hoffen können.

»Okay«, sagte ich, »da gibt's ungefähr fünfzehn Türsteher, und die sind alle sehr unfreundlich. Ich werde einen Freund von mir anrufen, der auch da wohnt, und dann werden wir hochgehen und uns mal ansehen, wie die Sache liegt.«

»Wahrscheinlich werden wir sehen, wie die Braut liegt«, sagte Ratso.

»Das ist eine sehr respektable Braut, Ratso. Sie hat mir mal erzählt, daß sie kaum an gesellschaftlichen Verkehr glaubt, noch weniger an sexuellen. Ich bin gleich zurück.«

Ich ging zu einer Telefonzelle an der Ecke der Seventh Avenue direkt vor dem Gebäude und warf zwei Münzen ein. Nichts passierte. Kein Freizeichen. Kein Geld zurück. Ich blieb gelassen. Je mehr Stürme man im Leben übersteht, desto besser wird man Kapitän seiner Seele. Ich probierte die nächste Telefonzelle aus. Das war nicht so leicht, weil ein entflohener Gorilla den Hörer komplett aus dem Gerät gerissen hatte und die Schnur in der Nachtluft baumelte wie der verhutzelte Arm eines Bauern. Die dritte Telefonzelle funktionierte, und nach drei Klingelzeichen kam ich zu meinem Freund durch. Wie hatte Gott das gemacht?

Nick »Chinga« Chavin, der Typ, den ich in dem Gebäude anrief, wo Estelle Beekman wohnte, war ein Countrysänger, der Werbemanager geworden war. Ich kannte das Gebäude, eines der elegantesten in New York, weil ich ein paarmal die Hausplage von Chinga gewesen war, bevor ich erwachsen wurde und selbst mit eigenen Hausplagen klarkommen mußte.

Eines der Dinge, die Chinga mochte, war spät in der Nacht chinesische Flaschen-Feuerwerksraketen von seinem Balkon im vierten Stock auf den New York Athletic Club gleich gegenüber in der Seventh Avenue abzufeuern. Laut Chinga hat der New York Athletic Club bis heute noch nie Juden oder Farbige als Mitglieder aufgenommen. Aber ich war häufig Zeuge gewesen, wenn Chinga den Club belagerte und speziell auf die arischen Schatten zielte, die hinter gefärbtem Glas dahinjoggten.

Jetzt erklärte sich Chinga bereit, den Concierge unten anzurufen und ihm zu sagen, daß Ratso und ich seine Gäste seien, so daß wir an den fünfzehn unfreundlichen Türstehern vorbeikommen konnten.

Er tat es, und wir taten es.

Ich bat den Aufzugstypen, uns in den 16. Stock zu bringen. Wir fanden die Treppen, stiegen drei davon hoch und begegneten niemand. Wir spazierten ein Weilchen einen Flur entlang und fanden 19 G, Estelle Beekmans Appartement. Die Tür war nur angelehnt.

»Oh Scheiße«, sagte ich, »das sehe ich gar nicht gerne.« Ich hatte in meinem Leben einige Dinge hinter angelehnten Türen gesehen, und keines davon hatte sich als eine Gratisreise für zwei nach Acapulco herausgestellt.

»Was ist?« fragte Ratso.

»Wir sind dabei, es herauszufinden«, sagte ich.

Ich öffnete die Tür.

42

Wir gingen so behutsam vor wie zwei Astronauten, die den Mond betraten. Der Ort war so still wie eine Bibliothek und auch fast so groß. Wir horchten. Ein leises, aber anhaltendes elektronisches Geräusch kam irgendwo von unserer linken Seite. Es war leise und diskret, aber es war da. So ähnlich, als würde der Bieper eines Kokaindealers bei einem Backgammonturnier losgehen.

Wir folgten dem Geräusch ungefähr eine halbe Meile lang und landeten in der Küche. Der Telefonhörer lag einsam auf dem Abtropfbrett. Ich holte meine Rotzfahne aus meiner Hosentasche, hob den Hörer hoch und legte ihn wieder auf die Gabel. Sorry, keiner zu Hause.

Wir wanderten zurück in das Wohnzimmer. Es war dunkel, also machten wir ein paar Lampen an. Da waren diverse große, ornamentale Lampen. Da waren Lichtschienen. Keine davon verdrängte die Düsternis, das Gefühl einer bösen Vorahnung in den Eingeweiden, das sich über alle Poren zu legen schien wie süßes, nach Tod riechendes Kokos-Sonnenöl. Überall war der Tod. Das einzige, was fehlte, war die Leiche.

Ratso und ich machten eine flüchtige Tour durch das üppig möblierte Wohnzimmer. Es war wie ein ziemlich makabres, offenes Haus, in dem man die Hauseigentümerin nicht finden konnte, aber wußte, daß sie irgendwo herumhängen mußte. Oder in einem der Schlafzimmer herumliegen. Oder gefesselt.

Da waren teuer aussehende Chrom- und Ledermöbel, persische Teppiche, diverse große Skulpturen, die irgendjemand irgendwo irgendwas gesagt haben mußten. Große Vasen, Jadeschnitzereien.

»Herrgott«, sagte Ratso und starrte ein Bild an der Wand an, »schau dir das hier an.«

»Yeah«, sagte ich, »das ist hübsch.«

»Weißt du, was das ist?«

»Klar«, sagte ich. »Das ist ein Bild von ein paar fetten nackten Ladies, die miteinander tanzen.« Ich nahm eine Zigarre aus einer der kleinen angenähten Taschen an meiner Jagdweste.

»Das ist ein Matisse«, sagte Ratso.

»Das ist ein Triumph der Kunst über das Leben«, sagte ich, als ich die Zigarre anzündete.

»Ich freue mich, daß du es magst«, sagte Ratso. Ich blies einen kalten Zigarrenrauchstrom in Richtung des Gemäldes.

»Ich mag es nicht«, sagte ich. »Ich denke nur, daß die fetten, nackten, miteinander tanzenden Ladies Estelle Beekman überlebt haben.«

Wir gingen von einem chicen Raum in den anderen. Keine Estelle. Selbst das Badezimmer war was Besonderes. Sie hatte keine Siebenundzwanzig-Fuß-Jade-Toilette wie Kenny Rogers, aber es war definitiv ein Fünf-Sterne-Pissoir.

»Wenn hier kein toter Körper in der Badewanne liegt«, sagte Ratso, »werde ich diese Einrichtung, denke ich, mal benutzen.«

»Nun, ich bin sicher, Estelle findet das in Ordnung, wo immer sie auch sein mag. Unter diesen Umständen könnte das als kleine Taktlosigkeit durchgehen.«

»Ich muß pinkeln wie ein Rennpferd.« Ratso riß seinen Taubenschlag auf, und ich riß in den Flur aus.

»Piß nicht ins Bidet«, rief ich durch die halbgeschlossene Tür.

»Ich bin überrascht, daß du sogar weißt, was das ist.«

»Natürlich weiß ich das. Bidet lebte eine Weile vor Matisse' Zeit. Viele Leute finden, daß Matisse eine Menge von Bidets Ideen geklaut hat. Bidet hatte einen planschigen Stil, und Matisse war irgendwie eifersüchtig –«

»In Ordnung«, rief Ratso, »das reicht. Aber was macht sie mit einem gottverdammten Bidet, wenn sie nicht an Geschlechtsverkehr glaubt?«

»Wenn wir sie finden, fragen wir sie«, sagte ich. Trau niemals einer Person, die Angst vor Katzen hat.

Ich betrat Estelle Beekmans Schlafzimmer und machte das Licht an. Auch auf dem Bett lag keine Leiche, aber auf dem Boden lag ein Schlüssel, dessen Anblick mir nicht besonders gefiel. Ich wollte ihn gerade aufheben, als ich ein Geräusch hörte, das mein Blut zu Perrier auf Eis mit einem kleinen Schuß von irgendwas machte, das ich auf keinen Fall brauchte.

Es war ein Katzenmiauen. Es kam aus dem Kleiderschrank. Ich horchte. Da war es noch mal. Ein weiteres Miauen gesellte sich dazu.

Normalerweise macht ein Katzenmiauen keinen Pudding aus meinen Knien. Selbst nach dem Pfeil-Kanonen-Vorfall und der Miau-Botschaft auf Jane Mearas Anrufbeantworter hatte ich nicht das Gefühl gehabt, daß die Stimme der Katze der Inbegriff des Bösen sein könnte. Jetzt, an diesem Ort, war ich nicht so sicher.

Ich holte meine Rotzfahne raus, hob den Schlüssel hoch und öffnete gerade die geschlossene Tür des Kleiderschranks, als Ratso vom Boudoir aus reinkam. Für einen Moment passierte nichts. Dann kamen zwei dürre Straßenkatzen auf uns zu, als würden sie aus einem Disney-Film spazieren. Eine von ihnen schnurrte und rieb sich an Ratsos Beinen. Er wendete sich voller Abscheu ab.

»Was machen diese beiden Katzen hier?« schrie Ratso fast.

»Vielleicht sind es zwei Homosexuelle, und sie machen gerade ein *Coming out* aus dem Kleiderschrank«, sagte ich.

Ich schaltete den Lichtschalter im Kleiderschrank mit meiner Rotzfahne an. Nichts passierte. Ich stieg in den Kleiderschrank. Ratso folgte mir. Es war ein großer Kleiderschrank, überfüllt mit Pelzen und langen Abendkleidern, und im gedämpften Licht des Schlafzimmers war es nicht leicht, etwas zu sehen. Ich nahm mein Bic raus und ließ es aufflackern.

Was wir auf dem Boden des Kleiderschranks erblickten, sah ganz und gar nicht aus wie aus einem Disney-Film. Es sah eher aus wie etwas, das einem von Leuten gebracht worden war, die Bambis Mutter getötet hatten.

Estelle Beekmans Augen waren so geweitet wie glänzende neue Nickel, und sie reflektierten puren, mehrfach ungesättigten Terror. Der Körper fühlte sich bereits kalt an. Das Gesicht war blau, die Halsmuskeln sahen angespannt aus. Eine Hand hatte die Wand mehrfach an verschiedenen Stellen zerkratzt, etwas, das mich an Mauerspuren erinnerte, von denen ich woanders schon mal gehört hatte. Für einen Moment hatte ich das Fragment eines Bildes von einem alten Mann vor Augen, der Violine spielend in eine Gaskammer ging. Dann wurde das Bic heiß, und ich ließ es ausgehen.

Ein paar Minuten später öffnete ich die Schiebetür zum Balkon, und wir atmeten die kalte Nachtluft ein und sahen runter auf den New York Athletic Club.

»Lassen wir ein bißchen Zigarrenrauch raus«, sagte ich. »Wenn ich die Polizei anrufe, werde ich mich um Anonymität bemühen.«

»Sie hat sich zu Tode geängstigt«, sagte Ratso. »Getötet von zwei Katzen.«

»Wahrscheinlich eher von Fred Katz. Oder der Person, von der wir denken, sie sei Fred Katz.«

Ein paar Minuten lang beobachteten wir ein Pferd mit Wagen und einem Fahrer mit Zylinder, die sich ihren Weg durch Taxis, Busse und Limos die Seventh Avenue runterkämpften. Gute Fahrt.

Ratso schüttelte seinen Kopf und lehnte sich ans Geländer. »Buchstäblich zu Tode geängstigt«, murmelte er, halb zu sich selbst, halb zum Central Park.

Ich sagte nichts.

»Es ist eine Schande«, sagte Ratso. »Estelle Beekman läßt den ganzen schönen Scheiß zurück, den sie hier stehen hat.«

Wir waren nur ein paar Minuten auf dem Balkon gewesen, aber ich fühlte mich kälter, als ich mich seit Jahren gefühlt hatte.

Ich zog ein letztes Mal an der Zigarre und schnippte sie über die Seventh Avenue zum New York Athletic Club rüber.

»Man sieht nie einen Gepäckträger auf einem Leichenwagen«, sagte ich.

43

Es war nach elf, als Ratso und ich ein paar Blocks hinter Sheridan Square aus dem Taxi stiegen und flott in Richtung Vandam Street liefen. Es war eine ziemlich ruppige Nacht, kalt genug, um einen Pinguin an seine Fausthandschuhe denken zu lassen, und sie war noch nicht vorbei.

Ich hatte Ratso gebeten, konversationsmäßig die Klappe zu halten, damit ich den Heimweg dazu nutzen konnte, die Dinge ein bißchen auseinanderzuklamüsern. Manchmal konnte ein Spaziergang bei brutalem Wetter unwesentliche Sinneseindrücke einfrieren und einen mit der eiskalten Wahrheit nach oben desertieren lassen. Manchmal war alles, was man kriegte, eine laufende Nase.

Aber dafür waren, außer zur Vermeidung von Fingerabdrücken, Rotzfahnen da.

Ich ließ meinem Gehirn freien Lauf. Es dachte an Eskimos. Zwei Eskimos, die ihre Nasen aneinanderrieben. Neun Monate später würden sie wahrscheinlich ein kleines Balg haben. Ich dachte an Eisberge. Ich dachte an Goldberg. Goldberg hatte Katzen gemocht. Er wurde umgebracht. Estelle Beekman hatte Angst vor Katzen gehabt. Sie wurde umgebracht. Jane Meara liebte Katzen. Es schien so, als sei ihr Leben in Gefahr. Irgendwas stimmte hier nicht, dachte ich. Ich würde Lobster anrufen und mehr über Slick Goldberg herausfinden müssen. Vielleicht waren Katzen hier nicht der gemeinsame Nenner. Wenn nicht – was dann? ... Und Leila ... warum zum Teufel hatte sie nicht angerufen? Ich wußte, daß sie sich nach der Razzia und der ›Daily News‹-Story ein bißchen rar machen könnte, aber ich vermißte sie. Vielleicht sogar ...

»Kinkster«, sagte Ratso plötzlich, »die verdammte Haustür ist offen.«

Das stimmte. Es war kurz vor halb zwölf in der Nacht, und die große Metalltür des Hauses stand weit offen. Wenn man in New York eine Tür offenstehen ließ, konnte man froh sein, wenn eine Rastafari-Familie alles war, was man kriegte.

»Könnte eine unvorsichtige Lesbe gewesen sein«, sagte ich.

Als wir in dem Lastenaufzug mit der einen nackten Glühbirne hochstiegen, fingen die Haare in meinem Nakken auch an, aufzusteigen. Ich wurde von einem verzweifelten, verdammten Gefühl heimgesucht, in die Falle gegangen zu sein. Es ist schwer wegzulaufen, wenn man in einem Lastenaufzug ist.

»Nächstes Mal«, sagte ich, »erinnere mich daran, die Treppe zu nehmen.«

»Wenn es ein nächstes Mal gibt«, sagte Ratso.

Als sich die Türen im dritten Stock öffneten, sprangen wir geradezu aus dem Aufzug in den schwach beleuchteten Flur. Ich hatte schon den Schlüssel in der Tür des Lofts, als mich irgendwas stoppte. Ich blickte zurück und sah Ratso in seiner Waschbärmütze steif in der Mitte des Flurs stehen wie eine stämmige, etwas semitische Statue von Davy Crockett. Mit seiner rechten Hand deutete er auf die Tür.

Auf der Tür des Lofts war ein Prankenabdruck, der aussah, als stamme er von einem Jaguar oder einer großen Dschungelkatze. Er war rot und noch triefend naß und sicher aus Blut.

»Unvorsichtige Lesbe?« fragte Ratso.

»Vielleicht hat jemand zu fest angeklopft«, sagte ich.

44

In präkolumbianischen Zeiten war das Leben viel einfacher.

Das war es, was mir durch den Kopf ging, als ich am frühen Samstag morgen von einem Klingeln im Ohr wach wurde. Es war das Telefon.

Ich grabschte den Hörer und sah auf die Uhr auf meinem Nachttisch. Es war 6.15 Uhr morgens, eine reichlich obszöne Zeit für jeden, aufzuwachen. Es war auch, wie sich herausstellte, ein reichlich obszöner Anruf.

»Ich will dich«, sagte Leila. Sie klang, als läge sie direkt neben mir im Bett, ohne einen Gitarrenkasten dazwischen.

»Hab ich dein kleines Herz in der Hosentasche?« fragte ich. Das war so schüchtern, wie ich morgens um 6.15 Uhr sein konnte.

»Ja«, sagte sie, »aber ich habe dich direkt hier.«

»Wo ist hier?«

»Ich geb dir einen Tip – es ist direkt da, wo ich dich haben will.«

Große Wellen der Leidenschaft rollten über mich hinweg. Ich wußte nicht, ob es Leilas palästinensischer, kolumbianischer oder New Yorker Hintergrund war, der sie dazu befähigte, eine derartige Wirkung auf mich auszuüben. Alle drei Kulturen schienen eine Art übersättigte, hedonistische Einstellung hinsichtlich Liebe und Sex zu haben. Gott sei Dank bin ich ein Country-Boy.

»Wart mal mit der Hochzeit«, sagte ich.

»Hochzeit?« sagte Leila. »Das ist beängstigend plötzlich. Ich brauche etwas Zeit. Sollten wir wirklich heiraten, dann werde ich wohl dafür sorgen, daß du einen Schleier trägst.« Sie lachte selbstsicher.

»Kastrierende Hündin.«

»Ich bin keine kastrierende Hündin«, sagte sie. »Ich will nur die Westbank.«

»Sie gehört dir«, sagte ich, »wenn du versprichst, immer zehn Schritte hinter mir zu gehen.« Ich stieg aus dem Bett, zog den Sarong aus und Jeans an. Ich schaffte es, den Reißverschluß zuzuziehen, ohne mich dabei umzubringen.

»Honey«, sagte Leila, »Carlos hat mir versprochen, daß er dir nichts tun wird. Er wird vielleicht nur versuchen, dich ein bißchen zu erschrecken.«

»Yeah«, sagte ich. »Er hat mich letzte Nacht ein bißchen erschreckt.«

»Keine Sorge, mein Bruder wird dir nichts tun. Sie haben so eine Art Meeting heute abend, aber ich halte dich auf dem laufenden. Es wird schon alles gut werden.«

»Wo bist du?« fragte ich.

Es gab eine Pause. Endlich sagte Leila: »Ich bin bei meinem Onkel Abdul – lach nicht, das ist sein richtiger

Name. Ich muß jetzt sehr vorsichtig sein. Wir dürfen nicht zusammen gesehen werden. Da gibt es eine andere Familie, die unsere Familie haßt und alles tun würde, um mir und denen, die ich liebe, was anzutun.«

»Okay, Julia.«

»Es ist ein bißchen so, nicht wahr?«

»Ja«, sagte ich, »mit der Ausnahme, daß alle kriegführenden Familien auf deiner Seite sind.«

»Ich will nicht, daß du irgendwelchen Ärger kriegst. Ich will nicht, daß dir was passiert. Und, Kinky –«

»Was?«

»Ich glaube, ich liebe dich.«

Es gab eine lange Pause, und es konnte sein, daß Leila weinte.

Als ich auflegte, fragte ich mich, warum ich nicht einfach mal eine Braut an dem Tag an ihrem Briefkasten kennenlernen konnte, an dem ihre Visa-Card ankam? Warum mußten die Dinge immer so melodramatisch und verwickelt sein?

»Eines Tages«, sagte ich zu der Katze, »werden sie ein Leben aus meinem Film machen.«

45

Vielleicht hätte ich in der High School mein Auto gegen einen Baum setzen sollen, aber ich tat es nicht. Jesus oder Allah oder sonst jemand wollte, daß ich an diesem Samstag morgen um 8 Uhr in einem zugigen Loft heiße Schokolade trank und beobachtete, wie gefrierender Regen an meinem Fenster herunterlief. Ich dachte daran, der Espressomaschine eine kleine Pause zu gönnen. Wenn man zuviel Espresso trinkt, denkt man zuviel. Wenn man zuviel denkt, kann man den Wald vor lauter Bäumen nicht sehen, gegen die man in der High School sein Auto hätte setzen sollen.

Ich fühlte, daß ich nah dran war, Frieden im Nahen Osten zu schaffen, aber ganz gleich, was ich für Leila empfand, ich konnte ihre Einschätzung ihres Bruders Carlos nicht darüber bestimmen lassen, ob ich leben oder sterben würde. Wenn es nach ihr ging, war Carlos praktisch nur ein Macho-Witzbold. Zunächst mal hatte er nichts Besseres zu tun, als herumzulaufen und Leute zu erschrecken, die sich nicht allzu sicher fühlten.

Was, wenn sie ihren Bruder nicht so gut kannte, wie sie dachte? Vielleicht konnte sie nicht sehen, wie er wirklich war, weil sie ihn liebte. Vielleicht schirmte sie die Wahrheit vor mir ab, weil sie dachte, daß sie mich liebte. Vielleicht brachte ich mich, Ratso, die Katze und eine unschuldige Lesben-Tanzschule in Lebensgefahr, weil ich dachte, daß ich sie liebte.

Das sprach nicht gerade für die Liebe.

Noch was anderes bedrückte mich. Ich züngelte ein paar weitere Mini-Marshmallows aus der heißen Schokolade. Mußte in Übung bleiben. Ich aß die Marshmallows und dachte darüber nach. Der blutige Prankenabdruck an der Tür. Ich hatte ihn irgendwo schon mal gesehen.

Ich fütterte die Katze mit etwas Thunfisch. Die Leute behaupten, daß man eine Katze zu einer Thunfischsüchtigen macht, wenn man sie immer mit Thunfisch füttert. Macht die Katze zickig und reizbar. Ich sage: »Seid ihr euch da sicher?« Meine Katze ist zufällig immer zickig und reizbar, und auch ich war schon immer zickig und reizbar, und wir brauchen keine Leute, die uns sagen, wie wir unser Leben zu leben haben.

Heiße Schokolade und Mini-Marshmallows passen sehr gut zu Zigarren und Regen. Natürlich paßt alles gut zu Zigarren und Regen, außer Spargelspitzen oder wie immer die heißen. Bohnensprossen. Ich saß mit heißer Schokolade Nummer drei und Zigarre Nummer eins in Arbeit auf dem Schaukelstuhl und sah Ratso beim Schlafen zu, als mir einfiel, wo ich den roten Prankenabdruck schon mal gesehen hatte. Um Ratso nicht aufzuwecken, schlich ich leise wie eine Dschungelkatze rüber zum Schreibtisch. Dann nahm ich den Hörer zur Linken ab und wählte eine Nummer in Austin, Texas.

46

Damals, als Margaret Mead noch auf dem Schulhof seilchenhüpfte, hatten Jim Bone und ich zusammen an der Universität von Texas in Austin Anthropologie belegt. Natürlich war er jetzt Dr. Jim Bone, aber das hielt ich ihm nicht vor. Jim hatte alles behalten, was er auf dem anthropologischen Gebiet gelernt hatte, hatte die Welt bereist und war dann darangegangen, einer der führenden Experten für alte, obskure und verlorengegangene Kulturen zu werden. Ich hatte alles verdrängt, was ich gelernt hatte, hatte die Welt bereist und war ein Countrysänger geworden, der, wie manche Zyniker sagen würden, wahrscheinlich auch ein Experte für verlorengegangene Kultur war.

Jim hatte eine beträchtliche Zeit mit Forschungen in Südamerika verbracht und hatte als erster weißer Mann eine Menge Sachen angestellt. Eine davon war, eine Piñata zu bumsen.

Es war jetzt 7.30 Uhr morgens Texas-Zeit, aber ich hatte das geistig schwächende Gefühl, daß in New York die Zeit ablief.

»Jimbo! Spring zur Seite!« sagte ich. »Jemand hat einen roten Prankenabdruck an meiner Lofttür angebracht.«

Jim klang ein bißchen mürrisch, aber deutlich. »Bißchen altmodisch«, sagte er. »Die Leute haben so was schon seit tausend Jahren nicht mehr gemacht.«

»Yeah, nun, irgend jemand hat es letzte Nacht bei mir gemacht.«

»Ich sage dir, was es nicht ist«, sagte er.

»Was?«

»Ein ›Frohes-Bar-Mizwa‹-Zeichen.«

Was folgte, war ein langer und irgendwie krankhafter Lachanfall. Nur Idioten oder Genies lachten um halb acht morgens auf diese Art. Man hatte die Wahl.

Als sich das manische Gelächter gelegt hatte, gab mir Jim einen Intensivkurs über die Tiefland-Wachíchí, von denen viele Jaguar-Priester gewesen waren und die alle vor über tausend Jahren innerhalb einer Woche vom Erdboden verschwunden waren, wie es schien. Die Wachíchí beteten einen Gott namens Kukulcán an, den Katzengott, den einige für einen frühen Raumfahrer halten und der 986 n. Chr. für immer im Himmel verschwand. Die Wachíchí waren seefahrende Kolonialisten, Zeitgenossen der Azteken, Inkas, Babylonier und alten Römer. Die von den Wachíchí hervorgebrachte Tradition, Masken zu tragen, damit die Sonne ihre Gesichter nicht sehen konnte, wurde später von den Irokesen entliehen und war noch später von vielen hinterhältigen Amerikanern übernommen worden, die immer noch nicht wünschten, daß die Sonne ihre Gesichter sah. Die Jaguar-Priester der Wachíchí sollen sich in ihren dunkleren Momenten als Katzen verkleidet haben. Man weiß, daß sie sich mit der Struktur des Bösen befaßten, nicht mit der Struktur der Vollkommenheit. Diese Information kommt laut Dr. Bone aus den *Chilam Balam*, die grob gesagt das Neue-Welt-Äquivalent zu den Schriftrollen des Toten Meers bilden – außer daß sie, wieder laut Dr. Bone, ungefähr hundertmal gespenstischer sind.

»Da hast du es also vor kurzem mit einer Katze zu tun gehabt«, sagte Jim.

»Du liest wohl meine Post, Bruder. Vor ein paar Wochen ist die Katze von einer Freundin während einer Katzenschau im Madison Square Garden verschwunden und seitdem ist kaum noch was so, wie es mal war.«

»Klingt ganz danach. Irgendwelche süd- oder mittelamerikanischen Typen in deinem Leben zur Zeit?«

»Du hast 100 Punkte.«

»Sind es vielleicht Kolumbianer oder Peruaner?«

»Kolumbianer.«

»Tut mir leid, das zu hören.«

»Mir auch.«

»Laß mich eben eine Tasse Kaffee trinken. Bleib dran. Ich muß einen Moment drüber nachdenken.«

Während Dr. Jim Bone sich in Austin, Texas, eine Tasse Kaffee holte, ergriff ich die Gelegenheit, sanft in heiße Schokolade Nummer vier rüberzugleiten und die pränuptialen Zeremonien für Zigarre Nummer zwei durchzuführen. Ich zündete die Zigarre an und züngelte nach ein paar weiteren Mini-Marshmallows. Da war eine gewisse süße Erinnerung in dieser Kombination, die ich nie zuvor in meinem Leben gefühlt hatte. Jim war wieder dran.

»Keiner weiß mit Sicherheit«, sagte er, »was mit den Wachíchí passiert ist. Verschwanden sie? Segelten sie irgendwohin und rekolonialisierten? Aber um 1000 n. Chr. herum führten die Skandinavier viele Kriege mit einer Gruppe, die sie die Katzenleute nannten. Das geschah im Gebiet von New York/New England. Eines der Ergebnisse war ein Indianerstamm, der eine Kombination von Altnordisch und Quiché sprach. Quiché war natürlich die Sprache der Wachíchí.«

»Das ist«, sagte ich, »zweifellos faszinierend. Aber wieso ist es von Bedeutung?« Das ist eines der Probleme, denen man begegnet, wenn man es mit Anthropologen und Archäologen zu tun hat. Sie ziehen die Vergangenheit der Gegenwart vor. Wie dumm von ihnen.

»Was ich versuche, in dein erwachsenes Hirn zu kriegen«, sagte Jim ziemlich gereizt, »ist, daß es bei den Wachíchí eine lange Tradition gibt, New York zu besuchen.«

»Unangenehm«, sagte ich.

»Nicht vom anthropologischen Standpunkt aus.«

»Fein.«

»Ich versuche nicht, dich zu ängstigen, aber die Menschen sind schon ein großes Stück weiter und aus wesentlich dümmeren Gründen gereist, als eine Katze zu finden.«

»Das ist sicher ein bißchen weit hergeholt.«

»Iason und das Goldene Vlies. Die Suche nach dem Heiligen Gral. Teufel noch mal, die Ägypter sind den ganzen Weg runter nach Tunesien wegen eines verlorengegangenen Fingerrings. Es ist nicht so ungewöhnlich.«

Es war so ungewöhnlich.

Art Linkletter hatte recht, dachte ich. Menschen sind *komisch*. Natürlich sind sie nicht ganz so komisch wie Art Linkletter, aber sie sind komisch genug, um sich darüber totlachen zu können.

»Hör zu«, sagte er. »Verstehst du das? Bin ich hier allein? Fahre ich durch eine Geisterstadt? Du kannst kurz vor einer bedeutenden anthropologischen Entdeckung stehen.«

Eine der kleinen Schwierigkeiten in dieser Welt ist die, daß sie von Anthropologen durchlöchert ist, die in die entlegensten Ecken der Welt reisen und die Leute mit ihren Theorien langweilen. Mein Vater erzählte mir mal, daß in Grönland jede Familie fünf Kinder, drei Hunde, zwei Hühner und einen Anthropologen habe.

»Zum Beispiel?« fragte ich. »Einen versteinerten Scheißhaufen in einem Abfalleimer zu finden?«

Dr. Jim Bone war darüber nicht amüsiert. »Wach auf, Mann. Weißt du nicht, was dieser rote Katzenhieb an der Tür bedeutet?«

»Deshalb hab ich dich angerufen, Jim.«

»Nun, ich sag's dir«, sagte er ruhig. »Es ist das Standard-Todeszeichen der Wachíchí.«

»Ich werde das in meinen Forschungsaufzeichnungen notieren«, sagte ich. Aber ich wußte, daß ich mir das nicht zu notieren brauchte, um es nicht zu vergessen. Wenn ich irgendwelche Forschungsaufzeichnungen gehabt hätte und wenn ich versucht hätte, irgendwas darin zu notieren, dann hätte ich nicht sicher sein können, daß meine Hände nicht gezittert hätten.

»Diese Katze, nach der du suchst«, sagte Jim, »die, die verschwunden ist. Diese Katze hat nicht zufällig vier weiße Pfoten, oder?«

Mir war so, als wäre eine altertümliche Kultur über mir zusammengebrochen, während ich draußen auf dem Feld nach Pfeilspitzen suchte. Für einen Moment war ich sprachlos, in der Tat ein rares Ereignis. Dann kam die gute alte Gleichgültigkeit des 20. Jahrhunderts brausend zurück. Der Mensch ist nichts, wenn er nicht flexibel ist. Aber manchmal gibt es wenig genug, auf das man flexibel reagieren kann.

Vier kleine weiße Socken, dachte ich.

»Woher«, fragte ich, »im Namen Kukulcáns, wußtest du das?«

»Weil die Wachíchí noch einen anderen Namen für Kukulcán hatten.«

»Yeah. Was für einen?«

»Sie nannten ihn manchmal«, sagte Dr. Jim Bone, »den Gott, der mit seinen Füßen in den Wolken steht.«

47

Das Telefon arbeitet auf mysteriöse Art. Manchmal bringt es einem fröhliche kleine geschmacklose Grüße von fröhlichen kleinen geschmacklosen Leuten. Manchmal läßt es einen ein bißchen nördlich von einer Scheißangst zurück.

Ich wischte gerade den roten Prankenabdruck von Kukulcán mit heißem Wasser und Ajax von der Lofttür, als Ratso auf seinem Weg ins Badezimmer fast über den Eimer stolperte.

»Was, verdammt, machst du da?« fragte er. »Du willst doch wohl einen Labortest, oder?«

»Das einzige, von dem ich einen Labortest haben will, ist dein Gehirn«, sagte ich ein bißchen unfreundlich.

»Yeah, aber wenn es menschliches Blut oder Tierblut ist, dann könnte es uns etwas sagen.«

»Es hat uns bereits was gesagt«, sagte ich. Ich gab Ratso einen kurzen Überblick über das Telefongespräch, das ich mit Jim Bone geführt hatte. Als ich fertig war, versuchte er zu pfeifen, aber es war noch zu früh am Morgen. Er begnügte sich damit, bleich auszusehen.

»Das letzte, was die Bullen hören wollen«, sagte ich, als ich fortfuhr, das Blut abzuwaschen, »ist irgendeine abenteuerliche Geschichte über altertümliche Kulturen. Bullen sind keine Anthropologen. Sie haben andere Möglichkeiten, öde zu sein.«

»Ich glaube trotzdem nicht, daß du es abwaschen solltest.«

»Entweder das, oder ich muß jedesmal auf diesen Hurensohn glotzen, wenn ich reinkomme. Wahrscheinlich hat es sowieso nichts zu sagen.«

Ratso sah nicht sehr überzeugt aus.

Während ich im Loft hin und her lief und hörte, wie er gurgelte, hustete und ungefähr siebenmal die Toilettenspülung betätigte, glaubte ich auch nicht mehr daran, allzu überzeugt zu sein. Jeder von uns wird eines Tages ein Relikt sein, dachte ich. Laßt uns nur hoffen, daß uns jemand Nettes findet. Es war wahrscheinlich zuviel verlangt, daß uns jemand Nettes finden sollte, solange wir noch lebten. Ratso kam aus dem Badezimmer, zog sich an und stieg in ein Paar Telefonreparateur-Gummistiefel, die fast bis zu seiner Hüfte reichten.

»Ich hasse Regen«, sagte er.

»Ich liebe den Regen«, sagte ich.

Die Katze, die friedlich im Schaukelstuhl schlief, sagte nichts, aber man konnte mit Sicherheit sagen, dachte ich, daß auch sie den Regen liebte.

Ich sah auf die geöffnete Lofttür. Wo der rote Prankenabdruck gewesen war, war immer noch ein geisterhafter Schatten. Es sah nicht aus wie etwas, das Ajax und heißes Wasser wegkriegen konnten. Ich bezweifelte, daß Meister Proper da besser abschneiden würde. Ich mußte mir wohl eine neue Tür oder ein neues Loft anschaffen.

Egal was ich tat, ich hatte das Gefühl, der geisterhafte Schatten würde immer da sein. Wenn nicht an der Tür, dann eben im Albtraum vor meinem inneren Auge.

48

Der Schnee fing an, sich mit Regen zu vermischen, als Ratso und ich an diesem Samstag abend die Twelfth Street entlanggingen. Es war kurz nach acht Uhr, und junge Männer holten junge Frauen zu Dinner-Verabredungen ab. Junge Männer holten junge Männer zu Dinner-Verabredungen ab. Junge Frauen holten junge Frauen zu Dinner-Verabredungen ab. Du bist, was du ißt.

Es war Samstag abend. Es war im Village. Es war in Amerika. Es war 1988. Es war kalt. Fast das einzige was es nicht war, war freundlich. In den entlegensten Bereichen meines äußeren Blickfeldes konnte ich ein Gespenst lauern sehen. Ich konnte fühlen, wie gelegentlich die erfrorenen Flügel von Engeln über meinen Hut strichen. Irgendwas außer Regen, Schnee, billigem Parfum und gerösteten Kastanien lag in der Luft. Es war der Tod – wahrscheinlich der einzige Gast, der zum Essen noch weniger willkommen war als Sidney Poitier.

Als wir die Fifth Avenue überquerten, schien der Regen aufzuhören und der Schnee fing an heftiger zu fallen. In der weißgrauen Düsternis konnte ich so eben den gigantischen Leguan auf dem Dach des Lone Star Cafés, einen Block die Straße rauf, ausmachen. Er stand da wie ein Leitstern für ziemlich kranke Pilger. Selbst bei diesem Wetter fühlte ich das Frösteln, in das er mich versetzte.

Es war etwas über ein Jahr her, daß ich im Lone Star gespielt hatte. Es war der Auftritt meines Lebens und verdammt nah dran gewesen, der letzte Auftritt meines Lebens zu sein. Jetzt war alles im Lone Star wieder normal, außer, daß mir Cleve Postkarten aus dem Irrenhaus schickte und ich kaum noch die Phrase »Laß das Beil fallen« benutzte, wenn ich den Kellner um die Rechnung bitten wollte.

Auf der anderen Seite der Fifth sprang eine Katze aus einem Mülleimer. Aus reiner Gewohnheit verfolgte ich sie ein bißchen auf dem Weg den Block herunter. Es war nicht Rocky. Bißchen schwierig, mit den Gedanken bei einer vermißten Katze zu bleiben, wenn man wußte, daß man selbst bald seine Lungen vermissen konnte.

Wir bogen in der Mitte der Twelfth zwischen Fifth und University scharf links ab und gingen ein paar Stufen runter und durch ein paar Türen in Asti's Italienisches

Restaurant, in dem die Kellner, Barkeeper, Piccolos und der Typ, der deinen Hut und Mantel in Empfang nimmt, alle Opernarien singen.

Als wir das Lokal betraten, stand Augie, der Inhaber, gerade hinter der Bar und hämmerte auf einer Flaschenreihe »Dixie« runter. Dann ging er rüber zur Kasse und spielte ein paar weitere Akkorde, wobei er die Tasten benutzte, um die Melodie erklingen zu lassen, und zur Perkussion die Kassenschublade hin und her zog.

»Vielseitig«, sagte Ratso zu einer Gruppe von gutgekleideten europäischen Touristen. Sie sahen ihn an, als dachten sie, er wäre gerade von der Küste eingeflogen und hätte es nicht für nötig gehalten, ein Flugzeug zu nehmen.

Samstag abend ist nicht der beste Abend, um zu Asti's zu gehen. Da sind ein paar Touristen aus Iowa, Japan und der Upper West Side zuviel. Aber wenn New York die Touristen nicht hätte, dann müßten sie wahrscheinlich das Empire State Building, die Staten-Island-Fähre und die Freiheitsstatue schließen, weil die Einheimischen in Mengen fernbleiben würden.

Mein Wissen über Opern beschränkt sich auf *Der Bettelstudent*, wovon ich weiß, daß es zwar keine richtige Oper, aber sehr gut ist, und manchmal *La Bohème*. Asti's bedient sich heftig von beiden, einigen Show-Nummern, einigen der Langhaarige-Fette-Lady-Songs, die geeignet sind, um sich dabei zu betrinken, und Medleys aus Sachen wie »Dixie«, »When Irish Eyes Are Smiling« und »Hava Nagila«, die jedem außer japanischen Geschäftsleuten was sagen.

Asti's wurde von Augies Vater an dem Tag eröffnet, als Caruso starb. Man kann in diesem Lokal noch nicht mal urinieren, ohne von Angesicht zu Angesicht mit signierten Fotos von Toscanini, wie er nach Amerika segelt, und Caruso, wie er eine Arie singt, zu stehen. Augie versicherte mir, daß Caruso nicht starb, nachdem er hier gegessen hatte.

Augie beendete unter donnerndem Applaus sein Registrierkassenspiel und führte die Ratte und mich zu einem Tisch in der Nähe der kleinen Bühne. Vittorio mit der kleinen Russenmütze sang gerade »Wenn ich einmal reich wär'«, als sich eine große Gestalt zu unserem Tisch schleppte.

»Darf ich mich zu euch Girls setzen?« fragte sie. Es war McGovern.

»Woher, verdammt, weißt du, daß wir hier sind?« sagte ich etwas gereizt.

»Hab nen Tip von Reuters gekriegt«, sagte McGovern, als er sich zu uns setzte und bei einem vorbeigehenden Kellner einen Wodka McGovern bestellte. »Das ist Wodka, Orangensaft, Soda, mit Limone. Wodka McGovern.«

»Kein Problem«, sagte der Kellner.

»Ich krieg auch einen Wodka McGovern«, sagte Ratso.

»Ich möchte irgendeinen obskuren, teuren Cognac«, sagte ich. Es war eine gute Sache, das Blut zu erwärmen, aber ich war mit McGovern nicht glücklich genug, um einen Wodka McGovern zu bestellen oder gar eines meiner Lieblingsgerichte, die er kochte, Chicken McGovern, zu essen. Im Hintergrund meines Verstands lauerte trotz seiner Dementis der Gedanke, daß mein alter Kumpel mein Leben in Gefahr gebracht hatte.

»Erzähl mir«, sagte McGovern, »von dem gigantischen roten Krallenabdruck, den du an deiner Lofttür gefunden hast. Das muß euch beiden ja eine Scheißangst gemacht haben.« Ich sah Ratso an, und Ratso sah mich an. Wir zuckten beide mit den Achseln.

»Woher weißt du davon?« fragte Ratso, plötzlich nervös.

»Ich habe Quellen«, lachte McGovern, »in der schwulen Tänzergemeinde.«

»Gottverdammte Schwule«, sagte Ratso.

»Beängstigend homophobisch«, sagte ich. »Wie Rita Mae Brown sagt: ›Wenn Michelangelo ein Heterosexueller gewesen wäre, dann wäre die Sixtinische Kapelle einfach mit einer Rolle weiß angestrichen worden.‹«

Ratso sah mich an. »Ich wußte gar nicht, daß du dich für so hochgestochene Schriftsteller interessierst«, sagte er.

Ich nippte am Cognac. Er schmeckte wie zähflüssiges Flugzeugkerosin aus der Amelia-Earhart-Ära. Ich reagierte nicht.

»Besser als überhaupt kein Stich«, sagte McGovern.

49

Ich bearbeitete gerade Linguini mit Muschelsauce, als Pasquale die Bühne betrat und die Arie des Figaros sang und demonstrierte, wie man gleichzeitig eine Pizza macht. Er warf den wirbelnden Teig wiederholt in die Luft, bis er einen Durchmesser von ungefähr drei Fuß erreichte. Dann legte er ihn wie ein Tuch um seinen Kopf und sang eine Strophe aus »Don't Cry for Me, Argentina«.

Jetzt riß Pasquale kleine Teigkugeln aus der Pizza und warf sie verschiedenen Gästen zu, die in der Nähe saßen. Eddie, der Pianospieler, legte den höchsten Gang ein, und die Gäste warfen Pasquale die Teigkugeln zurück, der ein Tambourin wie einen Springreifen vor sein Gesicht hielt und sie mit den Zähnen auffing.

Durch diesen Hagel von Teigkugeln spazierte eine Gestalt in einem Geschäftsanzug, die einen Diplomatenkoffer trug. Sie setzte sich an unseren Tisch und bestellte einen doppelten Bushmills. Es war Rambam.

Er stellte den Diplomatenkoffer neben seinen Stuhl auf

den Boden und langte über den Tisch nach einem von Ratsos Puccini-Shrimps.

»Ich mag deine Wall-Street-Klamotten«, sagte Ratso.

»Nicht jeder hat eine so unermeßliche Garderobe wie du, Ratso«, sagte ich.

»Und nicht jeder will rumlaufen wie ein Double von Sonny Bono«, sagte Rambam.

»Trägst du deinen Diplomatenkoffer nur zur Schau?« fragte Ratso.

»Nein«, lachte Rambam, »das ist meine Uzi-Maschinenpistole.« Er verdrückte den doppelten Bushmills mit einem großen Schluck. »Nicht schlecht«, sagte er.

Am Nebentisch saßen ein paar Opernfans. Ein Typ war ziemlich freundlich und nickte mir regelmäßig zu, wenn ein Lied besonders gut gesungen worden war. Ich konnte mich ein bißchen nach ihm richten, so daß ich immer wußte, wieviel Enthusiasmus ich in meinen Applaus legen und wann ich »Bravo!« rufen mußte. Er hielt mich in meinem Cowboyhut wahrscheinlich für einen exzentrischen, aber lernwilligen Opernfan, da wir während des ganzen Abends ein kleines, wissendes Kopfnicken austauschten.

Es gab natürlich auch die Möglichkeit, daß er homosexuell war. Aber Opernfans sind wie Cowboys wahrscheinlich eine aussterbende Rasse in dieser hektischen Welt, und was auch immer sie zu tun belieben, ist für mich okay. Wenn man jemals mit einem von ihnen im selben Bett schlafen mußte, könnte es jedoch besser sein, einen Cellokasten dazwischenzulegen.

Augie kam zu unserem Tisch. »Was halten die Herren von einer Runde auf Kosten des Hauses?« fragte er.

Das war ein Angebot, das McGovern nicht ablehnen konnte, und er sah so glücklich aus wie ein junger Christ am Weihnachtsmorgen. Tatsächlich lehnte keiner von uns das Angebot ab, aber einige von uns waren in ihrer Begeisterung etwas gedämpfter. In einer Welt der leeren Gesten war die von Augie im Asti's eine ehrliche.

»Soll ich die Aktentasche für Sie aufbewahren?« fragte er Rambam.

»Nein, er behält sie«, sagte Ratso vergnügt. »Es ist eine Uzi-Maschinenpistole.«

Augie lachte. Rambam lachte. McGovern lachte. Sogar der Opernfan am Nebentisch lachte. Ich ging aufs Herrenklo, um einen Republikaner am Schwanz zu packen und Arturo Toscanini nach Amerika segeln zu sehen.

Als ich zum Tisch zurückkehrte, war Rambam gerade beim Thema der südamerikanischen Killer angelangt. »Dixie-Plastikbecher-Kids«, sagte er. »So nennen sie sie. Absolut entbehrlich. Passiert einem von denen was, kaufen sie der Familie ein paar Hektar Land und ein paar Schweine, und alle sind happy.«

»Dieses Gespräch ist natürlich nicht für die Öffentlichkeit bestimmt«, sagte ich zu McGovern.

»Natürlich«, sagte McGovern und zwinkerte mit den Augen. Bevor wir gingen, verabschiedeten wir uns von den Opernfans, dem Pianospieler, Vittorio, Pasquale, diversen Barkeepern und Kellnern und natürlich von Augie. Es war, als würde man sein Zuhause verlassen. Und, ganz anders als in Gallagher's Steak House, läßt Augie einen auch drinnen einen Hut tragen, wenn man ein Cowboy ist. Einige der wenigen Gemeinsamkeiten, die Cowboys und Juden haben, ist, daß sie im Haus Hüte tragen und dem einen gewissen Grad von Bedeutung beimessen. Hank Williams trug seinen Hut im Haus. Davy Crockett ebenfalls. Ein Freund von mir, Bob McLane, der der frühere Vorsitzende des »Schwule-Texaner-für-Bush-Komitees« war, erzählte mir, daß George Bush immer den Hut abnahm, wenn er irgendwo reinkam. Das ist ein weiterer guter Grund, im Haus einen Hut zu tragen.

Ratso und McGovern, die mir bereits die Rechnung zugeschanzt hatten, waren vorne, um ihre Mäntel zu holen. Ich war immer noch mit der Rechnung beschäftigt und bezahlte den Kerl an der anderen Registrierkasse, der, die nicht »Dixie« spielte, sondern sich dein Geld krallte. Ratso kam noch mal kurz rüber, verlangte und erhielt eine Quittung für das Essen, das ich bezahlte, und ging zurück zur Tür. Manchmal konnte Ratso das Wort Chuzpe auf eine ganz andere Ebene heben.

Rambam nahm einen letzten Drink an der Bar, als ich an ihm vorbeiging, um meinen Mantel zu holen.

»Trink noch einen für unterwegs mit mir«, sagte er.

Als ich ein Glas Jameson bestellte, sah ich, daß sein Diplomatenkoffer neben ihm auf einem Barhocker saß. »Was *ist* in dem Diplomatenkoffer?« fragte ich.

Im Hintergrund tanzten ein Mann und eine Frau auf der Bühne und sangen ein Duett aus *The Surrey with the Fringe on Top*. Rambam betrachtete die Bühne mit einem entrückten Ausdruck. Als er sprach, hatte er die ganze Gelassenheit des Mahatma. »Eine Uzi-Maschinenpistole«, sagte er.

50

Wir standen vor Asti's auf dem Bürgersteig. McGovern, Ratso, ich, Rambam und Rambams Diplomatenkoffer. Entweder waren noch die Musik und der Zauber von Asti's in mir zugange, oder es war die rote Muschelsauce.

Wir trieben mit dem Schnee Richtung Fifth Avenue runter. Meine Gedanken jagten wie Schneeflocken durch all die kalten Nächte und all die Winter der Vergangenheit. Ich trug meinen alten blauen David-Copperfield-Mantel, den ich schon seit Ewigkeiten hatte und hinter dem Ratso immer her war. Ich hatte ihn die Straße runter an der Greyhound-Station in Albany, New York, gekauft, kurz nachdem ich aus meiner ersten Friedenskorps-Ausbildung geschaßt worden war. Ich dachte an Leila mit ihrer David-Copperfield-Mütze. Vielleicht, wenn wir lange genug leben, würden wir eines Tages unsere David-Copperfield-Klamotten ausziehen und sie irgendwo in einem warmen Kleiderschrank zusammenlegen. Dann könnten wir den Sommer durchtanzen. Fröhliche Amerikaner sein. Hübsche, zigeunerhafte Kinder aufziehen, die beim Aufwachsen mitkriegten, daß sich ihre Eltern liebten. Ich steckte meine Hände tief in die großen Taschen meines Mantels.

Da war irgendwas in der rechten Tasche, das da nicht gewesen war, als ich die 199B Vandam verlassen hatte. Es war eine Art Päckchen, aber ich mochte Überraschungen nicht, und ich glaubte auch nicht, daß ich Geburtstag hatte.

Ich holte das Päckchen raus und sah es mir an. Es hatte die Größe eines schmalen Ziegelsteins oder einer irgendwie unterernährten Videokassette. Es war in braunes Packpapier gewickelt und mit einer Schnur zusammengebunden. Auf das Papier waren mit Bleistift die Worte PERLA YI-YO gekritzelt.

»Vielleicht ist es ein Valentinsgeschenk, das ein bißchen zu spät aus der Röhre gekommen ist«, sagte Ratso. Er riß mir das Päckchen aus der Hand.

»Gib es mir«, sagte Rambam. Er nahm Ratso das Päckchen ab und lief damit zurück in Richtung Asti's. Ungefähr auf halbem Weg fand er einen Hauseingang mit Treppen, die nach unten führten. Rambam zog ein Messer und verschwand außer Sichtweite.

Ratso, McGovern und ich standen um den kleinen Hauseingang herum und sahen zu, wie Rambam unten auf dem Boden an dem Päckchen herumfummelte. »Unter diesen Umständen«, sagte er, »könnte das eine Bombe sein.«

»Warum sehen wir nicht nach, ob es tickt?« fragte Ratso.

»Dieser ›Großer-Wecker-Scheiß‹ ist seit der Russischen Revolution out, Ratso«, sagte Rambam. »Heute benutzen sie eine kleine Timex oder so was – du könntest es noch nicht mal hören, bis es zu spät ist.«

»Wenn das unsere Freunde waren«, sagte ich, »dann haben sie wahrscheinlich eine Rolex benutzt.«

»Sehr witzig«, sagte Rambam, als er behutsam das Messer in die Seite des Päckchens bohrte. »Man muß sehr vorsichtig sein, versteht ihr, nicht mit der Schnur herumpfuschen. In einer Minute werden wir es wissen . . . so oder so.«

Ich sah zu Ratso rüber, und er war nicht da. Vor einem Moment hatte er gerade noch zwischen McGovern und mir gestanden, und im nächsten Moment war nichts mehr zu sehen als McGoverns großer Kopf, der die Fifth Avenue verdeckte.

»Vielleicht solltet ihr das Sprengstoffkommando anrufen«, tönte eine Stimme aus ungefähr vierzig Fuß Entfernung. Ratso stand hinter einem geparkten Auto auf der Straße.

»Hasse die Bullen«, sagte Rambam.

»Vielleicht solltest du diese Gefühle mal beiseite schieben«, sagte McGovern, »bis diese ganze Sache weggeblasen ist.«

»Eine unglückliche Wortwahl«, sagte ich. »Ich bin sehr besorgt über deinen Sprachgebrauch, McGovern. Du weißt doch, was Hemingway über den Journalismus gesagt hat, oder?«

»Was hat er gesagt?« fragte McGovern, als wir beide uns etwas von dem Hauseingang wegdrückten.

»Er sagte, ›er macht dein Handwerkszeug stumpf‹.«

»Und in einer Stierkampfarena rumzuhängen, kann einem den Samen austrocknen«, sagte McGovern.

»Ach du heilige Scheiße«, sagte Rambam. McGovern und ich entfernten uns noch ein bißchen weiter. Rambam konnte recht haben oder konnte einen Knall haben, aber es würde ziemlich fies sein, wenn wir alle buchstäblich mit einem Knall enden würden.

»Was ist es?« rief Ratso.

»Komm rüber und finde es raus«, sagte ich.

McGovern und ich rückten zentimeterweise auf den Hauseingang zu. Rambam hatte ein kleines Loch in die Seite des Päckchens und durch eine dicke Plastikschicht geschnitten und etwas zum Vorschein gebracht, das aussah wie eine weiße chemische Substanz.

»Was verdammt ist das?« fragte McGovern.

»Könnte Kaliumchlorid sein«, sagte Rambam, »sehr beliebte Zutat für Sprengsätze heutzutage.«

Ungefähr zu diesem Zeitpunkt steckte ich meine Hand in die Tasche zurück und fand die kleine Karte, die offensichtlich vom Päckchen abgegangen war.

»Wart mal mit der Hochzeit«, sagte ich. »Ist keine Bombe. Seht euch das an. Es ist eine Botschaft, die mit dem Päckchen gekommen ist.« Rambam kam mit dem Messer in der Hand zu mir rüber. Ebenso McGovern. Selbst Ratso fand seinen Weg von der Straße zurück und schaute über meine Schulter auf die kleine Karte. Sie las sich wie folgt:

Ich hoffe, Sie freuen sich über dieses kleine Zeichen meiner Dankbarkeit. Ich hege eine große Bewunderung für das, was Sie getan haben. Ich werde Sie bald sehen.

Der Jaguar

»Hübsche Visitenkarte«, sagte ich.

51

Ich stand an einem Samstag abend gegen halb zwölf auf einem Bürgersteig im Village und hielt einen Mauerstein aus Kokain in der Hand, dessen Straßenpreis in geschnittenem Zustand wahrscheinlich über eine viertel Million Dollar liegen würde. Möchten Sie mal ne Nase?

Ich war schon bei verschiedenen Gelegenheiten mit so viel Kokain in Berührung gekommen, wenn ich auch bezweifelte, daß die Qualität mit diesem Posten hier gleichgekommen war. Damals in L. A. hatte ich eine Art Babysitter für das Haus eines ziemlich zwielichtigen Freundes gespielt, der irgendwo in der Karibik war. Ich wußte, daß der Typ ein paar Tiffany-Lampen zuviel hatte, aber ich kriegte den Grund dafür nicht raus, bis ich über eine große Aktentasche voller Steine in gebrochenem Weiß in der Größe von Puppenköpfen stolperte.

Jahre später hatte ich diese Story einem weitgereisten, koksdealenden Briten in meinem Hotelzimmer in New York erzählt, und er war nicht besonders beeindruckt gewesen. »Ich hab die Fabrik gesehen, Kumpel«, sagte er.

»Laß Ratso den Scheiß festhalten«, sagte Rambam. Die beiden flüsterten hin und her, während meine Hände zitterten.

»Offensichtlich ist der Jaguar Carlos' erbitterter Feind und glaubt das, was er in der ›Daily News‹ liest«, sagte ich und sah McGovern scharf an.

»Ich bin nicht Deep Throat«, sagte McGovern.

Glücklicherweise hielt das Wetter den Verkehr auf dem Bürgersteig auf einem Minimum, aber es war trotzdem ein sehr merkwürdiges Gefühl, etwas in Händen zu halten, das mir sicher Tod und Verderben bringen konnte. Natürlich würde ich noch ein bißchen Spaß haben, bevor ich abkratzte.

»Laß das besser einen von uns aufbewahren«, sagte Rambam, als würde er mit einem Kind reden.

»Ach komm«, sagte ich. »Ich hab den Stoff jetzt schon fast zweiundsiebzig Stunden nicht mehr angerührt. Ich mußte es aufgeben, als mir Bob Marley aus dem linken Nasenloch purzelte.« Mir brach der Schweiß aus.

Ich mußte ein bißchen mehr von dem Packpapier und dem Plastik aufreißen und einen kleinen Test laufen lassen, um festzustellen, daß es nicht Kaliumchlorid war. War es nicht.

Ich hielt das Paket fest, bis Ratso es mir abnahm. Aber ich erinnere mich, wie ich es unter der Straßenlaterne anstarrte. Es sah so schön aus wie Fischschuppen im Mondlicht.

Und Erinnerungen kamen zurück zu mir wie Schnee, der auf Schnee fällt.

52

Der Sonntag begann als ein geschäftiger Tag am Hörer mit vielen Anrufen und endete damit, daß ich beinah für immer weggepustet wurde. Aber eins nach dem anderen.

Ich stand auf, kämpfte das Verlangen nieder, Ratso zu würgen, um rauszukriegen, wo er das Kokain versteckt hatte, besann mich eines Besseren und machte Espresso. Mit heißer Schokolade war nichts. Es regnete nicht.

Ich fütterte die Katze. Thunfisch bei jedem Wetter.

Ich ging mit dem Espresso zum Schreibtisch rüber und setzte mich. Als ich den Deckel von Sherlock Holmes' Kopf abhob, um eine Zigarre rauszuholen, sah ich nach, ob Ratso hier das Kokain versteckt hatte. Natürlich war das eine lächerliche Vermutung, aber so ist es nun mal eben. Es war nicht da. Auch Sherlocks Hirn war nicht da, und ich hatte das Gefühl, ich würde es noch brauchen, bevor dieser Schlamassel vorbei war. Ich würde mit dem Jaguar fertig werden, wenn er kommen würde. Ich würde mit Carlos fertig werden, wenn er kommen würde. Ich würde mit Leila fertig werden, wenn sie kommen würde. Ein Mann ist kein Mann, bevor er einer palästinensischen Terroristin keinen multiplen Orgasmus verpaßt hat. Natürlich war Leila keine richtige Terroristin, aber sie hatte unter der Bettdecke ein paar Sachen angestellt, die mich verdammt erschreckt hatten. Die Bettdecke war natürlich ich gewesen.

Der erste, den ich anrief, war ein bunter, mysteriöser Freund von mir, genannt Dangerous Dan, der eine Autorität für Pulver, das lateinamerikanische Import-Export-Geschäft und so ziemlich alles war, von dem keiner so richtig Ahnung hatte. Seitdem ich mit Dangerous sprach, hat er uns verlassen und ist zu Jesus gegangen, und ich hoffe und glaube, daß er den Himmel zu einem fröhlicheren Ort gemacht hat, seit er angekommen ist. Falls man ihn aber wieder irgendwie aus dem Himmel ausgemustert hatte, konnte ich mir Schlimmeres vorstellen, als neben Dangerous Dan in der Hölle aufzuwachen.

Dangerous sagte, daß *perla* »Perle« hieß, und *yi-yo* war ein indianisches Wort, das nicht mit dem Verstand eines weißen Mannes begriffen werden konnte. Zusammengenommen, sagte er, hieß es »Das Beste vom Besten«. Wo ich diesen Ausdruck gesehen hatte? wollte er wissen. Ich sagte ihm, im Herrenklo vom Lone Star Café. Welche Kabine? wollte er wissen. Da war nur eine Kabine, sagte ich ihm. Er sagte mir, ich solle vorsichtig sein. Ich sagte ihm, ich würde mein Bestes tun.

Ich vermisse Dangerous Dan und ich denke an ihn, in einem menschlichen Sinn, als Perla Yi-Yo.

Ich wußte nicht, was Dangerous Dan von Katzen hielt, aber Slick Goldberg hatte Katzen gemocht, und Estelle Beekman hatte Katzen gehaßt, und jemand hatte sie beide umgebracht. Was sagte uns das also? Nicht ein verdammtes Etwas. Oder vielleicht doch.

In der nächsten halben Stunde machte ich eine Reihe von Anrufen bei Telefonauskünften in Connecticut, bis ich endlich ins Schwarze traf, und rief meine Leute an. Die Dinge lagen ungefähr so, wie ich es erwartet hatte. Wir redeten eine Weile und verabredeten, uns bald zu einem Drink in der City zu treffen.

Fünfundvierzig Minuten sind eine lange Zeit, um am Telefon zu hängen, aber ich war an harte Arbeit gewöhnt. Die Alternative bestand sowieso nur darin, im Loft nach ein bißchen Perla Yi-Yo zu suchen, das ich eigentlich gar nicht finden wollte, weil es meine übriggebliebenen Gehirnzellen in ungefähr vier Sekunden verbraten hätte und sie dann in New York und Los Angeles Gedenkfeiern für mein Gehirn abgehalten hätten. Ich nahm mir noch eine Zigarre und noch einen Espresso und machte den letzten Anruf des Tages bei Jane Meara.

Ich sagte ihr, daß sie nie wieder Lunch mit Estelle Beekman haben würde. Ich sagte ihr das knallhart. Sie nahm es so gut auf, wie man erwarten konnte. Tatsächlich fing sie langsam an, eine Härte zu zeigen, von der ich nicht gewußt hatte, daß sie sie besaß.

Ich sagte ihr, falls die Bullen sie anrufen sollten, was ich nicht glaubte, dann hätte sie mir niemals was von Estelle Beekman erzählt. Sie sagte, sie hätte verstanden.

Ich fragte sie, ob es von ihrer Seite irgendwelche Neuigkeiten über Rocky gäbe. Sie leierte mir eine lange Liste mit allem runter, was sie unternommen hatte, um sie zu finden. Nettoergebnis: keine Rocky.

Ich las Jane eine Story aus dem ›National Enquirer‹ vor,

die von einem Kater namens Tom handelte, der 773 Meilen von Harrison, Arkansas, nach Hause in Detroit gelaufen war, als ich merkte, daß sich Dornröschen von der Couch erhoben hatte und mit einem Schraubenzieher in der Hand auf das Fernsehgerät losging. Ich sagte Jane, sie solle sehr vorsichtig sein. Ich hätte jetzt selbst ein paar Probleme am Hals, aber wir würden mit dieser Sache ziemlich bald fertig sein, da sei ich sicher. Sonst gab es nicht mehr viel zu sagen, und es wäre sowieso nicht leicht gewesen, weil Ratso die Glotze jetzt sehr laut gestellt hatte.

Ich ging da rüber, wo Ratso saß, und sah auf den Bildschirm. Viele Männer mit langen Stöcken bewegten sich schnell über eine große Fläche gefrorener Tundra. An jedem Ende stand eine große Gestalt, die eine Wachíchí-Maske trug. »Die Rangers spielen!« schrie Ratso.

53

Am Sonntag nachmittag um halb fünf waren Ratso, ich, Rambam und Rambams Diplomatenkoffer zum Lunch bei Big Wong in der Mott Street in Chinatown. Kurz bevor ich das Loft verlassen hatte, hatte Leila angerufen. Anders als erwartet, hatte sie nichts von ihrem Bruder Carlos gehört, und sie machte sich Sorgen. Sie wußte, daß die FBI-Leute ihn nicht festgenommen hatten, und sie konnte nicht verstehen, warum er keinen Kontakt mit ihr aufnahm. Ich sagte ihr, daß ich ihn bitten würde sie anzurufen, wenn ich ihn sehen würde.

Es folgte eine Konversation von sehr süßer und privater Natur, die roh von Ratsos lauten und langen Flüchen unterbrochen wurde, als die Rangers das Hockeyspiel verloren. Offensichtlich hatte Ratso das Spiel am Vorabend in seinem Appartement aufgenommen und seinen Videorecorder ins Loft gebracht. Nett mit anzusehen, wie er über den Dingen stand.

Big Wong war an diesem Tag wie Sterben und in den Himmel kommen. Es war nicht voll, das Essen war großartig, und die Kellner behandelten uns wie alte Freunde und machten so witzige Sachen wie Ratso nur ein Eßstäbchen zu bringen. Ratso fand das nie sehr witzig, aber ich hatte immer ein nettes kleines Lachen dafür übrig. Rambam fand es auch ziemlich witzig. Ich weiß nicht, wie es Rambams Diplomatenkoffer fand. Er hockte auf seinem eigenen Stuhl und sprach kein Wort. Ich wußte zu dem Zeitpunkt noch nicht, daß er bald einen blauen Strahl sprechen würde, noch bevor die Nacht vorbei war.

Big Wong ist ein bißchen anders als die meisten Lokale in Chinatown. Es ist nicht elegant, und die Speisekarte ist nicht sehr groß, und die Preise sind nicht sehr hoch. Das Essen könnte man mit dem in einem sehr guten 24-Stunden-Truckstop vergleichen, wenn die chinesische Kultur solche Dinge wie Truckstops, Country-music-Jukeboxes und Kaugummi-Automaten hätte, was sie natürlich nicht hat. Sie hat aber Big Wong.

Aber gelegentlich tauchen in diesen Tagen weiße Gesichter unter den Gästen auf. Bald wird irgendein fliegetragender Kerl von der ›New York Times‹ über das Lokal stolpern, einen kleinen trendigen Artikel darüber schreiben, ihm einen Haufen Sterne verpassen, und alles wird vorbei sein. Wenn das passiert, kann man sich gleich was vom Frühlingsrollen-King aus Columbus, Ohio, bringen lassen.

Es fing an dunkel zu werden, als wir aus Big Wong rauskamen. Wir liefen die Straßen von Chinatown runter, vorbei an Enten, die mit dem Kopf nach unten in den Schaufenstern hingen, vorbei an den chinesischen Zwerg-

Pastellgemälden vom fernen Heimatland, vorbei an den Fischständen längs des Bürgersteigs, vorbei an Buden, die fremdartig erscheinendes Gemüse verkauften, das aussah, als wäre es auf einem anderen Planeten gewachsen.

Zu dieser Tageszeit und zu dieser Jahreszeit war die Stadt grau. Aber Dinge, die »fernöstlich« waren, hatten was sehr Vitales an sich. Man konnte sie sehen, hören und riechen, und sie regenerierten die Sinne und den Geist. Die ganze Szenerie erinnerte mich an die Zeit, die ich in Kuching, der Hauptstadt von Sarawak auf Borneo, verbracht hatte. *Kuching* war ein malaiisches Wort, überlegte ich, als wir die Canal Street überquerten, das interessanterweise »Katze« bedeutete.

Wir gingen die Mulberry Street hoch, kauften ein paar Zigarren bei Louie. Louie sagte: »Hey, da ist ja Buffalo Bill. Seht mal, er ist es«, sagte er zu den anderen Kunden in seinem kleinen Laden, meist ältere Chinesen, die Lotterielose kauften, »der Gene Autry der Canal Street«. Ich war nicht sicher, ob Rambam Louie genauso schätzte wie Ratso und ich. Rambam war halb italienisch, und Louie war ungefähr so familiär, wie man sein konnte, ohne jemand zu sagen, er solle den Mülleimer runterbringen.

Wir nahmen Cappuccino, Espresso und Cannoli ein einem kleinen Straßencafé neben einem Laden, der Mussolini-T-Shirts verkaufte.

»Wenn ich eins nicht gebrauchen kann«, sagte ich, »dann ist das ein Mussolini-T-Shirt.«

»Kann Mussolini auch nicht«, sagte Ratso, während er ein großes Stück Cannoli abbiß.

In der zunehmenden Dunkelheit gingen wir durch Soho an Läden, die nichts als Kissen verkauften, und an einer Geisterstadt aus Galerien und Fabriklofts vorbei, die von New-Wave-Künstlern mit schmalen Krawatten und Hosenträgern übernommen worden waren. Eine kleine Gruppe von Musikern spielte Kammermusik in einem Restaurant, das Art-Deco-Chicken-Fried-Steaks servierte. Soho war einer der letzten Plätze auf dieser Erde, auf denen ein Breakdancer noch eine Menschenmenge anziehen konnte.

Je näher wir der 199B Vandam kamen, desto dunkler, kälter und schäbiger wurde alles. Konnte wohl irgendwie meine Gedanken lesen.

In einer nahe am Loft gelegenen Seitenstraße parkte eine schwarze Limo.

»Wem gehört das Auto?« fragte Rambam.

»Dem Müllzar von New Jersey«, sagte Ratso.

»Vandam Street ist ein bedeutender Bereitstellungsraum der Stadt für Müllwagen«, sagte ich, nicht ohne ein bißchen Stolz.

»Das sehe ich«, sagte Rambam, als er sich seinen Weg durch wirbelndes Zeitungspapier und Scheiße auf dem Bürgersteig freikickte.

Wir zeigten dem Lastenaufzug die kalte Schulter und latschten die Treppen zum dritten Stock hoch. Ich öffnete die Lofttür, ließ Ratso und Rambam vor mir herein und machte das Licht an.

Ein dünner, in Schwarz gekleideter Mann stand da sehr ruhig mit einer Hand in seinem Mantel. Er sah aus wie Johnny Cash im Jahre 1952. Er sah gefährlich aus. Er stand neben der Hutablage, aber es sah nicht so aus, als wollte er sich seinen Hut schnappen und abhauen.

Ein anderer Kerl stand gegenüber von uns am Fenster. Er trug ein Lächeln im Gesicht, das ungefähr so dünn war wie der Kaffee im Flugzeug.

Der Schaukelstuhl, der von der Lofttür abgewandt war, schaukelte langsam hin und her. Das wäre nicht allzu schlimm gewesen, nur sah es leider nicht so aus, als würde jemand drin sitzen.

Jemand saß drin.

Eine dunkle Gestalt rollte sich aus dem Stuhl und stand auf, um uns anzusehen. Sie bewegte sich schweigend auf uns zu. Wenn Joe Siegel sich mit Gene Shalits Tochter gepaart hätte und ihr Nachwuchs ein männliches Kind gewesen wäre, das mit einem üppigen Schnurrbart geboren worden wäre, dann könnte der so ausgesehen haben wie der Tussie-Abstauber unter der Hakennase dieser heranrückenden Erscheinung.

Die Gestalt kam näher. Bei näherer Betrachtung hatte sie fünf glänzende Smaragdknöpfe in ihrem linken Ohr. Sie hatte ausdruckslose, dunkle Tod-wo-ist-dein-Stachel-Augen. »Ich bin der Jaguar«, sagte sie.

Es gibt so gut wie nichts Humorvolles, das man in einer solchen Situation sagen kann. Wenn reiner Mut die Fähigkeit ist, andere nicht merken zu lassen, daß man Angst hat, dann kann man sagen, daß ich sehr mutig war. Denn trotz seines scheinbar freundlichen, kultivierten Benehmens war da irgendwas an der Erscheinung des Jaguars, das offensichtlich gegen den Strich von allem ging, was menschlich ist.

»Du hast den Schlüssel gefunden, den ich für dich dagelassen habe?« fragte ich.

»Der Jaguar braucht keinen Schlüssel. Für den Jaguar gibt es keine Türen«, sagte er.

Mit einem Frösteln dachte ich an die Story über einen Kerl aus Houston, die ich gelesen hatte, ein kolumbianischer Koksdealer, den die Bullen festgenagelt, in eine Falle gelockt und dreimal versucht hatten festzunehmen, nur um herauszufinden, daß er sich jedesmal in Luft aufgelöst hatte. Er war, glaube ich, als der Hexer bekannt. Der Hexer. Der Jaguar. Der Tod hat viele Namen, dachte ich.

Rambam bewegte sich ein paar Schritte nach vorn. Er trug immer noch seinen Diplomatenkoffer, aber ich nahm an, daß wir alle längst eingelegte Heringe gewesen wären, bevor er ihn geöffnet und die Uzi herausgeholt haben konnte.

Meine Augen zuckten sehnsüchtig zu Rambam und dem Diplomatenkoffer rüber und dann zurück zum Jaguar. Der Jaguar fuhr fort, geradeaus zu gucken wie ein bösartiger Buddha. »Das wird nicht nötig sein, mein Freund«, sagte er. Dann machte er eine Pause und fügte hinzu: »Oder sehr wirkungsvoll.«

»Kommt drauf an, wie man es sieht«, sagte Rambam. Er hielt etwas in seiner rechten Hand, das aussah wie eine Art Hightech-Polizeirevolver, und zielte damit seelenruhig auf die Eier des Jaguars.

Ich blickte über meine rechte Schulter und sah, daß Johnny Cash einen dünnen, grauen Zigarrenkisten-Apparillo mit einem langen Griff und einem sehr unangenehm aussehenden, daraus herausragenden schwarzen Rohr zur Schau trug. Es war auf meinen Hinterkopf gerichtet, und der Kerl lächelte.

Häßlich war noch ein schönes Wort für diese Situation. Rambam sah den Jaguar weiterhin provozierend an. Der Jaguar leckte sich nur die Lippen. Ich riskierte einen Seitenblick zu Ratso. Er sah nicht gerade wie ein fröhlicher Camper aus.

Es gab eine Menge anderer Orte, an denen ich jetzt lieber gewesen wäre. Fast jeder von diesen Autoaufklebern, die man immer sieht, wäre in Ordnung gewesen. Ich wäre lieber Segeln gewesen. Ich wäre lieber Golf spielen gewesen, obwohl mich das zu Tode langweilt. Die einzigen guten Bälle, die ich jemals trat, waren die, als ich auf die Gartenharke trat. Ich wäre lieber Drachenflieger gewesen.

Am liebsten jedoch wäre ich in einer Nacht vor vielen

Jahren in einem Jacuzzi unter den Sternen von Malibu gewesen, zusammen mit der schönsten Maid der Welt, mit einer Blume im Haar aus Vancouver. Das Mädchen war aus Vancouver, nicht die Blume. Ich hatte ihr die Blume gegeben. Sie wollte in dieser Nacht unter den Sternen im Jacuzzi Liebe machen, aber ich, aus Texas stammend, war ein bißchen gehemmt. Heute würde ich sie natürlich innerhalb eines Herzschlags gebumst haben, aber das war unglücklicherweise ziemlich unmöglich. Sie ist da, wo auch immer Dangerous Dan ist, und ich stehe hier im Loft mit einem Mann, der eine ungewöhnlich aussehende Waffe auf meinen Hinterkopf richtet und lächelt wie eine Stewardess.

Ich blickte auf die fünf glänzenden Smaragde im Ohr des Jaguars, und alles, was ich denken konnte, war, wie sehr ich die glänzenden Sterne über Malibu vermißte. Wie sehr ich jemand vermißte. Wie sehr ich vermißte.

»Nun?« sagte der Jaguar. Er lächelte jetzt, aber sein Lächeln hatte die Menschlichkeit einer auf dem Kopf stehenden Trauermaske. Ich sah Johnny Cash an. Ich sah Rambam an. Ich sah den Jaguar an.

»Kolumbianisches Unentschieden?« fragte ich.

55

Der Jaguar stieß ein dickes, kehliges, tierhaftes Lachen aus und gab Johnny Cash mit seinem smaragdberingten Finger ein Zeichen. Als ich mich umsah, war die Waffe wieder unter Johnny Cashs Mantel, und Johnny lächelte immer noch, wenn auch nicht so sehr, als würde er glauben, er könne sie benutzen. Rambam schüttelte seinen Kopf wie ein Feuerwehrmann, der zu viele falsche Alarme erlebt hat, und steckte die Kanone zurück in sein Schulterhalfter.

Ratsos Gesicht kriegte wieder ein bißchen Farbe, und er fing zum erstenmal an, hörbar zu atmen. Ich selbst fing auch an, mich ein bißchen besser zu fühlen.

Ich zog zwei Zigarren raus, bot eine dem Jaguar an, der sie akzeptierte, und dann ging ich rüber zum Schreibtisch und guillotinierte den Hintern meiner Zigarre mit einem sehr entschiedenen, machomäßigen Handgriff. Ich bewegte mich zum Jaguar rüber, um die Guillotine an seiner Zigarre anzusetzen. Er schüttelte den Kopf und ging rüber zum Küchentisch in die Nähe von Ratso.

Der Jaguar zog ein weißes Objekt aus seiner Brusttasche, ließ es geschickt aufschnappen und ging ganz nah an Ratso heran, mit einem Rasiermesser mit Knochengriff in der Hand. Ratso sah aus wie ein Statist aus der Besetzung des Films *Koma*. Er zuckte mit keiner Wimper, als sich der Jaguar an ihm vorbeischlich, die Zigarre vom Tisch nahm und das Ende abschnitt wie ein Meisterchirurg, der warme Butter bearbeitete.

»Jesus«, sagte Ratso ziemlich unfreiwillig. »Rasierst du dich damit?«

Der Kerl am hintersten Fenster sagte irgendwas auf spanisch. Der Jaguar und Johnny Cash lachten.

»Was hat er gesagt?« fragte ich.

»Er sagte«, sagte der Jaguar, »wenn du dich damit rasieren würdest, dann würdest du dir die Lippen abschneiden.«

Es war mir ziemlich klar, wofür dieses Ding gebraucht wurde, aber solange der Jaguar damit Zigarren in Scheiben schnitt und nicht an Durchgängen zu Lungenflügeln arbeitete, war das für mich in Ordnung.

»Es ist so scharf«, sagte der Jaguar und hielt das Rasiermesser hoch, »daß, wenn du jemand damit schneidest, er manchmal bis zu zwanzig Sekunden lang noch nicht mal weiß, daß er geschnitten wurde.«

»Ich wette«, sagte ich, »daß sie es manchmal überhaupt nicht mitkriegen.«

»Das ist wahr«, sagte der Jaguar. »Aber nur dann, wenn der Jaguar nett sein möchte.«

Der Small talk war hübsch in Gang gekommen. Der Jaguar zog ein sehr teuer aussehendes, goldenes Feuerzeug raus und zündete seine Zigarre an. Ich zog mein pastellpurpurnes Bic raus, das ich in der Nacht, als ich zu Leilas Appartment gegangen und Carlos kennengelernt hatte, bei einem Pakistani gekauft hatte. Wenn Bics reden könnten. Dieses Bic hatte jetzt zwei bedeutende Kokain-Kartell-Köpfe gesehen, einen äußerst toten Körper in Estelle Beekmans Kleiderschrank und einen sehr lebendigen und lieblichen Körper, als ich Leila Feuer für die Zigarette danach gab. Für ein Bic hatte es ein ziemlich aufregendes Leben geführt. Fünf Tage war es jetzt mit mir zusammen, und es funktionierte immer noch gut. Das war länger als manche Ehe. Unglücklicherweise hatten die Lebensspanne eines Bic und meine eigene Sterblichkeit eine ziemlich vergängliche Eigenschaft gemeinsam.

Ich zündete die Zigarre an. Eine Weile standen der Jaguar und ich in der Gegend herum und machten im wahrsten Sinne des Wortes nur viel Rauch. Dann langte er rüber und hob ein Paket aus dem Sitz des Schaukelstuhls hoch.

»Was du mit Carlos gemacht hast, ist gut«, sagte er, während er mich genau beobachtete. »Carlos ist nicht gut. Carlos' Leute sind nicht gut. Hast du das Perla Yi-Yo bekommen?«

»Ja«, sagte ich, »aber –«

Der Jaguar brachte mich mit einer Handbewegung zum Schweigen. »Hier«, sagte er, »ist ein weiteres Zeichen der Anerkennung vom Jaguar. Manche sagen, es sei noch besser als das Perla Yi-Yo.«

Ratso rollte mit den Augen, sagte aber nichts. Der Jaguar hielt mir das Päckchen hin.

»Das Geschenk eines bösen Menschen bringt kein Glück«, sagte Ratso in einem Bühnenflüstern von links.

Ich ging rüber zum Jaguar, dankte ihm und nahm das Päckchen an. Es war ein geschenkter Gaul, dem ich noch nicht mal im Traum ins Maul schauen würde. Ich trug das Päckchen rüber zum Küchentisch. Es war in das gleiche Packpapier eingewickelt wie das Perla Yi-Yo. Ich riß das Papier auf.

Wäre der Jaguar nicht ein schmieriger, fieser, kühlflüssigkeitsblütiger Killer gewesen, dann hätte das Geschenk fast etwas Rührendes gehabt.

»Was ist es?« fragte Ratso. »Heroin?«

»Nein«, sagte ich, als ich das Päckchen Rambam über die Theke hinweg zuwarf, »Kaffeebohnen.«

Rambam machte sich an der Kaffeemühle und der Espressomaschine zu schaffen, und ziemlich schnell war das Loft mit einem Aroma erfüllt, das so stark war, daß selbst mein Riecher wußte, daß es der wahre Jakob war. Der ganze Ort drohte zu Kinkys Koscherer Cajun-Kaffeeküche zu werden.

Plötzlich hörten wir das Küchenfenster zerspringen, als wenn fünf oder sechs Baseball-Bälle in extrem rascher Reihenfolge durchgeworfen worden wären. Es gab kein weiteres Geräusch, bis Johnny Cash auf den Boden plumpste. Er lächelte immer noch, aber es sah aus, als hätte jemand sein Gesicht gehäkelt.

Schnurrbärte bewegten sich auf der Feuerleiter.

Es sah aus, als würde es eine Weile dauern, bis man eine Tasse Kaffee kriegen konnte.

56

Die Katze sprang über den Mond, die Ratte huschte in den Flur, und ich duckte mich hinter die Küchentheke. Ich konnte weitere unsichtbare Baseball-Bälle durch die Fenster krachen hören. Außer dem Splittern war kein Laut zu hören. Ich konnte Rambam nicht sehen. Ich konnte den Jaguar auch nicht sehen, aber ich konnte mir vorstellen, was er sich dachte. Reingelegt.

Dann gingen die Lichter aus. Ich warf einen schnellen Blick nach oben und sah kleine, kometenartige Feuerzungen durch die Fenster sausen. Wo immer er auch war, es sah aus, als hätte der Jaguar im Moment alle Hände voll zu tun. Das war auch gut so, denn der Gedanke, daß sich der Jaguar mit einem Rasiermesser mit Knochengriff in einem dunklen Loft an den Kinkster heranpirschte, reichte aus, um für den Rest meines Lebens das Sandmännchen von mir fernzuhalten. Was unter diesen Umständen nicht allzulange sein konnte.

Merkwürdigerweise war ich nicht ängstlich. Oder ich war so ängstlich, daß meine Furcht zu einer Art stillen Wut geworden war. Wenn nichts weiter passierte, würde ich bestimmt mein Bic überleben.

Ich spitzte über die Theke ins Halbdunkel. Ich sah diverse rote Blitze. Ein Fenster zerbrach, und zwei Schnurrbärte bissen in die Feuerleiter. Aber ich hatte den Verdacht, daß da noch mehr waren, wo die herkamen. Dixie-Plastikbecher-Kids.

Aus Richtung Schlafzimmer kam ein Riesenkrach, der sich anhörte wie der Schiffbruch des Hesperus. Ich nahm an, daß es das Fenster war, das sich nicht öffnen wollte. Ich hatte nie gesagt, daß es nicht geöffnet werden *könnte*. Ich konnte verschwommene Schemen im Schlafzimmer herumhuschen sehen. Männer schrien auf Spanisch. Merkwürdige Geräusche brachen aus, so als würde Paul Bunyan in rascher Folge seinen Hosenschlitz auf- und zuziehen. Noch mehr Gestalten krochen über die Feuerleiter. Der Platz hörte sich an wie eine Stierkampfarena mit einer ziemlich kleinen Zuschauermenge. Es sah aus wie ein urbanes Alamo.

Offensichtlich kamen die Jungs des Jaguars von der Westseite des Gebäudes, und die anderen Kerle, die entweder zu Carlos oder Santa Anna gehörten, kamen von der Vorder- oder Südseite rein. Richtungen können wichtig sein, wenn man sich im Dunkeln im Wald verlaufen hat. Ohne sie könnte man niemals zu Großmutters Haus finden.

Ein merkwürdiges Aroma lag in der Luft – eine hitzige, beißende, kräftige Mischung aus Schießpulver und kolumbianischem Kaffee. Sehr charaktervoll. Diese Typen konnte man nicht mit Nescafé hereinlegen.

Ich wußte nicht, wie lange ich zwischen der Theke und der Espressomaschine bleiben konnte, bevor ich mir eine Kugel einfing oder zwanzig Sekunden zu spät bemerkte, daß ich mit einem sehr scharfen Messer säuberlich in zwei Hälften geschnitten worden war. Ich wollte mich da nicht aufhalten, aber überall woanders schien es noch schlimmer zu sein.

Jemand umklammerte von hinten meine Arme mit einem eisernen Griff. Ich drehte mich um und erwartete einen lächelnden Schnurrbart zu sehen und war ziemlich erleichtert, daß ich es nicht tat. Es war Rambam.

»Zeit zu gehen«, sagte er. »Aber halt dich unten.«

»Wohin?« fragte ich.

Er wies mit seiner Hand in Richtung Lofttür wie ein Oberkellner, der mir meinen Tisch zeigte.

»Da entlang, Mr. Kennedy«, sagte er. »Direkt durch die Küche.«

57

Es gibt einen Rhythmus der Angst.

Man kann ihn allerdings nicht bei Arthur Murray aufschnappen. Er wird mit der relativen Geschwindigkeit gemessen, in der Kopf und Füße aufeinander zufliegen können, wenn die Eingeweide verschwunden sind. Man spürt ihn, wenn man in einem dunklen Flur steht und sich darüber klar wird, daß man unter Umständen gleich stirbt. Er hat ein mattes, drakonisches, nicht gerade karibisches Feeling, das sehr packend sein kann, wenn man das zuckerwattige Gespenst des Todes sieht, wie es seine schlimme Nase wie ein Kind gegen die gefrorene Scheibe deiner Seele preßt. Aber dann sind die schönen Tage natürlich v-o-r-ü-b-e-r.

Unten im Treppenhaus konnte ich hören, wie ein Mann in einer anderen Sprache starb. Ich hatte nicht vor, für eine Übersetzung in der Nähe zu bleiben. Ich stieg schneller auf als die Jeffersons, als Rambam mich am Treppenabsatz zwischen dem dritten und vierten Stock einholte. Er hatte die Uzi an einem Riemen um seinen Hals. Er gab mir den Polizeirevolver.

»Was mach ich damit?« fragte ich.

»Wenn du irgendwas siehst, das auch nur entfernt einem Spic ähnelt, dann zieh den Abzug durch«, sagte er.

»Fein.« Ich mochte das alles nicht. Wo zur Hölle blieben die Sirenen? Ich fragte mich das. Ich wollte Sirenen. Ich brauchte Sirenen.

»Sie benutzen Mac-10s mit Schalldämpfer«, sagte Rambam. »Das ist das Reißverschlußgeräusch, das du ständig hörst.«

»Bis sie auf was treffen«, sagte ich. »Dann klingt es, als hätte sich jemand den Schwanz in der Jordache-Jeans eingeklemmt.«

»Diese Spaltenleckerin mit der Tanzschule ist immer noch hier oben?« fragte Rambam, als wir den vierten Stock erreichten.

»Yeah«, sagte ich, als ich auf die Pistole in meiner Hand und auf Rambam mit seiner Uzi und seiner israelischen Armeejacke sah. »Aber ich bin nicht sicher, ob sie bereit für die Erstürmung von Entebbe ist.«

Als wir den Lastenaufzug unheilvoll durch die Dunkelheit knarren hörten, klopfte Rambam einmal an die Tür von Winnie Katz' Loft, drehte den Türgriff herum und warf sie auf.

Wenn man eine Lesben-Tanzstunde unterbricht, kann man nicht darauf bestehen, daß es keine Überraschungen gibt. Wir waren auf so ziemlich alles gefaßt, und genau das kriegten wir auch.

Ein Kolumbianer lag halb im Türrahmen. Ein leuchtend roter Wurm kroch aus seinem Kopf und bewegte sich ungefähr in Richtung Küche. Winnie Katz stand in einem graublauen Aufwärmtrikot über dem Körper und hielt eine MAC-10 in der Hand.

»Wie lädt man diesen Schwanzlutscher nach?« fragte sie.

Jetzt waren in der Ferne Sirenen zu hören, aber ich konnte schattenhafte Gestalten sehen, die sich auf der Feuerleiter bewegten. Eine Lesbe im Trikot sprang herbei, und zwei hysterische Mädchen kauerten in der Küche. Nichts verkehrt daran, in der Küche zu kauern, dachte ich. Ich fing gerade an, mich ein bißchen an diesem Ort umzusehen, als uns ein Sperrfeuer auf den Boden zwang und einen großen Spiegel aus der Mauer hinter uns riß.

Rambam löschte das Licht, nahm seine Uzi und räumte die Feuerleiter ab, wobei er jedes Frontfenster in diesem Raum rausknallte. Ein ruhiger, unsicherer Moment folgte, in dem allen die Ohren klingelten und kalte Luft und kältere Furcht zu ungefähr gleichen Teilen in das Loft strömten. Ich sah raus, aber ich sah keine einzige Bewegung auf der Feuerleiter mehr.

»Du solltest dir einen Schalldämpfer für dieses Ding besorgen«, sagte ich.

Rambam sah aus einem der zerbrochenen Fenster raus. »Noch immer ne Menge Action da unten«, sagte er. »Ich bleibe hier. Du checkst das Schlafzimmer.«

Ich ging mit gezogener Pistole so durch das dunkle Studio, wie ein Revolverheld in eine Bar ging, in der die bösen Kerle waren. Ich glaubte nicht, daß irgend jemand im Schlafzimmer war, und ich war ziemlich sicher, daß Rambam das auch nicht tat, denn sonst hätte er mich da nicht reingeschickt. Es war, als würde man sieben verschiedene Leute zum Deckenholen schicken, während man einen Ertrunkenen behandelte. Jeder hat was zu tun, und vielleicht kommt einer noch rechtzeitig mit einer Decke, um den Kerl einzuhüllen, bevor er an einem Schock stirbt. Wenn jeder mit einer Decke kommt, dann schickt man sie wieder weg, um Bier und Grillhähnchen zu holen und ein Picknick am Flußufer zu veranstalten.

Auf halbem Weg zum Schlafzimmer sah ich, wie sich etwas auf dem Boden unter dem Schreibtisch bewegte. Ich kroch näher heran und hielt den Revolver vor mich. Als ich sehr nah an den Schreibtisch herankam, blickte ein angespanntes weißes Gesicht zu mir auf. Es war Ratso.

»Was zum Teufel machst du da?« fragte ich und ließ die Kanone zur Seite fallen.

»Was verdammt denkst du wohl, was ich da mache?« sagte Ratso. »Ich rufe die Polizei an!«

»Herrgott, Ratso, wie lang brauchst du, um die Polizei anzurufen?«

»Sie sagen, ich soll einen Moment warten«, sagte er.

Ich ging rüber zum Schlafzimmer, darauf vorbereitet, einen kurzen, oberflächlichen Blick reinzuwerfen. Ich machte ungefähr vier oder fünf nervöse Schritte. Da war noch nicht mal ein Bett in diesem Raum, nur eine von diesen Tofu-Matratzen. Ganz recht, Lesben sind sonderbar.

Als ich mich umdrehte, um das Zimmer zu verlassen, löste sich plötzlich eine Gestalt von der Wand und flog auf mich zu wie eine verzweifelte Fledermaus. Es war zu finster im Zimmer, um sagen zu können, ob sie entfernt einem Spic ähnelte, aber sie hatte ein langes, schimmerndes Messer in der Hand, also zog ich den Abzug durch. Das Messer schien gegen meine Kehle zu flattern wie eine Stahlmotte, und dann fiel es runter. Aus dieser Distanz und mit Rambams großer Kanone wäre sogar Mr. Magoo tödlich gewesen. Die Fledermaus biß ins Tofu.

Ich machte das Licht an und sah mir den Körper an. Er war sehr tot. Das erste Leben, das ich je genommen hatte. Eine Zeile des Poeten Kenneth Patchen fuhr mir durch den Kopf: »Man stirbt so viele kleine Tode, was bedeutet schon der eine wahre Tod.« Ich drehte den Körper mit einem Fuß um.

Es war Carlos.

Ich stand da und atmete für einen Moment wie der Kerl, der 791ster im Boston Marathon geworden war.

»Ruf deine Schwester an«, sagte ich.

58

Ich kroch rückwärts durch das Studio wie ein verängstigter Krebs. Rambam lauerte aus dem Türrahmen in den Flur und bedeutete mir, näher zu kommen. Zwei dunkle Gestalten hatten die Türen des Lastenaufzugs aufgebrochen, und eine dritte feuerte mit einer MAC-10 in den

Schacht hinunter. Der Kippschalter für den Lastenaufzug war umgelegt worden, und er hatte offensichtlich zwischen zwei Etagen angehalten. Der Lastenaufzug hatte kein Dach; er war nicht viel mehr als ein schmutziger Käfig mit einer Glühbirne, die von zwei Querbalken herunterhing. Es war wie auf Fische in einem Faß zu schießen, mit der Ausnahme, daß die Fische auf spanisch schrien und fluchten, und das Spektaktel im Schacht widerhallte.

Es klang, um meinen Kumpel Tom Waits zu zitieren, »wie Jerry Lewis, der mit der Titanic untergeht«.

Nachdem die Fische anfingen, sich mehr wie kleingehackte Fischköder anzuhören, wendeten sich die drei Gestalten vom Aufzug ab, und Rambam nahm sie mit seiner Uzi auseinander. Er schritt über die Körper weg, legte den Schalter um und drückte den Abwärtsknopf, was die Leichen im Aufzug ins Erdgeschoß beförderte.

»Dessous«, sagte er.

Wir konnten jetzt Bullen im Flur hören und vereinzelte Schüsse, die auf der Straße abgefeuert wurden. Wir gingen zurück in Winnies Wohnung und lasen Ratso auf.

Winnie schien ruhig und cool zu sein. »Wollt ihr was Hagebuttentee?« fragte sie.

»Nein, danke«, sagte ich, »wir haben unten noch was Kaffee.«

Rambam übergab seine Uzi beiläufig dem toten Kolumbianer im Türrahmen.

»Illegal«, flüsterte er mir zu.

»Verstehe«, sagte ich. Ich gab ihm den Revolver zurück.

Als Rambam, Ratso und ich zurück ins Loft kamen, schwärmten die Bullen über den ganzen Raum aus. Da lagen noch mehr zerdrückte kolumbianische Plastikbecher rum, als ich angenommen hatte, aber wie Rambam schon gesagt hatte, waren sie entbehrlich.

Ich führte eine quälende Suche nach meiner Katze durch

und fand sie schließlich im Schlafzimmer im Kleiderschrank. Sie war in Ordnung. Nur ein bißchen sauer. Ich gab ihr ein bißchen Thunfisch.

Ich holte ungefähr neunundvierzig Tassen raus und schenkte für jeden Kaffee ein, der einen wollte. Ich nahm an, daß es eine lange, öde Manöverkritik, oder wie sie das nennen, werden würde, und ich hatte recht.

Ich nahm mir eine Tasse Kaffee und spazierte durch das Loft und inspizierte den Schaden. Es sah nicht allzuschlimm aus. Natürlich hatte es vorher auch nicht allzugut ausgesehen. Ich konnte nur ein einziges Opfer auf unserer Seite feststellen: Der Puppenkopf hatte einen Volltreffer abgekriegt.

Noch was anderes stellte ich fest, und das bekümmerte mich fast genauso sehr wie der Verlust des Puppenkopfes.

Es gab keine Spur vom Jaguar.

59

Zwei Tage später, an einem knackig kalten Dienstag morgen, frühstückte ich mit Eugene in dem kleinen griechischen Café zur reichlich obszönen Zeit von 8 Uhr. Ich hatte ihn um dieses Treffen gebeten, nicht andersherum. Ich wollte diese Rocky/Goldberg/Estelle-Beekman-Situation vorantreiben und zu den Akten legen. Je früher, desto besser. Acht Uhr morgens war ein bißchen zu früh für meinen Geschmack, aber manche Leute arbeiteten für ihren Lebensunterhalt, und Eugene war einer von ihnen. Ich wollte ihn außerhalb des Verlagshauses treffen.

»Eugene«, sagte ich, »ich brauche deine Hilfe.«

»Was kann ich tun?« fragte er.

Du kannst aufhören, diese gelbe Strickkrawatte zu tragen, dachte ich. Ich schlürfte eine heiße Tasse Kaffee und grübelte darüber nach. »Ich brauche einen Insider«, sagte ich, »um es mal so auszudrücken. Jemand, der sich im Verlagsgeschäft besser auskennt als ich.«

»Warum sprichst du nicht mit Jim oder Jane?«

»Ich werde mit jedem sprechen, aber Landis ist sehr unkooperativ gewesen, und Jane ist diejenige, um die ich mir Sorgen mache.«

»Ich mache mir auch Sorgen um sie«, sagte Eugene. »Ich habe ihr vor über einem Monat ein Manuskript gegeben, und sie hat es noch nicht zu Ende gelesen. Das paßt nicht zu ihr.«

»Was für ein Manuskript?«

»Ein Roman, den ich geschrieben habe.«

»Ohne Quatsch? Was für eine Art Roman denn?«

»Das spielt keine Rolle«, sagte er. »So wie die Dinge liegen, wird es nie jemand erfahren. Wenn Hemingway heute noch lebte, dann würde er wahrscheinlich Werbetexte schreiben.«

»Du hast recht«, sagte ich. Hatte er auch. Van Gogh hatte in seinem Leben nur ein einziges Gemälde verkaufen können. Das Gemälde war »Die rote Ernte«, und er verkaufte es seinem Bruder Theo. Guter alter Theo. Franz Schuberts Vermögen bei seinem Tod wurde auf 12 Cents geschätzt. Er hatte keinen Bruder, der die Unvollendete hätte kaufen können.

»Es ist frustrierend«, sagte Eugene. »Jane muß sich wieder mit der Realität auseinandersetzen. Sie muß begreifen, daß die Katze weg ist. Es beeinträchtigt nicht nur ihre Arbeit – es beeinträchtigt ihren Verstand.«

»Yeah«, sagte ich. Es beeinträchtigte auch meinen Verstand.

Eugene kannte Goldberg nicht. Eugene kannte Estelle Beekman nicht. Eugene mußte zur Arbeit. Fein.

Wenn Eugene schon nicht meine ideale Wahl als Frühstücksgenosse war, dann war Hilton Head zum Brunch noch schlimmer. Ich mußte mit diesen Leuten reden. Die Schlacht der kolumbianischen Drogenkartelle am Sonntag abend hatte mich davon überzeugt, daß der kukulcánsche Winkelzug, die Möglichkeit, daß die Kolumbianer aus irgendwelchen Gründen hinter dem Ableben von Goldberg und Estelle Beekman steckten, die mit Jane Mearas Katze zu tun hatten, doch ziemlich zweifelhaft war, um es gelinde zu sagen. Männer, die mit schallgedämpften MAC-10s killten, die kolumbianische Krawatten vorführten, die kolumbianische Schmetterlinge vorführten, würden auf kreativere Art grausam und gerissen sein, als einem Mann bloß die Zunge herauszuschneiden. Und es war auch noch ein schlampiger Job gewesen. Ich sah nicht die Handschrift des Jaguars, um es mal so zu sagen. Aber wer konnte es wissen?

Sonntag nacht hatte mich ebenfalls davon überzeugt, daß das Jesus-Baby aus irgendwelchen Gründen wollte, daß ich lebte. Um Janes Leben zu retten? Um Rocky zu finden? Ich wußte es nicht, aber ich bezweifelte, daß der Grund darin lag, daß ich mich mit Hilton Head zum Brunch treffen konnte.

Ich brunchte mit Head im Village. Wollte, daß er das Gefühl hatte, dort zu sein, wo er hingehörte. Wir aßen in einem chicen europäischen Karnickelfutter-Lokal, das einem auf mehr als nur eine Art das Geld aus der Tasche zog.

Ich schüchterte Head mit der Frage ein, was Leila so machte, wenn sie in seinem Appartment ein und aus ging. Schließlich erzählte er es mir.

»Nur ein bißchen ›Schmutz‹ liefern«, sagte er. Er sprach es aus wie »fruits«.

»Schmutz?«

»Kokain«, flüsterte er gereizt.

»Oh, yeah«, sagte ich. »Schmutz.«

Ich hatte erfahren, daß es für die Leute nicht ungewöhnlich war, sehr tödlichen gefährlichen Sachen kleine harmlose Namen zu verpassen. Ted Mann hatte mir mal von einer Erbin erzählt, die er kannte, von einer irgendwie geistig bankrotten Familie, die Kokain auch immer »Schmutz« genannt hatte. Sie hatte ungefähr acht Gramm pro Tag geschnupft und ungefähr vier Flaschen Wodka getrunken. Sie hatte ihren Verstand völlig zerstört, und ihr ganzes kleines Leben hatte an einem Faden gehangen, und sie stand da und nannte es immer noch »Schmutz«. »Ich nehm nur ein bißchen ›Schmutz‹.« Nun, wir haben alle unsere schwachen Seiten.

Die einzige andere interessante Sache, die bei diesem Head-Brunch herauskam, war, daß Hilton diverse Jahre vor seinem Coming out für eine Weile mit Estelle Beekman zusammen gewesen war. Er schien nicht in großer Trauer über ihren Tod zu sein. Er schien eher zu denken, daß das ziemlich pathetisch sei.

Ich war nicht der professionelle Check-up-vom-Hals-ab-Typ. Nur der gewöhnliche Billig-Jungianer. Aber ich glaubte wirklich, daß Heads sexuelle Entwicklung ihm aus der Patsche geholfen hatte. Ich konnte mir nicht vorstellen, daß ein Typ, der sich selbst endlich aus dem stillen Kämmerlein ge-outet hatte, irgend jemand anderen da wieder reinstecken wollte.

60

Zurück im Loft, lunchte ich mit Ratso und der Katze. Ich hatte schon zwei Mahlzeiten gehabt, wenn man sie als solche bezeichnen wollte, und ich war immer noch hungrig genug, um eine Tofu-Matratze zu essen.

Ratso und ich bestellten was bei einem Japsenlokal, das er ausprobieren wollte. Einige Stunden danach japsten wir ganz schön. Es war ein Essen, das uns in schändlicher Erinnerung bleiben würde.

Die Katze hatte Thunfisch.

Ratso und ich benutzten Eßstäbchen. Die Katze nicht.

Ich habe schon immer geglaubt, daß die Chinesen irgendwie smarter als die Japaner sind, und eines der Argumente, die ich häufig gebrauchte, um diese These zu unterstützen, war, daß sie chinesisches Essen statt japanisches Essen zu sich nahmen.

»Und, wie war's mit Hilton?« fragte Ratso und ahmte ein leichtes Lispeln nach.

Ich erzählte es ihm.

»Könnten einige Hinweise drin liegen«, sagte er.

»Deine ziemlich besessene Suche nach dem, was du Hinweise nennst, mein lieber Ratso, kann manchmal ziemlich kontraproduktiv sein, um nicht zu sagen öde. Was wir uns fragen müssen, ist doch: Wenn Jane Meara das nächste vom Killer geplante Opfer ist – und ich zum Beispiel glaube das –, was sagt uns das? Welche Art von Muster zeigt sich da?«

»Yeah«, sagte Ratso, »aber was ist mit der Affäre von Estelle und Head? Was ist mit deiner Freundin Leila, die Head Kokain gebracht hat? Was ist mit der Unstimmigkeit darüber, ob Stanley Park Janes Büro an jenem Tag besucht hat oder nicht?«

»Überzeug dich selbst«, sagte ich. »Ich denke, du wirst herausfinden, daß diese Dinge das sind, was wir im Detektiv-Business gewöhnlich als Rote Heringe bezeichnen.«

»Ich hab von diesem Begriff gehört«, sagte Ratso in einem etwas verstimmten Ton. »Was ist denn mit der möglichen Verwicklung der Kolumbianer? Was ist mit Carlos?«

»Das ist ein Toter Hering«, sagte ich. »Ratso, wenn dieser Fall aufgeklärt ist, glaube ich nicht, daß der Killer ein Kolumbianer sein wird. Er wird höchstwahrscheinlich ein normaler Amerikaner sein, so wie du und ich. Er wird wahrscheinlich ein durchschnittliches Mitglied der Weiße-Larven-Mittelklasse sein. Natürlich könnten wir den Killer in einem tieferen Sinn auch niemals finden. Da gibt's welche, die glauben, daß das Leben selbst ein Roter Hering sein könnte.«

»Laß uns nicht zu metaphysisch werden«, sagte Ratso. Ich schenkte uns beiden eine Tasse vom feinsten kolumbianischen Kaffee der Welt ein.

»Ist Perla Yi-Yo«, sagte ich. »Wo wir gerade davon sprechen, wo verdammt ist das andere Perla Yi-Yo?«

»Ich schlage dir ein Geschäft vor«, sagte Ratso. »Wenn du den Fall bis zum Wochenende geklärt hast, werde ich dir sagen, wo ich das Perla Yi-Yo im Loft versteckt habe.«

»Du verlangst nicht gerade viel, was?«

»Sind wir im Geschäft?«

Ich nahm noch einen Schluck kolumbianischen Kaffee. Ich schüttelte Ratso grimmig die Hand.

Mir verblieb nicht gerade verdammt viel Zeit. Natürlich *mußte* ich das verdammte Ding nicht bis zum Wochenende klären. Aber es würde ganz nett sein.

61

»Das ist nichts Besonderes«, sagte ich. »Ich habe nur dieses spezielle Talent, zur falschen Zeit am falschen Ort zu sein.«

Jane Meara und Lori Ames, eine attraktive Freundin

von ihr, gurrten beide über einen von McGovern verfaßten Artikel auf der Titelseite der ›Daily News‹. Er war Teil zwei einer mehrteiligen Serie, in der es darum ging, wie ein Countrysänger, der ein enger Freund des Journalisten war, fast mit links zwei der größten in der Stadt operierenden Kokainkartelle zu Fall gebracht hatte.

»Du bist ne heiße Nummer«, sagte Lori Ames.

»Danke«, sagte ich.

Wir saßen in einem Restaurant in der Mulberry Street in Little Italy. Es war am späten Dienstag nachmittag, und ich aß was Leichtes. Schickte etwas Itaker-Futter runter, um den kleinen Aufruhr, der durch die fiesen Japsen entstanden war, wieder geradezubiegen. Vielleicht war auch der Brunch mit Hilton Head der Verursacher gewesen. Normalerweise konnte ich alles essen, ohne mir den Magen zu verderben. Ich dachte an Leila. Sie hatte jetzt schon ein paar Tage nicht mehr angerufen. Trau niemals einer Palästinenserin.

Das Restaurant, in dem wir drei saßen, hieß ›Luna's‹ und war eines der besten in Little Italy. Es wurde von einer Frau namens Yola geführt, und ich kann nicht sagen, wie oft ich Ratso an überfüllten Abenden gesehen habe, wie er an den Kopf einer langen Schlange von Leuten ging, die darauf warteten, reinzukommen, und Yola zuwinkte. Die Leute murrten dann, während wir Butter auf unser Brot strichen.

Luna's war auch das letzte Restaurant gewesen, in dem Ratso und ich ein Dinner mit unserem Freund Mike Bloomfield, dem großen Bluesgitarristen, gehabt hatten, bevor er starb. Hierher hatte er auch einmal meinen Freund Dennis McKenna gebracht, der bei dieser Gelegenheit ein sehr betrunkener Ire gewesen war. Als der Capo einer der wichtigsten kriminellen Familien der Stadt plötzlich erschienen war, gekleidet in eine leicht bedrohliche

Alte-Welt-Garderobe, war das ganze Lokal verstummt. In diesem Moment hatte McKenna dem Mann zugerufen: »Hübscher Hut!«

»Die ASPCA war sehr hilfreich«, sagte Jane Meara.

»Wer? Wobei?« fragte ich.

»Die Amerikanische Vereinigung zur Verhinderung von Gewalttaten gegen Tiere war sehr hilfreich. Beim Versuch, Rocky zu finden.«

»Yeah«, sagte ich. »Wenn es einen Weg gibt, sie zur Strecke zu bringen, dann müssen die es wissen. Entschuldige den Ausdruck.«

»Du glaubst nicht, daß wir sie finden, oder?« fragte Jane.

»Ich glaube, wir finden raus, wo Rocky ist, wenn wir den Killer finden. Wir könnten den Killer noch bis zum Wochenende finden«, sagte ich. Natürlich könnte auch Dallas noch bis zum Wochenende einschmelzen.

»Jane«, sagte ich, »warum hast du Eugenes Manuskript nicht gelesen?«

»Oh, er hat es dir gesagt, was? Die kleine Töle. Der nervt mich zu Tode damit. Ich werde es lesen, wenn ich was über Rocky rausgefunden habe.«

»Du könntest was rausfinden, was du nicht willst«, sagte ich. Ich dachte daran, wie Rocky wohl sterbend in einer Gasse aussehen mochte, Opfer eines kolumbianischen Schmetterlings.

»Ich werd's drauf ankommen lassen«, sagte Jane.

Lori Ames hatte den ›Daily News‹-Artikel gelesen, während Jane und ich uns anblafften. Jetzt sah sie zu mir auf, und es war, was soll die Bescheidenheit, Bewunderung in ihren Augen.

»Weißt du was?« sagte sie.

»Was?«

»Du bist ne heiße Nummer.«

»Stell mich nicht aufs Podest«, sagte ich.

Ich war lang genug in der menschlichen Rodeo-Arena, um zu wissen, daß man die Meinung von Leuten nicht ändern kann, indem man ihnen die Wahrheit sagt. Wenn McGoverns Artikel halb New York glauben machen konnte, daß ich ein Held war, der es clever und mutig fertiggebracht hatte, zwei große Drogenkartelle in die Knie zu zwingen, wie konnte ich dann sagen, das sei nicht wahr? Wenn ich Lori Ames die Wahrheit darüber erzählt hätte, wie ich in den ganzen Schlamassel reingestolpert war, würde sie mir wahrscheinlich sowieso nicht geglaubt haben. Also konnte ich den ganzen Ritt genausogut auch genießen.

Als wir Luna's verließen, kam mir etwas in den Sinn, was Sherlock Holmes mal gesagt hatte. Sherlock erklärte Watson sein Zögern, seine Methoden zu verraten, damit, daß er sich praktisch selbst entmystifizierte, wenn er das tat. Wenn er seinen Klienten seine Methoden verriet, neigten sie dazu, sich ein bißchen blasiert über die Resultate zu äußern. Sie sagten Dinge wie: »Oh, das hätte ich Ihnen auch sagen können.«

Was Sherlock tatsächlich zu Watson sagte, war: »Was Sie in dieser Welt tun, ist nicht von Bedeutung. Wichtig ist das, was Sie die Leute glauben machen, was Sie getan haben.«

So schnell, wie das Wochenende immer näher heranrückte, würde ich mir wohl eine Seite von Sherlock ausborgen müssen. Wenn es richtig hart werden würde, dachte ich, könnte es sein, daß ich mir das ganze Buch unter den Nagel reißen würde.

62

Wie sich herausstellte, lieh ich mir erst eine Seite von Nero Wolfe aus, bevor ich mir eine von Sherlock auslieh. Es war, als würde man sich eine Tasse Zucker von einem Gestern ausleihen, das es nie gegeben hatte, aber wenn gewisse Dinge für Sherlock und Mr. Wolfe gut gewesen waren, warum dann nicht auch für den Kinkster? Wirklich.

Das Problem war, daß ich keine erfundene Person war und daß ich es nicht mit erfundenen Leuten zu tun hatte. Wenn man mit Fleisch und Blut arbeitet, wie Gott wahrscheinlich am achten Tag rausgefunden hat, dann neigen die Dinge dazu, ein bißchen danebenzugehen. Im richtigen Leben wird Aschenbrödel ihres Prinzen müde und hat eine Affäre mit dem Jungen, der kommt, um den Swimmingpool zu reinigen. Im richtigen Leben leidet Dornröschen unter Schlaflosigkeit. Auf der anderen Seite war das Village natürlich einer der wenigen Orte, wo außerhalb von gewissen dichten Wäldern in Irland immer noch Feen gesehen werden konnten. Manchmal gewährten sie einem sogar einen Wunsch. Zum Beispiel, einem aus dem Weg zu gehen, damit man sein Auto parken konnte.

Am späten Dienstag abend erzählte ich Ratso nach ein paar Gläschen Jameson meinen Plan. Er war ein bißchen skeptisch, aber jeder Jesus braucht seinen ungläubigen Thomas, der ihn irgendwie auf Trab hält. Nicht daß ich glaubte, ich sei Jesus, klar. Ich hatte schon genug Ärger mit Sherlock Holmes und Nero Wolfe.

»Hier ist der Plan«, teilte ich Ratso mit. »Donnerstag abend um acht Uhr werden wir alle Hauptakteure dieses Falls hier ins Loft einladen. Die Parks, Head, Jane, Landis, Eugene und vielleicht ein oder zwei besondere Gäste. Wir werden auch Cooperman hierhaben. Und Peter Myers wird das Essen für diese ganze Affäre liefern. Soweit alles klar?«

»Sicher«, sagte Ratso. »Es ist die einzige Einladung, die ich in dieser Woche bekommen habe.«

»Okay, jetzt müssen wir erst mal die Leute hierherkriegen –«

»Was, wenn sie nicht kommen?«

»Oh, sie werden schon kommen. Sich nicht blicken zu lassen, würde auf ein stillschweigendes Schuldbekenntnis hinauslaufen. Außerdem, wer verdammt sind sie denn schon? George Jones? Greta Garbo? Natürlich werden sie sich sehen lassen. Sie würden es nicht wagen, sich nicht sehen zu lassen. Wie auch immer, wenn sie da sind, werden wir sie nach Art von Nero Wolfe plazieren, Essen und Getränke servieren, und dann werden wir durch eine kleine verschärfte Untersuchung und eine kleine menschliche Interaktion ein paar interessante Ergebnisse kriegen. Tja, ich habe morgen schon was zu tun, also würde ich es sehr begrüßen, wenn du die Liste runtertelefonieren und die ganze Sache in Gang bringen würdest.«

»Du bist nicht ganz sauber«, sagte Ratso. »Du kannst mich einen homosexuellen Pfannkuchen-Chefkoch nennen, aber ich will verdammt sein, wenn ich deine männliche Privatsekretärin werde.«

»Du kannst wohl kaum von Nero Wolfe erwarten, daß er selbst die Anrufe macht. Unsere Gäste würden das äußerst unbefriedigend finden, um nicht zu sagen, äußerst taktlos. Das ist wirklich ziemlich kindisch, Archie.«

»Archie? Wer zur Hölle ist Archie?«

»Archie Goodwin«, sagte ich geduldig, »war Nero Wolfes Assistent. Wenn du irgendwas anderes als Bücher über Jesus, Bob Dylan und Hitler gelesen hättest, dann würdest du das wissen.«

»Gott«, sagte Ratso, »was für eine schreckliche kulturelle Lücke in meinem Leben. Und das, weil ich einen gewissen Whodunit-Groschenroman nicht gelesen habe.«

»Es ist die Art von Lücke«, sagte ich, »durch die ein cleverer Killer manchmal entwischen kann.«

Ich schenkte mir einen gesunden Schuß Jameson ein und paffte an meiner Zigarre. Ratso ging zur Lofttür rüber und verriegelte sie.

»Warum machst du das?« fragte ich.

»Nun, Mr. Wolfe, du vergißt, daß irgendwo da draußen ein Jaguar ist, und er kennt diese Adresse.«

»Ah, aber Archie, du weißt doch, daß es für den Jaguar keine Türen gibt.«

»Das weiß ich«, sagte Ratso, »aber wir müssen das für ihn auch nicht zu einem verdammten Sonntagsspaziergang machen.«

Ich trank den Schnaps aus. Ich machte das Licht aus. Ich wich der Versuchung aus, Ratso was zu sagen. Ich ging ins Schlafzimmer, zog meinen Sarong an und ging ins Bett. Wie es das Glück wollte, träumte ich nicht.

63

Am Mittwoch morgen unternahm ich, während Ratso schlief, eine Routinefahndung nach dem Perla Yi-Yo, nur für den Fall, daß ich den Killer nicht bis zum Wochenende finden sollte. Ich wußte nicht, was ich mit so viel Kokain tun sollte, wenn ich es überhaupt finden würde. Ich war noch nicht mal sicher, ob ich überhaupt irgendeine Menge von Kokain finden wollte. Aber ich wußte, daß es irgendwo im Loft war. Es war, als suchte man das *Afikoman*.

Ich fand nichts außer einem alten Brief, den ich nie an eine Braut abgeschickt hatte, die ich nie richtig kennengelernt hatte. Kein Verlust. Eine Menge Dinge im Leben fallen hinter Küchenschränke und gehen in den Spinnweben verloren, und für uns macht es nicht mal einen Unterschied. Allerdings sind irgendwo ein Haufen Spinnen auf dem laufenden.

Um 10 Uhr, die Zeit, zu der alle guten Agenten in ihren Büros sein sollten, hob ich den Hörer zur Linken ab und klingelte bei Lobster an.

Ich wollte, daß Lobster persönlich Slick Goldbergs Akten durchblätterte. Die von seinen derzeitigen Klienten, wenn man sie so nennen konnte, und die Akten mit seinen Ablehnungsbriefen. Slick hatte für eine große Agentur gearbeitet, wo in der Regel niemand wußte, was der andere dort tat. Lobsters Job war es, unter irgendeinem Vorwand, und sei es der, einen anderen Agenten zu besuchen, in sein Büro zu kommen und das Zeug zu finden. Außerdem verlangte ich von ihr, sich in Estelle Beekmans altes Verlagshaus einzuschleichen und diese Akten ebenfalls durchzuchecken. Ich sagte ihr, was ich suchte, und daß ich es bis zum Wochenende brauchte.

»Ich werde das nur dieses eine Mal für dich tun«, sagte Lobster. »Ich weiß wirklich nicht, warum ich das tue.«

»Vielleicht ist es mein ländlicher Charme«, sagte ich.

Ich ließ die Nero-Wolfe-Partyliste auf dem Schreibtisch liegen, wo Ratso sie sicher sehen würde, und ging zum Essen aus. Ich dinierte in einem eleganten und ziemlich unaussprechlichen französischen Restaurant an der Upper East Side, wo ich meinen Hut abnehmen mußte, um reinzukommen.

Normalerweise hätte ich auf so was nicht gestanden, aber normalerweise hatte ich auch keinen Lunch mit Fred Katz.

64

Mittwoch abend blieb ich lange mit der Katze und dem, was noch in der Jameson-Flasche war, auf. Ratso, der die Liste heruntertelefoniert und einen Braten und zwei Dutzend Schweinefleischpasteten bei Pete Myers bestellt hatte, war zum Hockeyspielen gegangen. Ich saß am Schreibtisch. Die Katze und die Flasche saßen auf dem Schreibtisch zwischen den roten Telefonen, um mir Gesellschaft zu leisten. Ich war kein Alkoholiker. Alkoholiker trinken allein.

Ich las einen Zeitungsausschnitt, den mir vor ein paar Wochen ein Freund zugeschickt hatte. Er hatte nichts mit dem vorliegenden Fall zu tun. Nun, sagen wir, er hatte nicht direkt etwas mit dem vorliegenden Fall zu tun. Der Artikel sah aus, als wäre er aus der ›New York Post‹ oder dem ›National Enquirer‹, der Sorte Zeitung, die manchmal den Mut hat, Dinge zu drucken, die zum Druck nicht geeignet sind.

Die Quelle des Artikels war *Das Kompendium der weiterführenden Ausbildung für den praktizierenden Veterinär*. Der Teil davon, der mir ins Auge sprang, war ein Kommentar über die Tatsache, daß »57% aller Katzenbesitzer sich ihren Katzen in wichtigen Angelegenheiten anvertrauen«.

»Worin zur Hölle«, sagte ich zu der Katze, »habe ich mich da reingeritten?«

Die Katze sagte kein Wort. Ich kippte einen Schluck Jameson aus dem alten Stierhorn.

»Was zur Hölle«, sagte ich zur Katze, »soll ich tun, wenn bis morgen abend nichts passiert?«

Die Katze hielt sich geschlossen. Ich goß mir noch einen ein und kippte ihn.

»Und was hältst du von Ratso?« fragte ich. »In seiner eigensinnigen, neurotischen New Yorker Art glaubt er an mich. Seine Loyalität ist fast rührend, meinst du nicht? Wie ein Gynäkologe, der Tagträume von seiner Frau hat . . .«

Die Katze leckte ein paarmal die Pfote und schloß die Augen. Ich fragte mich, wieviel Prozent der Katzen einen Scheiß auf das Vertrauen ihrer Besitzer gaben.

Ich goß mir einen weiteren, ganz schön Kräftigen hinter die Binde.

»Nett, daß du dir das alles anhörst«, sagte ich ziemlich scherzhaft.

Die Katze gähnte. Ich schenkte einen weiteren Schnaps ein.

»So wie ich das sehe«, sagte ich, »haben wir an den falschen Orten nach den falschen Dingen gesucht. Wir haben den Fall auf die gleiche Art falsch geführt, wie die meisten von uns ihr Leben falsch führen. Natürlich haben wir diesmal mehr als unseren üblichen Anteil an Roten Heringen und Sackgassen gehabt, aber es gibt trotzdem keine Entschuldigung. Ich glaube, ich habe die Lösung. Und sie ist wirklich sehr einfach. Das Problem ist, es zu beweisen, ohne daß jemand Jane Mearas Eintrittskarte für den Styx abknipst.

Sieh es mal so. Welche Strategie hätte Tom Landry, der Trainer meines zweitliebsten Teams, der Dallas Cowboys, angewendet, wenn er heute noch lebte? Hörst du mir noch zu?«

Die Katze wendete mir ihr Hinterteil zu, was sie gelegentlich tat, wenn ihr eine Person oder eine Situation beträchtlich mißfiel.

Ich ignorierte dieses unverschämte Verhalten.

»Vielleicht sollte ich ein Buddhist sein, oder ein staubiger alter Navajo. Vielleicht würde dann alles klarer erscheinen. Ich verstehe die Leute heutzutage einfach nicht. Da steht ein Schild an einem Highway in der Nähe unserer Ranch in Texas, auf dem steht ›Wasserfall zu verkaufen‹.

Hast du schon jemals so etwas gehört? Der Kerl denkt, daß er einen Wasserfall verkaufen kann. Verdammt, vielleicht kann er das. Hast du Bedarf an leicht gebrauchten Wasserfällen? Wie wär's mit einem Kerl, der es als Countrysänger niemals richtig bis zur Spitze gebracht hat und sich deshalb an etwas viel Schwierigerem und Tödlicherem versucht? Manchmal sieht das aus wie ein Gitarrenzupfer, der nicht weiß, was er zupfen soll. Er wandert um die Welt, bis er plötzlich kopfüber in eine Situation stolpert, die ihn zum Helden mit Füßen aus Knetgummi macht.

Wenn ich morgen abend falsch liege, nun ... wir könnten wieder auf Tournee gehen. Du und ich und die alte Gitarre und der Kissenbezug. Du hast das Verreisen in einem Kissenbezug nie gerne gemocht, aber wer hat gesagt, daß das Leben auf der Straße leicht ist? Ein Misanthrop mittleren Alters und seine Katze spielen auf Jahrmärkten und Rodeos auf ...«

Ich trank den letzten Schnaps. Ich sah die Katze an. Die Katze hörte sich an, als würde sie schlafen. Als Ratso von seinem Hockeyspiel zurückkam, tat ich das auch.

65

Der Donnerstag abend rollte ab wie ein verbeulter Wasserball. Das Loft sah trotzdem prächtig aus. Zwei Reihen von nicht zusammenpassenden Sitzmöbeln, darunter Klappstühle, der Schaukelstuhl und ein Sitzkissen, das aus dem Film *Die Abenteuer von Ozzie & Harriet* übriggeblieben schien, waren hübsch vor meinem Schreibtisch arrangiert. Nero Wolfe wäre stolz gewesen.

Die Fenster glänzten. Das kam daher, daß es neue Fenster waren, die jene ersetzten, die von Rambam und den

Boys aus Brasilien, oder wo verdammt sie auch herkamen, rausgeblasen worden waren.

Ich trug meinen formellen, schwarzen italienischen Smoking, der einst einem puertoricanischen Dealer gehört hatte. Ein bißchen Klasse hat noch keinem geschadet.

Peter Myers stand mit einem langen Messer in der Küche und schnitt etwas, das aussah wie eine obszön große Portion eines Farmtieres, in papierdünne Scheiben. Auf der ganzen Theke waren Schweinefleischpasteten aus seinem Laden in der Hudson Street ausgelegt, dazu scharfer Senf, Chutney und ein paar andere Sachen, die ich nicht erkennen konnte. Außerdem waren da auch diverse große Flaschen mit der allgegenwärtigen HP-Sauce. Ich dachte an die Empfindung, ohne sie jedoch zu äußern, die ein berühmter Froschfresser einmal so ausgedrückt hatte: »In England gibt es sechzig verschiedene Religionen, aber nur eine Sauce.« Die Äußerung hätte von zweifelhaftem Geschmack gezeugt.

»Sind das heute abend Freunde von dir, Kinkster?« fragte Myers mit seinem weichen, nördlichen English-Lake-District-Akzent.

»Fürchte nicht«, sagte ich.

»Einer von denen issen Mörder«, sagte Ratso in seinem ziemlich rattigen, knarzigen Queens-Akzent. »Heute abend wird Kinky den Unhold demaskieren. Stimmt's Kinkster?«

»Stimmt«, sagte ich ein bißchen zittrig, als ich nach einer Flasche Guinness langte.

»Gieß dir genug von diesem Stoff den Hals runter, dann kannst du dich selbst demaskieren«, sagte Myers.

»Wäre nicht das erste Mal«, sagte Ratso.

»Stimmt«, sagte ich mit einem gewissen Grad von Würde.

Ich schnappte mir das Guinness und schlenderte rüber

zum Küchenfenster. Durch den nicht mehr einsatzfähigen Puppenkopf würden Ratso und ich jede Menge Beinarbeit haben, weil wir jedesmal runter zur Haustür gehen und die Gäste reinlassen mußten. Natürlich, wenn man jemand einladen will, dann muß man bereit sein, Opfer zu bringen. Ich goß mir noch ein bißchen Guinness den Hals runter und sah auf die leere Straße raus. Was nur, dachte ich, wenn Nero Wolfe eine Party gab, und keiner kam?

Gegen halb elf hingen immer noch nur zwei Schweinefleischpasteten und zwei Detective Sergeants hier rum. Die zwei Detective Sergeants wollten gerade gehen, und Ratso stellte die zwei Schweinefleischpasteten in den Kühlschrank.

»Man sieht sich, du Held«, sagte Cooperman.

»Ruf uns an, wenn du noch so eine glänzende Idee wie die hier hast«, sagte Fox. Ich ließ sie zur Tür raus, goß mir ein weiteres Guinness den Hals runter und setzte mich an den Schreibtisch und sah mir zwei kleine Reihen von verwaisten Möbeln ana

Jeder war gekommen und jeder war gegangen, und jetzt war alles ruhig, abgesehen von einer kleinen Müllwagenaktion, die gerade in der Vandam Street losging. Ich hakte die Höhepunkte des Abends in meinem Kopf ab wie jemand, der über die Minuten eines vergangenen Rotariertreffens nachdachte. Während des Verlaufs dieser kleinen Affäre hatte ich es auch geschafft, ein paar meiner Gäste abzuhaken, aber da kann man eben nicht immer was gegen tun. Gastgeber einer Gesellschaft zu sein, ist nicht meine Stärke.

Jim Landis war ungefähr eine halbe Stunde zu spät gekommen. Ergebnis war, daß er auf dem *Ozzie & Harriet*-Sitzkissen sitzen mußte, und er war nicht sehr erfreut darüber. Irgendwas anderes nagte noch an ihm, aber was immer es auch war, er wollte es nicht mit der ganzen Klasse teilen. Die Beziehungen zwischen Jim und Jane und Jim und Eugene schienen ziemlich angespannt zu sein. Da liefen ein paar interne Machenschaften ab, die nicht sehr erfreulich aussahen, aber worum es dabei ging, konnte man nur erraten.

Jane und Eugene für ihren Teil sagten sehr wenig, obwohl Suggestivfragen gestellt wurden und heikle Themen und Konfrontationen während des Verlaufs des Abends die Regel waren. Als ich Eugene fragte, ob die Parks und Hilton Head die drei Leute seien, die er an dem Tag gesehen hatte, als das Fleischermesser auf Janes Tisch gefunden worden war, bejahte er das für Marilyn Park und Head und nicht für Stanley Park. »Wer war die dritte Person?« fragte ich. Keine Antwort.

Stanley Park wurde leicht *agitato*. Tatsächlich wurde die Fiesheit so dick, daß man sie mit dem Messer hätte durchschneiden können.

Endlich reinigte Head die Atmosphäre. Die dritte Person sei sein »Freund« gewesen. Wer war der Freund? Er würde den Freund lieber da raushalten.

Ich beließ es dabei. Der Freund war da sowieso raus. Das war etwas, worüber sich die Parks in ihrer Freizeit kabbeln konnten oder sich Head aufregen mochte.

Jeder war auf der Hut, wenn es um Fragen ging, die Estelle Beekman oder Slick Goldberg betrafen. Wahrscheinlich hatten viele von ihnen Nero Wolfe gelesen.

Ich war kreativ, klug, knarzig, kränkend, kultiviert, konziliant und so ziemlich alles, was mit einem »k« anfängt, aber keiner von ihnen schnappte sich eine Perücke und rannte wie verrückt zur Tür in die offenen Arme von Sergeant Cooperman. Jeder machte auf cool. Jeder hatte ein Alibi für die Zeiten, in denen Goldberg und Beekman kaltgemacht worden waren.

Es war schon ein Drei-Zigarren-Problem. Ich hielt Ausschau nach sich verkrampfenden Händen, zuckenden Gesichtsmuskeln und anderen Zeichen des Unbehagens, aber es war sehr schwierig, sieben Amerikaner auf einmal zu beobachten. Ich erfuhr wenig, was ich nicht bereits wußte.

Die einzige im Raum, die anerkanntermaßen gesellig schien, war die Katze. Sie kehrte Marilyn Parks Avancen den Rücken zu und lief rüber, um an Jane Mearas Stiefeln zu schnuppern.

»Kinkys Katze ist eine Lederfetischistin«, sagte Head. Landis kicherte. Die meisten in der Gruppe fanden diese Bemerkung als Katzenliebhaber nicht besonders witzig.

Die Katze ging rüber zu Eugene und sprang auf seinen Schoß. Er versuchte sie wegzuschieben, aber wenn du je versucht hast, eine Katze wegzuschieben, die nicht weggehen will, dann weißt du, daß das nicht hinhaut. Sie putzte sich, rieb sich an ihm und betatzelte in einer freundlichen Katzenart seinen Bauch. Eugene, obwohl offensichtlich etwas steif und unbehaglich wegen dieser plötzlichen kätzischen Aufmerksamkeit, hielt sich unter diesen Umständen relativ gut.

»Genieß es, Kumpel«, sagte Cooperman. »Das könnte die einzige Muschi sein, die du heute Nacht kriegst.« Fox lachte. Marilyn verzog ihre Lippen zu einer kleinen Grimasse des Abscheus.

Gerade als die Einheimischen anfingen, unruhig zu werden, stellte ich der Gruppe Fred Katz zum erstenmal mit seinem Namen vor. Das brachte wohl die stärkste Reaktion des Abends. Viele in der kleinen Gruppe waren durch meine ›Daily News‹-Anzeige und durch Gerede, das sie gehört hatten, davon überzeugt, daß Fred Katz der Schurke in diesem Stück war. Ich observierte die Reaktionen sorgfältig. Jane sah erschrocken aus. Keiner ging ihm an den Hals, aber Stanley Park und Eugene standen voller

Empörung auf. Die Katze ging stiften. Sie rieb sich in dem Bemühen, ihre Würde wiederzuerlangen, an meinen Beinen.

Ich beruhigte die Gesellschaft. Sie gingen auf ihre Plätze zurück. »Fred Katz ist weder ein Catnapper«, sagte ich, »noch ist er ein Mörder.« Der Haufen oohte und aahte ein bißchen. Ich zog an Zigarre Nummer drei.

»Fred Katz ist ein Finanzberater, was in manchen Vierteln als genauso verhaßt betrachtet werden könnte. Aber für unsere Belange ist er unschuldig. Er ist nur schuldig, daß er auscheckte und seinen Schlüssel in seinem Hotelzimmer liegen ließ.«

Die Katze sprang auf Eugenes Schoß zurück. Eugene ertrug die Tortur diesmal ziemlich stoisch. Cooperman wendete dem Haufen seine Fresse zu und sagte: »Hey, Buddy, laß dir wenigstens ihre Telefonnummer geben.«

Jim Landis verkündete, daß er jetzt »genug von dieser Scharade« habe und gehen würde. Andere standen auf, um zu gehen. Manche sagten »Danke« und »Gute Nacht«. Manche hauten einfach ab. Ich goß mir ein weiteres Guinness den Hals runter.

An der Tür umarmte ich Jane Meara und flüsterte ihr zu, vorsichtig zu sein, wir wären nah dran. Sie sah mich an, als wäre ich ein Kranker in ambulanter Behandlung.

Nun starrte ich über den winzigen Ozean von leeren Stühlen weg und paffte träge an dem, was von Zigarre Nummer drei übriggeblieben war. Ratso kam rüber und ließ sich mir gegenüber in den Schaukelstuhl fallen. Er sah mir streng, fast traurig ins Gesicht.

»Sieht aus wie eine Pleite, Mr. Wolfe«, sagte er.

»Genau das Gegenteil, mein lieber Ratso«, sagte ich, »genau das Gegenteil.«

66

Als ich am frühen Freitagnachmittag darauf wartete, daß Lobster anrief, machte ich den Fehler, Ratso von meinem Joshman-Traum zu erzählen. Jetzt, als er ins Zimmer zurückkam und seine Hockey-Knieschützer trug, begann ich mich zu fragen, ob meine Enthüllung weise gewesen war.

»Es ist nichts Schlimmes dran, ein latent Homosexueller zu sein«, sagte Ratso, als er seine Knieschützer anpaßte und rüber zum Kühlschrank ging.

»Ich bin keiner«, sagte ich barsch. »Es ist nur ... die sanftere, sensiblere Seite von mir, die sich da offenbart. Die eigentliche Traumdefinition von Joshman bedeutet nichts. Sie spiegelt nur meine Sehnsucht wider.«

»Erzähl das Hilton Head«, sagte Ratso. »Ich bin sicher, daß er eine ziemliche Autorität in Sachen Joshman ist.«

»Vergiß es«, sagte ich. »Es war nur ein Traum.«

»Ich würde mir darüber keine Sorgen machen«, sagte Ratso, während er eine Schweinefleischpastete aus dem Kühlschrank holte. »Them ol' dreams are only in your head.« Er schloß die Kühlschranktür. »Bob Dylan«, sagte er.

»Das ist für dich eine ungewöhnliche Quelle, die du da zitierst«, sagte ich.

»Schlägt Rita Mae Brown.«

Die Telefone klingelten. Es war 13.15 Uhr. Es war Lobster, und sie hatte die Ware. Es war genau so, wie ich es erwartet hatte. Ich legte den Hörer auf und gestattete mir einen tiefen Seufzer der Erleichterung. Ich zog eine Zigarre aus Sherlocks Kopf und hackte das Ende mit der Guillotine ab.

Dann rief ich Jim Landis an.

Glücklicherweise war er nicht zum Lunch oder in einer Verkaufskonferenz, die beiden Gelegenheiten, mit denen

Leute wie er die meiste Zeit ihres Lebens zu verbringen schienen. Unglücklicherweise wollte er nicht mit mir sprechen.

»Es handelt sich um eine Angelegenheit«, sagte ich der Sekretärin, »von Leben und Tod.« Ich sollte warten.

Ich machte mir eine Tasse Espresso und fand und zog meine Brontosaurusvorhaut-Stiefel an, während ich wartete. Was man mit der Wartezeit in seinem Leben anfängt, ist ein Indiz dafür, wie erfolgreich man sein wird, wenn der Anruf endlich durchgestellt wird. Ein weiser alter Richter erzählte mir, daß er mal von einem Juden, einem Italiener und einer Person polnischer Herkunft gehört habe, die alle zu zwanzig Jahren Gefängnis wegen Bankraubes verurteilt worden waren. Der Jude hatte sich ein Telefon gewünscht, der Italiener hatte die Ausübung seiner ehelichen Rechte eingefordert, und das polnische Individuum hatte vierhundert Zigarettenschachteln für seine Zelle verlangt. Zwanzig Jahre später hatte der Jude ein weltweites Firmenimperium aufgebaut, der Italiener hatte das Gefängnis mit einer achtköpfigen Familie verlassen und die Person polnischer Herkunft kam mit einer unangezündeten Zigarette zwischen den Lippen aus der Zelle und sagte: »Haste mal n Streichholz?«

Wenigstens hatte ich ein Streichholz. Ich zündete die Zigarre an. Die Sekretärin kam wieder in die Leitung.

»Mr. Landis möchte wissen, wessen Leben oder Tod«, sagte sie.

»Sagen sie ihm, sein Leben oder Tod«, sagte ich mit einigem Nachdruck. »Wenn er jetzt nicht sofort den Hörer abnimmt, werde ich bei der Jüdischen Verteidigungs-Liga einen Anschlag auf ihn in Auftrag geben. Und glauben Sie nicht, daß ich das nicht kann.«

Das ist diese Art, an die man sich gewöhnt, wenn man es im allgemeinen mit professionellen Leuten zu tun hat.

Ihre Leben sind ein bißchen aus der Perspektive geraten, und man muß ihnen sagen, was wichtig ist und was nicht. Man muß aggressiv sein.

»Ja, Kinky«, sagte Landis wie eine gönnerhafte Tante.

»Wo ist Jane?«

»Draußen«, antwortete er schroff.

»Sorry wegen gestern abend«, sagte ich. »Du magst keine Scharaden?«

»Nur mit exzentrischen, bestsellenden britischen Krimischreibern auf zugigen, alten Herrensitzen.«

»Ich verstehe, wie enttäuscht du gewesen sein mußt«, sagte ich, »aber diese kleine Scharade hatte ihre Gründe. Siehst du, sie hat mir geholfen, den Mörder zu identifizieren.«

Landis sagte kein Wort. Ich zog an der Zigarre und sah zu Ratso rüber. Er saß auf der anderen Seite des Raums auf der Couch mit einem Schraubenzieher in der Hand. Er war gerade dabeigewesen, das Fernsehgerät anzudrehen, aber mein letzter Satz hatte offensichtlich seine Aufmerksamkeit erregt. Nun sah er zu mir rüber. Ich nickte ihm zu.

»Jim«, sagte ich, »erzähl mir von dem Manuskript, das Eugene angeblich Jane gegeben hat und das Jane angeblich gehamstert hat und das sie seit über einen Monat zu lesen droht.«

»Oh, das«, lachte Landis. »Ich hab es mir mal kurz angesehen, als es auf Janes Tisch lag. Eugenes Meisterwerk.«

»Wovon handelt es?«

»Es war ein Buch über Hunde«, sagte Landis heiter, »Die *Möwe Jonathan* unter den Hundebüchern.«

»Da haben wir's«, sagte ich grimmig. »Jim, das ist wichtig. *Wo ist Jane*?«

»Sie hat sich in der letzten Zeit ein bißchen gespenstisch verhalten, also hab ich sie den Nachmittag freinehmen lassen. Ich glaube, sie ist zum Zirkus im Madison Square Garden gegangen. Vielleicht denkt sie, sie könnte da ihre Katze finden. Ist irgendwas nicht in Ordnung?«

»Yeah«, sagte ich.

Ich nahm meinen Mantel und zwei Zigarren für unterwegs und ging rüber zu Ratso. Ich betrachtete die übergroßen Hockey-Knieschutzer, die er immer noch trug.

»Entweder zieh diese Scheißdinger aus oder zieh den Rest der Uniform auch noch an. Und beeil dich.«

»Wohin gehn wir?« fragte er.

»Zurück in den Garden«, sagte ich. »Der Zirkus ist in der Stadt, und zwar in mehr als einer Bedeutung.«

67

Es gibt eine Zeit zu leben und eine Zeit zu sterben und eine Zeit, damit aufzuhören, sich Platten von den Byrds anzuhören. Jetzt, als wir mit hoher Geschwindigkeit in einem Taxi, das wie ein Kinderspielzeug klapperte, uptown Richtung Garden sausten, betete ich nur, daß meine unorthodoxe Sammlung von Hinweisen, wie Ratso sie immer noch ziemlich archaisch nannte, korrekt war.

Ich dachte an das letzte Telefongespräch, das ich führte, bevor wir das Loft verlassen hatten. Es war mit Sergeant Cooperman gewesen, und es hatte das vorherige Gespräch mit Jim Landis wie Zuckerwatte erscheinen lassen.

Helden, schien es, hatten in New York eine ziemlich kurze Spannweite. Entweder das, oder Cooperman glaubte nicht, was er in der ›Daily News‹ gelesen hatte. Ich fühlte mich wie Sly Stones Anwalt. Als Sly sein Haus plötzlich von Polizeiwagen umstellt gesehen hatte, hatte er seinen Anwalt angerufen und, wie verlautet wurde, gesagt: »Du kommst jetzt hierher. Und du solltest besser ziemlich bedeutend sein, und du solltest besser weiß sein.«

Weiß zu sein, ist ein Geburtsunfall. Bedeutend zu sein, ist geistig relativ. Was ich laut Sergeant Coopermans unmißverständlichen Bedingungen mußte, war recht haben. Und recht zu haben ist manchmal die schwierigste Sache auf der Welt.

Als wir raus aus dem Taxi und rein ins Gedränge traten, fragte ich mich nicht zum erstenmal, ob ich dabei sein könnte, einen schlimmen Fehler zu begehen. Es war die Art von Fall, wo die logische Deduktion sich kaum nach einer logischen Deduktion richtete. Philip Marlowe hätte mit seiner verbissenen Beharrlichkeit eine bessere Chance gehabt, ihn zu knacken, als Hercule Poirot mit seinen kleinen grauen Zellen. Ich hatte mit der Suche nach einer Katze angefangen, war auf dem Weg über zwei Leichen gestolpert, mit einem Löwen-Narkose-Pfeil beschossen worden, von einem Jaguar auf eine falsche Fährte gelockt worden und war jetzt mit ein bißchen Glück nah dran, den Killer einzukreisen.

Zugfahrpläne und Bemerkungen eines Butlers würden nicht dazu beitragen, 1988 in Amerika einen Mörder zu schnappen. Wir waren im Kino. Wir sind mit dem Fernsehen groß geworden. Und um die Sache mit den Worten von Mark Twain noch schwieriger zu machen: »Es gibt keine eigene amerikanische kriminelle Klasse mit Ausnahme des Kongresses.«

Und doch, als ich es mir noch mal durch den Kopf gehen ließ, war ich sicher, daß ich alles klar hatte. Ich würde den Fall lösen wie Kommissar Maigret, die regnerischen Straßen von Paris runterspazierend, meine Pfeife rauchend, meine Hände in den Taschen, die Leute beobachtend, wie sie sich in den Problemen ihres Lebens verwickelten. Immerhin war ich, wie Maigret, ein ernsthafter

Student der menschlichen Natur. Und, nicht zu vergessen, der nicht so menschlichen Natur.

Ich sah Cooperman oder Fox nicht im Foyer, aber es war nicht gerade verdammt viel Zeit zu verlieren, also gab ich Ratso vierzig Bucks, bat ihn, zwei Karten zu kaufen, und ging dann rüber und redete mit einem Uniformierten, der am Türeingang in seiner Nase bohrte. Ich sagte ihm, die Detective Sergeants Cooperman und Fox vom Sechsten Revier wären auf dem Weg hierher, und ich nannte ihm die nähere Umgebung, in der Ratso und ich sein würden. Das war das Beste, was ich unter diesen Umständen tun konnte.

Ratso kam mit den Karten zurück. Ich weiß nicht, was Zirkuskarten heute kosten, aber ich sah kein Wechselgeld. Vielleicht hatte Ratso ein Trinkgeld springen lassen.

Wir gingen rein.

Als Erwachsener in den Zirkus zu gehen, ist nicht das gleiche, wie als Kind in den Zirkus zu gehen. Der Unterschied ist, daß alle Clowns dazu tendieren, so auszusehen wie John Wayne Gacy, wenn man ein Erwachsener ist.

Es ging jetzt auf 14 Uhr zu, und die Show sollte beginnen. Martha Hume, eine frech-fröhliche, zirkusliebende Freundin aus den Südstaaten, hatte mir mal vor einiger Zeit erzählt, daß sie im Untergeschoß Käfige hätten, in denen man die Tiere vor dem Beginn des Zirkus aus der Nähe sehen könne. Man nennt den Ort Menagerie, und während wir über die dantesken Rampen runter in die geräuschvollen Eingeweide des Gardens liefen, dachte ich, daß er heute sicher eine sein würde, wenn ich richtig lag. Wenn ich danebenlag, konnte Jane Erdnüsse essend in der dritten Reihe sitzen und sich ansehen, wie sich normalerweise vernünftige Tiere für andere Tiere zum Narren machten, die bereits Narren waren. Das Leben ist ein Zirkus, oder es ist ein Karneval, oder ein Hurenhaus, oder ein Wunschbrunnen. Oder ein sich dahinschlängelnder, schlammiger Fluß. Eine dieser Sachen. Ungefähr das einzige, was wir wissen, ist, daß das Leben kein Norman-Rockwell-Gemälde ist. Aber sagen Sie das nicht Ihrem Zahnarzt. Zahnärzte haben ihre Träume.

Wir kamen zum Ende der letzten Rampe, und der Verdacht, den ich hegte, wurde immer stärker, als wir weiter nach unten kamen. Das Böse hat seine Logik, dachte ich. Geisteskrankheit hat ihre Muster. Ich verwettete Janes Leben, daß ich genau in den Verstand eines Verrückten gestarrt hatte.

Ich hoffte, daß Cooperman und Fox sich bald sehen lassen würden. Wenn nicht, sah es so aus, als müßten Ratso und ich uns ohne Netz an die Arbeit machen.

68

»Sieht aus, als wäre abgeschlossen und wir wären angeschissen«, sagte Ratso, als wir vergeblich versuchten, die zwei abgesperrten Türen am Ende der Rampe zu öffnen.

»Denk nach, Ratso«, sagte ich. »Du bist ein Profi darin, wie man bei Rockkonzerten hinter die Bühne kommt. Was sollen wir tun?«

»Ich werde Dumbo, dem Elefanten, sagen, daß ich Ron Wood kenne«, sagte Ratso.

Ich klopfte laut gegen die Metalltüren. Nichts. Es war zwei Uhr. Oben konnten wir die große Parade loslegen hören. Irgend jemand mußte hier sein. Ich hämmerte weiter gegen die Türen.

Endlich öffnete ein alter Mann mit einem lustigen Hut die Türen. Man konnte sagen, daß Ratso und ich auch lustige Hüte trugen, aber wir trugen sehr ernste Gesichter.

»Detective Sergeant Cooperman«, sagte ich. »Sechstes Revier. Undercover.« Ich ließ den Idioten-Button in meiner Brieftasche für ihn aufblitzen. Es war ein Ehrenzeichen, das ich von Lieutenant Scott Grabin vom New York Police Department bekommen hatte, einem der wenigen Bullen bei der Polizei, zu dem ich noch eine gute Beziehung hatte. Das kam daher, daß ich Grabin nur selten sah. Er arbeitete draußen in einem Revier in Harlem. Wenn jemand eine Wassermelone in meinem Vorgarten verbrennen würde, dann hätten wir vielleicht wieder die Möglichkeit, gemeinsam an einem Fall zu arbeiten.

»Das ist Sergeant Fox«, sagte ich schnell und nickte Richtung Ratso. »Wir suchen nach einem kleinen Jungen, der auf einer speziellen Herzmedikation ist. Wird seit über einer Stunde vermißt. Wir haben keine Zeit mehr.«

Die einzige andere Gelegenheit, bei der ich jemals den Idioten-Button benutzt hatte, war, als ich mal in einem mexikanischen Restaurant betrunken war und versucht hatte, ein paar Gäste festzunehmen. Es hatte damals nicht geklappt, und es sah nicht so aus, als würde es jetzt klappen.

Aber dann ließ Ratso schwer seinen New Yorker Background raushängen, schob den alten Mann auf die Seite und schrie befehlerisch: »Los, Opa! Geh aus dem Weg!« Der alte Mann machte das. Ratso und ich gingen entschlossen durch einen langen, leeren Korridor und fingen an, herumzustöbern. Wir blickten nicht zurück.

»Nicht besonders freundlich«, sagte ich.

»Es hat Erfolg, Sergeant.«

Wir gingen um eine Ecke und betraten etwas, das eine große muffige Halle zu sein schien. Die Zirkusmusik, die durch die Decke drang, klang verzerrt und ziemlich unheimlich, so ähnlich wie etwas, das sich der Glöckner von Notre-Dame für seinen Walkman ausgesucht haben würde.

»Riecht wie in einem Zoo hier«, sagte Ratso.

»Genau das ist es, Sergeant.«

Wir kamen zu einem Käfig mit einem einsamen Elefanten. Als Ratso darauf zuging, gab das Tier einen lauten Furz von sich, der offensichtlich seinen Mißmut signalisieren sollte.

»Du hast einen Freund fürs Leben gefunden, Ratso.«

»Ich habe diese Wirkung auf Leute.«

Ich war entgegen der Windrichtung des Elefanten stehengeblieben und zündete mir eine Zigarre an, als ich zum erstenmal das Lachen hörte. Es war ausdruckslos und ohne Freude, und es stürzte mit der Kälte und Plötzlichkeit eines texanischen Sturmwinds aus der Dunkelheit. Es war die Art von übernatürlichem, geradezu unbeschreiblich bösartigem Geräusch, das einem das Rückgrat vereiste.

»Mein Gott«, sagte Ratso. »Hoffentlich ist das eine verdammte Hyäne.«

»Ist es«, sagte ich. »Aber ich fürchte, es ist die zweibeinige Ausführung.«

Wenn man wie festgefroren stehenbleibt, ist Horchen eine der leichtesten Übungen. Wir horchten.

Die nächsten zwei Geräusche, die wir hörten, rüttelten uns noch mehr auf, wenn das überhaupt vorstellbar ist.

Das erste war das Brüllen eines Löwen.

Das zweite war der Schrei einer Frau.

69

»Verdammt sei alles, außer dem Zirkus«, so hatte e. e. cummings das mal ausgedrückt. Jetzt, als Ratso und ich in die Dunkelheit stürzten, war ich mehr als bereit, den Zirkus mit allem anderen in einen Topf zu werfen.

Die einzige Sache, auf die ich nicht vorbereitet war, war das Bild des Schreckens, das in einer Pfütze von krankem, gelbem Licht am Ende der Halle lag. Jane Mearas Körper lag auf dem Boden eines Käfigs, und der größte Löwe, den ich je in meinem Leben gesehen hatte, drehte sie mit einer blutigen Tatze um. Ich rannte drauflos und packte die Tür des Käfigs. Der Löwe folgte meinen Bewegungen mit uralten, erbarmungslosen Märchenbuchaugen. Er starrte mich direkt an und leckte seine Lefzen.

Der Käfig selbst war ein ziemlich kleiner Raum – ungefähr von der Größe eines durchschnittlichen Appartements im Village –, nur kostete er wahrscheinlich nicht fünfzehnhundert Dollar pro Monat. Was immer er kostete, ein Immobilienhai würde gleich die Miete kassieren.

Ich sah mich verzweifelt nach etwas um, das ich zwischen mich und die zweitausend Pfund biblischen Hasses klemmen konnte. Ich fand einen Metallklappstuhl.

Wenn man weiß, daß man bald einem Löwen in Person begegnen wird, ohne Gitter dazwischen, dann kann einem das Auge eines Löwen Dinge über einen selbst erzählen, die man wohl kaum in einem Philosophiekurs an der Universität aufschnappen kann. Wie unterschiedlich in mancher Hinsicht und wie ähnlich doch diese Augen einem anderen Paar urzeitlicher Augäpfel waren, denen ich neulich begegnet war – denen des Jaguars. Ein Paar hatte wenigstens die Physiognomie eines menschlichen Wesens, während das andere einer Dschungelbestie gehörte. Und doch hatten beide eine ausdruckslose, glitzernde, hypnotisierende Eigenschaft. Von beiden besaßen Leos Augen mehr Mitleid, mehr Menschlichkeit. Ließ einen zweimal über die Evolutionstheorie nachdenken.

Aber es war noch nicht mal Zeit genug, einmal darüber nachzudenken. Der Löwe brüllte. Ein leises Stöhnen kam aus Jane Mearas Körper.

Es war paradox, dachte ich, daß ich noch nicht mal ein Christ war.

Ich öffnete die Tür.

Der Löwe stand da, und es war etwas in seinen Augen, das mit dem kalten, unbewegten Blick einer Nutte verwandt war, die einen potentiellen Freier auf der Straße taxiert. Ich für meinen Teil dachte an Earl Buckelew, den berühmten Wünschelrutengänger aus dem Hügelland von Texas, wie er ein Hornissennest mit einem Cowboyhut aus Stroh runterhaute. Ich dachte an Tschaikowsky oder Stokowski oder wie zur Hölle auch immer sein Name war, der das Dirigentenpult zu betreten pflegte, ohne seine Umwelt zur Kenntnis zu nehmen. Sie sagten, wenn man eine Steinmauer um die Bühne gezogen hätte, dann wäre er einfach durchgegangen.

Ob es ein Hornissennest, ein Publikum oder ein Löwe war, man mußte einen kleinen Judy-Garland-Trick benutzen – tu so, als sei es nicht da. Schüttel es komplett ab. Spiel nur für den schweigenden Zeugen.

Der Löwe brüllte, und ich war verdammt nah dran, den Stuhl fallen zu lassen. Ich näherte mich Jane gerade ein bißchen mehr, als die Bestie plötzlich mit der Dschungelversion eines linken Hakens auf mich lospreschte. Ich drehte meinen Körper schnell weg, aber ich kriegte trotzdem noch was ab, und mein ganzer rechter Arm wurde taub. Ich sah, wie der Metallstuhl gegen die Gitter knallte. Ich sah, wie das hellrote Blut auf den Betonboden spritzte. Ich fühlte mich nicht gerade wie Judy Garland, und das sah hier verdammt wenig nach Kansas aus.

Plötzlich schien die Aufmerksamkeit des Löwen ans andere Ende des Käfigs gezogen zu werden. Ich blickte über seine Schulter und sah etwas, das ein menschlicher Springteufel zu sein schien, auf und ab springen. Es war Ratso.

Unglaublicherweise schien er Erfolg zu haben. Selbst der Löwe schien verblüfft darüber zu sein, jemand zu sehen, der wie ein Kolben auf und ab hüpfte, eine Waschbärmütze durch die Gitter schwenkte und schrie.

»Yo! Yo! Rohes Fleisch! Überzeug dich selbst!«

Der Löwe sprang an den Rand des Käfigs und schlug heftig nach dem Hut. Ich packte Jane mit meinem heilen Arm und zog sie zur Käfigtür. Ich ließ sie los und bemühte mich unbeholfen, die Tür zu öffnen, darum betend, daß Leos Aufmerksamkeitsspanne noch ein paar Sekunden anhalten möge.

Sie hielt an. Ich kriegte Jane aus dem Käfig raus und schloß die Tür hinter uns.

Ratso war unten, mein Arm fing an zu klopfen, und Leo saß in der Mitte des Käfigs und kaute friedlich auf der Waschbärmütze herum.

»Es wird alles wieder gut«, sagte ich zu Jane.

Ihre Augen flackerten auf, und ich sah, wie sie sich in Spiegel des Horrors verwandelten. Ich blickte über die Schulter und sah etwas aus dem Schatten auf uns zukommen.

Es war eine andere große Katze, aber die ging auf zwei Beinen und trug eine Kanone

»Sie wollte es noch nicht mal lesen! Sie wollte es sich noch nicht mal ansehen!«

Die Stimme schien im Raum gedämpft widerzuhallen wie ein erschreckendes, atonales Schluchzen. Die Gestalt bewegte sich näher heran und ins Licht und sperrte mich und Jane zwischen der Kanone und dem Käfig ein. Der

Kanone, der wir nicht ausweichen konnten. Und dem Käfig, in den wir nicht zurückwollten.

In dem ungesunden, gelben Licht sah die grelle Katzenmaske aus, als würde sie aus einem Dampfschrank in irgendeiner vergessenen Ecke der Hölle stammen. Die Kanone war, soweit ich das sagen konnte, diesmal nicht eine Narkosekanone. Sie sah ein bißchen aus wie Rambams Revolver, nur kleiner. Aber wenn eine Kanone auf einen gerichtet ist, ist die wichtigste Sache die, sich darüber klar zu sein, daß eine Kanone auf einen gerichtet ist. Die Größe und Bauart und das Modell kann man später immer noch feststellen. Wenn es ein Später gibt.

»Zurück in den Käfig. Beide!« schrie die Kreatur.

»Nein«, sagte Jane. Ihre Stimme klang wie die eines kleinen müden Kindes, das plötzlich merkte, daß sein Leben vorbei war.

»Sssssssjaaa«, zischte die Stimme wie ein obskurer Hindu-Dämon. Plötzlich war die Maske runter und flog gegen die Gitterstäbe des Käfigs. Das Gesicht, das enthüllt wurde, sah bekannt und doch unbekannt aus. Wie jemand, von dem man immer dachte, man würde ihn kennen, es aber niemals tat. Es war kalt, bleich, zuckend und schrecklich. Fast wie eine Maske unter der Maske.

»Eugene«, sagte Jane mit einem scharfen Lufteinziehen.

»Wen hast du erwartet?« sagte er mit einer grabestiefen Stimme. »Robert Ludlum? Stephen King?« Ich war mir nicht sicher, aber es schien, als hätte er ein bißchen Schaum vor dem Mund.

»Sieht aus, als wäre die Katze aus dem Sack«, sagte ich.

Eugene lächelte. Gerade dann sah er aus wie der gemeinste Hundesohn, der je Schnürsenkel getragen hatte.

»Keiner von euch hat mir geholfen!« schrie er. »Ihr wart mir mit euren ganzen kleinen Katzen im Weg. Nun könnt ihr sehen, was ihr davon habt!«

Er richtete die Kanone direkt auf meinen Kopf.

»Eugene«, sagte ich. »Eugene ...« Er machte eine Pause. ». . . Kinky«, fügte er hinzu. Ich konnte sehen, wie sich die Muskeln in seinem Gesicht zur gleichen Zeit anspannten, wie sich seine Hand um den Abzug spannte.

Man weiß nie, was im Leben als nächstes passiert. Man könnte eine Zeitung aufschlagen und sehen, wie Lady Bird Johnson beim Nacktbaden im Pool des Holiday Inn erwischt wurde. Wegen solcher Dinge bleiben wir am Ball.

Jane und ich hielten unseren Atem an.

Ein Schuß knallte.

Eugene wirbelte in einem kleinen, ungeschickten letzten Walzer herum und flog ins Sägemehl.

Im Schatten sah ich, wie Sergeant Cooperman langsam aus der Hocke hochkam. Er und Fox kamen zu uns rüber.

»Reizende Show«, sagte Sergeant Fox.

Jane, Ratso und ich wurden mit dem Krankenwagen ins selbe Krankenhaus gebracht. Ratso fehlte nichts. Eigentlich war er, wie er dem Doktor sagte, nur wegen der Mitfahrgelegenheit mitgekommen. Jane wurde über Nacht zur Beobachtung dabehalten, und als ich am nächsten Morgen anrief, war sie schon entlassen worden. Sie behandelten meinen Arm, sagten, es sei eine Fleischwunde, gaben mir ein paar Spritzen und ein paar Rezepte, und Ratso und ich gingen nach Hause.

Eugene hatte nicht so viel Glück gehabt. Er hatte eine Fahrt im Leichenwagen zu einer netten Kühlschublade gemacht.

Ratso kriegte niemals seine Mütze zurück und, sehr untypisch, fragte auch niemals danach.

71

Meine Lebenseinstellung ist die, daß man immer das Gute wie das Schlechte nehmen sollte. Das Spiel dreht sich natürlich darum, ob man erkennt, was was ist.

Es war Sonntag abend, zwei Tage nach unserem kleinen Zirkusausflug, und Ratso packte.

»Scheint so, als hätte ich hier eine lange Zeit gelebt, oder, Daniel?« sagte Ratso. Ratso hatte in den Tagen, die meiner kurzen Exkursion in die Löwengrube folgten, angefangen, mich Daniel zu nennen. Der Name war nicht besonders witzig, aber er war kürzer als Nebukadnezar.

»Vielleicht schreibt Alex Haley eine Story über deinen Aufenthalt hier«, sagte ich.

Ich saß an meinem Schreibtisch und rauchte eine kubanische Elf-Dollar-Zigarre, die ich mal in Vancouver gekauft hatte. Ich hatte sie für eine spezielle Gelegenheit aufbewahrt, und die war jetzt da. Nachdem ich die Hausplage loswurde. Die Katze sah leidenschaftslos vom Küchentisch aus zu, wie Ratso seine Sachen packte. Sie würde es nicht eher glauben, als bis sie ihn wirklich gehen sah.

»Äh, Daniel«, sagte Ratso, »ich kann ja diese Idee einer geistigen Vorahnung von Eugene und dem Zirkus akzeptieren, aber spul doch noch mal für mich runter, wie und wann du angefangen hast, ihn zu verdächtigen.«

»Ich sagte dir schon, Ratso, das Muster war die ganze Zeit vorhanden. Slick Goldberg, Estelle Beekman und Jane Meara hatten alle gemeinsam, daß sie Literaturtypen waren. Sie waren auf die eine oder andere Art im Verlagsgeschäft. Eugene sagte etwas sehr Merkwürdiges, als er Jane riet, Rocky zu vergessen und sich einen Hund zu besorgen. Ein normalerer, wenn auch ein bißchen unsensiblerer Vorschlag wäre gewesen, sich eine neue Katze zu beschaffen. Nachdem Estelle Beekman kaltgemacht wurde, war ich überzeugt, daß der Killer irgendwo in dem Literaturbetrieb zu finden sein mußte, mit dem wir es zu tun hatten. Dann, als Eugene mir sagte, er habe einen Roman geschrieben und habe Probleme damit, veröffentlicht zu werden, hat er sich wirklich verraten. Ich fragte ihn an diesem Morgen im Café, wovon der Roman handelt. Er wich der Frage aus und verfiel in einen Monolog darüber, daß ›Hemingway wahrscheinlich Werbetexte schreiben würde, wenn er heute noch hier wäre‹. Jetzt frage ich dich, Ratso, von dem, was du über die menschliche Natur weißt, hast du jemals von einem Romanautor – besonders von einem *nichtveröffentlichten* Romanautor – gehört, der, wenn er danach gefragt wird, wovon sein Buch handelt, sich weigert, es zu erzählen? So ein Tier gibt's nicht. Das ist nahezu klinisch mit diesen Leuten.«

»Also wußtest du«, sagte Ratso, »daß da irgendwas an Eugene sehr merkwürdig war.«

»Entweder etwas Merkwürdiges an Eugene«, sagte ich, »oder etwas an diesem sonderbaren Manuskript, über das er mir nichts sagen wollte. Also ließ ich Lobster nachforschen, ob er jemals Goldbergs Kunde gewesen war. Er war, und Goldberg hatte ihn fallenlassen. Er hatte das Manuskript auch Estelle Beekman vorgelegt, die es ablehnte. Inzwischen ist da Jane und redet im Büro endlos über ihre Katze und braucht ewig, um das Ding überhaupt zu lesen. Dann höre ich von Landis, daß Eugenes Buch von *Hunden* handelt. Ein bedeutendes Opus – die *Möwe Jonathan* der Hundebücher nannte Landis es –, das Eugene Jahre gekostet haben kann, um es zu schreiben. Als ich das hörte, war es passiert. Ein Buch über Hunde.«

»Erstaunlich«, sagte Ratso und schüttelte seinen Kopf, als er seine Hockeyausrüstung einpackte. »Ich nehme an, das bedeutet, daß es für die Zukunft meines Pferdebuches ziemlich stinkig aussieht.«

»Schade drum«, sagte ich.

Ich stand auf und ging zur Küche rüber, goß einen Schuß Jameson in das Stierhorn und kippte den Schnaps runter. Ich ging in der Küche auf und ab und ließ eine satte Spur von Prä-Castro-Qualm auf meinem Pfad zurück.

»Aber abgesehen von all dem«, sagte ich, »was Eugene wirklich festnagelte, hatte absolut nichts mit menschlicher Logik oder menschlicher Erkenntnis zu tun. Es war eine Umkehrung des berühmten Sherlock-Holmes-Falls vom Hund, der nicht bellte. Kennzeichnend für unseren Fall war eine Katze, die *etwas tat.*«

»Rocky?« fragte Ratso.

»Nicht Rocky, mein lieber Ratso, aber diese knuddelige, kleine Kreatur hier« – hier hob ich die Katze vom Küchentisch hoch und hielt sie kurz in meinen Armen, bevor sie sich herauswand und versuchte, mich auf dem Weg zum Boden zu kratzen – »diese knuddelige, wuddelige, kleine ...«

»Verschon mich«, sagte Ratso.

»... Kreatur, die mal auf deine Eier gesprungen ist. Erinnerst du dich?«

»Das ist für immer in meinen Hoden eingebrannt.«

»Nun, die Katze hat dir was damit gesagt. Als die Katze einen Nixon in deinen roten, antiken Toten-Mann-Schuh abdrückte, hat sie dir auch was damit gesagt. Jetzt packst du und haust ab, und die Katze ist happy.«

»Ich auch«, sagte Ratso.

»Nun, ich bin sicher, daß die Katze dich auf ihre Art vermissen wird.«

»Fuck die Katze«, sagte Ratso.

»So schlimm ist es bis jetzt noch nicht. Also, wie ich schon sagte, es gibt da ein paar Dinge, die Menschen an Tieren immer noch nicht verstehen und wahrscheinlich auch niemals verstehen werden. Biber zum Beispiel. Biber bauen im Spätsommer und Frühherbst Untergrundausgänge in ihre Dämme, und sie scheinen lange, bevor überhaupt der Winter kommt, genau zu wissen, wie dick das Eis sein wird. Es ist erstaunlich, wenn du darüber nachdenkst. Ich habe es mal im *Reich der wilden Tiere der Versicherungsgesellschaft von Omaha* gesehen.«

»Genau das hab ich versucht, meiner Exfreundin zu erklären«, sagte Ratso, »Männer wissen immer noch nicht viel über Bärchen.«

»Humorig, wenn auch ein bißchen grob«, sagte ich. Ich ging zum Schreibtisch zurück und setzte mich wieder hin. Die Zigarre war erste Sahne.

»Nun, wenn du so gut bist, Ratso, dann denk zurück an letzten Donnerstag abend, dieses kleine Zusammentreffen, das mit deinen Worten ›eine Pleite, Mr. Wolfe‹ war. Dieser Abend war absolut keine Pleite, obwohl ich es zu der Zeit so erscheinen ließ. In Wirklichkeit war er ein großer, wenn auch ein etwas zufälliger Triumph. Einer, mit dem ich nichts zu tun hatte, den ich aber wenigstens observieren konnte. Glücklicherweise waren Sehen und Glauben eins.«

»Wovon zur Hölle redest du eigentlich?«

»Ich erzähle dir davon, daß die Katze direkt auf den Mörder zuging. Sie sprang einige Male auf seinen Schoß; sie plagte ihn; sie ließ ihn nicht in Ruhe. Jeder Katzenbesitzer wird dir sagen, wie pervers Katzen sein können. Sehr oft gehen sie nicht zu Leuten, die sie mögen. Sie scheinen irgendwie zu wissen, wer unter den ganzen Gästen Asthma haben, allergisch oder ängstlich oder aufgeregt sein könnte. Der Donnerstag abend war wie ein Lebender-Lügendetektor-Test, und Eugene fiel zu unserem Glück durch. Er hatte etwas an sich, das wir nicht sehen konnten, das merkwürdig, böse, nicht in Ordnung war. Ich habe die sanftesten Tiere der Welt sehr aufgebracht werden sehen, wenn Leute da waren, die nicht ganz richtig im Kopf waren. Das Verhalten der Tiere, Ratso – sehr wichtig. Tiere können nicht nur Erdbeben und Naturkatastrophen voraussagen, manchmal können sie sogar den kalten, grausamen Geist des Killers unter uns demaskieren.«

Ich nahm einen sehr lässigen Zug aus der Zigarre und beobachtete, wie der Rauch zur Lesben-Tanzschule hochdriftete.

»Nun«, fragte ich, »wo ist das Perla Yi-Yo?«

72

Wenn Sie jemals ein Katzenklo geleert haben, dann wissen Sie, daß man die Kiste auf Armlänge weghält und seinen Kopf abwendet, wenn man den Inhalt in den Mülleimer kippt. Genau so hatte ich es geschafft, irgendwann am Anfang dieses Wochenendes Perla Yi-Yo im Wert von möglicherweise einer Viertelmillion Dollar wegzuwerfen.

»Easy come, easy go«, sagte Ratso, als ich vom Durchsuchen des Müllabladeplatzes in der Vandam Street zurückkam. Er war so leer wie der Himmel von Kalifornien.

Ich wollte Ratso umbringen. Ich wollte die Müllmänner umbringen.

»Sieh es doch so«, sagte Ratso. »Du bist wahrscheinlich der einzige Kerl in New York, der über eine prompte, effiziente Müllbeseitigung schimpft.«

Ich gab der Jameson-Flasche von Mund zu Mund den Rest, zündete eine frische Zigarre an und ging zum Fenster rüber. »Und jetzt könnte es passieren«, sagte ich, »daß ich dabei bin, eine Hausplage loszuwerden.«

»Keine Sorge«, sagte Ratso. »Noch bin ich nicht weg.«

73

Es hatte den ganzen Abend Katzen und Hunde geregnet. Einer von ihnen mußte buchstäblich vom Himmel gefallen sein, denn an diesem Abend, am windigen Schwanzende des März, lieferte mir Jane den anderen Ausgang der Story.

Ich hatte den Vorrat an Schnaps und Thunfisch aufgestockt und saß gerade so ein bißchen rum und machte mir nicht gerade Sorgen um mich, als die Telefone klingelten. Ich ging zum Hörer auf der Linken. Es war Jane.

»Ich hab dir gesagt, du sollst mich niemals zu Hause anrufen«, sagte ich.

»Du wirst es nicht glauben!« sagte sie.

»Du hast Eugenes Manuskript zu Ende gelesen?«

»Hör auf, Kinky. Ich bin gestern abend mit einem Freund zu einem Hockeyspiel in den Madison Square Garden gegangen . . .«

Ich lehnte mich zurück und hörte zu, wie sie mir die Story erzählte. Als sie fertig war und ich den Hörer wieder zum Schlafen gelegt hatte, pflanzte ich meine Füße auf den Schreibtisch und lächelte vor mich hin. Der einzige Gedanke, an den ich mich erinnern kann, war, daß ich mir wünschte, ich hätte noch eine kubanische Zigarre.

»Aber es war nicht wirklich Rocky?« fragte Ratso, als wir an der Bar des Monkey's Paw zusammenstanden. Es war ungefähr eine Stunde nach Janes Anruf, und ich hatte schon ein paar Runden intus.

»Alles, was ich weiß«, sagte ich, »ist, daß sie ihr vom Garden aus mit einem triumphierenden Glitzern in den Augen fünf Blocks lang nachgelaufen ist. Dann, als Jane zu ihrem Auto kam –«

»Erschoß Brahms sie mit Pfeil und Bogen.«

»Nein, Ratso. Sie sprang zu Jane ins Auto. Sie nahm sie mit nach Hause, bearbeitete sie mit Seife, Wasser und Waschlappen und rate mal, was?«

»Was?«

»Vier kleine weiße Socken.«

»Herrgott«, sagte Ratso. »Das reicht aus, um einen an Gott glauben zu lassen.«

»Nicht unbedingt«, sagte ich. »Es gibt viele Dinge in der Natur, die wir nicht verstehen. Es gibt einen alten toten Baum auf unserer Ranch in Texas, den mein Dad von niemandem fällen läßt, weil Kolibris darin leben. Meine Mutter hat Kolibris immer geliebt. Jedes Jahr, um den 15. März rum, kannst du sie kommen sehen. Sie fliegen den ganzen Weg von Südamerika zu diesem alten, toten Baum rauf, in dem sie geboren wurden.«

»Nun, das beweist, daß es einen Gott gibt.«

»Nein, tut es nicht.«

»Was beweist es dann?«

»Es beweist, mein lieber Ratso«, sagte ich, »daß es einen Kolibri gibt.«

Später in dieser Nacht, zurück im Loft, hatte ich ein ruhiges Gespräch mit der Katze. Der Ort sah ohne Ratsos über die Couch verstreuten Habseligkeiten merkwürdig leer aus.

Ich saß an meinem Schreibtisch, als ich den Anruf von Sergeant Cooperman bekam.

»Tex«, sagte er, »ich weiß nicht, wie nahe dir diese palästinensische Braut gestanden hat. Du erinnerst dich an sie?«

»Yeah«, sagte ich.

»Sie ist von einem der Boys des Jaguars umgelegt worden. Ist irgendwann Anfang der Woche passiert, glauben wir. Sie hat jedoch ein Päckchen hinterlassen, und da steht dein Name drauf. Wir haben natürlich reingeguckt. Aber ich werde es dir jetzt mit einem Wagen rüberschicken, wenn das in Ordnung ist.«

»Danke«, sagte ich.

»Sorry, Tex.«

Ich legte den Hörer sehr langsam auf. Es war jetzt nichts besonders eilig. Es war wie auf jemand am Telefon zu warten, ohne daß man überhaupt am Telefon war. Ich wartete.

Nach einiger Zeit fuhr ein Polizeiwagen vor, ein Uniformierter stieg aus, und ich ging runter und nahm das Päckchen entgegen. Ich brachte es nach oben und öffnete es auf dem Schreibtisch. Es war Leilas Kaffiyeh.

Ich legte das Kaffiyeh um meine Schultern. Es war ein bißchen kalt im Raum. Ich ging rüber zum Küchenfenster und stand da eine lange Zeit. Die Katze kam und sprang auf die Fensterbank. Auf der Straße war alles ruhig. Vielleicht hielten die Müllwagen eine Schweigeminute ab.

Gemeinsam beobachteten die Katze und ich die Welt. Ich zog das Kaffiyeh ein bißchen enger um mich und streichelte die Katze sanft. Eine Art trauriger, sichelförmiger Pakistani-Mond ging im Osten über den Lagerhäusern unter.

»Nächstes Jahr in Jerusalem«, sagte ich.

Ich faltete das Kaffiyeh zusammen und legte es gerade in die Schreibtischschublade, als Ratso mit einer Ausgabe der ›Daily News‹ ins Loft polterte.

»Herrgott«, sagte er, »sieh dir das an.« Er legte die Zeitung auf den Schreibtisch und zeigte auf einen Artikel. Die Überschrift lautete: MCGOVERN FÜR PULITZERPREIS NOMINIERT.

»Ich glaub es nicht«, sagte Ratso. »Es ist für seine Serie über dich und die Kokainkartelle.«

»McGovern hat Talent«, sagte ich mit leichter Befriedigung, »neben anderen eher öderen Eigenschaften.«

»Yeah«, sagte Ratso, »aber ein *Pulitzer*?«

»Vielleicht *gibt* es einen Kolibri«, sagte ich.

Kurze Zeit später plünderte Ratso eine Lieferung von Carnegie Delicatessen auf meine Rechnung und sah sich irgendein obskures Sportereignis im Fernsehen an. Ich saß mit einer Flasche Jameson, dem Stierhorn, einer Tube Klebzeug und etwas schwarzer Farbe am Küchentisch.

Ich reparierte den Puppenkopf.

Es war eine sehr befriedigende, fast meditative Arbeit. Einen kleinen schwarzen Puppenkopf zu reparieren, wenn man seinen eigenen nicht mehr auf Vordermann brachte.

Vielleicht lag das Problem darin, daß ich mich zwischen zwei Fällen befand. Oder vielleicht lag das Problem in dem, was Sherlock Holmes selbst gesagt hatte: »Ich habe nie geliebt.« Aber das traf auf mich nicht richtig zu. Ich hatte geliebt. Ich konnte geliebt haben. Es sah nur nicht so aus, als würde mir so was noch mal über den Weg laufen. Nicht jeder findet seine Rocky im Leben, dachte ich. Nur finden manche von uns den Mut, der Welt ganz allein ins Gesicht zu sehen.

Die Telefone klingelten.

»Ich bin nicht da«, sagte ich. Eigentlich war das gar nicht so weit von der Wahrheit entfernt. Im Hintergrund hörte ich, wie Ratso zu irgend jemand in den Hörer sprach.

»Das ist nicht dein Ernst«, sagte er. »Wieso hast du so lange gebraucht?« Ich arbeitete weiter an dem Puppenkopf.

»Kinkstah!« schrie er. »Es ist für dich!«

»Wer ist es?« fragte ich.

»Es ist das Mädchen im pfirsichfarbenen Dreß«, sagte er.

Ich starrte angespannt auf den Puppenkopf auf dem Tisch.

»Was zum Teufel ist los?« schrie Ratso. »Willst du nicht mit ihr sprechen?«

Ich drehte den Puppenkopf ein bißchen auf die eine Seite und dann ein bißchen auf die andere. Man konnte nicht sehen, daß er mal verwundet gewesen war.

»Ich werde mit ihr sprechen«, sagte ich, »wenn der Klebstoff getrocknet ist.«

DANKSAGUNG

Der Autor möchte sich bei den folgenden Leuten für ihre Hilfe bedanken: Tom Friedman, Earl Buckelew, Marcie Friedman und Larry »Ratso« Sloman; Esther »Lobster« Newberg von ICM; James Landis, Jane Meara und Lori Ames von Beech Tree Books; und Steve Rambam, Technischer Berater. Der Autor möchte auch den folgenden Funktionären des Garden Cat Clubs Dank sagen: Vicky Markstein, Peter Markstein und Elinor Silverman.

AARON ELKINS

Fluch!

Ein Gideon-Oliver-Krimi. Aus dem Amerikanischen von Jürgen Bürger. Umschlagbild von Nikolaus Heidelbach. Deutsche Erstausgabe.

Der Anthropologe Gideon Oliver auf Ausgrabung und als Knochen-Detektiv auf der Suche nach dem Mörder eines sehr alten Maya.

KINKY FRIEDMAN

Lone Star

Ein Kinky-Friedman-Krimi. Aus dem Amerikanischen von Hans-Michael Bock. Umschlagbild von Nikolaus Heidelbach. Deutsche Erstausgabe.

Ein Serienkiller legt nacheinander sämtliche Sänger um, die in New Yorks Country-Music-Club »Lone Star« auftreten, auch Kinky von den Texas Jewboys soll wieder einmal vorsingen.

MAX GOLDT

Quitten für die Menschen zwischen Emden und Zittau

Aus Onkel Max' Kulturtagebuch. Mit vielen Fotos. Umschlagbild von Michael Sowa. Erstausgabe.

Die komische Kulturgeschichte der Jetztzeit eines seriösen Humoristen.

HEN HERMANNS

Maximum Trouble

Ein Max-Reinartz-Krimi. Umschlagbild von Nikolaus Heidelbach. Erstausgabe.

Ein neuer Fall für Kölns einzigen taoistischen Investigator, der Langstreckenlauf, italienische Oper, Küche und Getränke liebt. Diesmal dabei: Wohnungssuchende, Werbende, Liebende, Makler- und ganz frische Stasi-Opfer.

DAN KAVANAGH

Schieber-City

Ein Duffy-Krimi. Aus dem Englischen von Michel Bodmer. Umschlagbild von Nikolaus Heidelbach. Neuübersetzung.

Die heißeste Ware, die schmierigsten Schmuggler und härtesten Schieberringe am Londoner Heathrow Airport legen sich um Duffy.

EUGEN NETER

Paarungen für eine Hand

Scharfe Geschichten. Mit Zeichnungen und einem Umschlagbild von Achim Greser. Erstausgabe.

Pralle und spritzige Ereignisse, strotzend und protzend von Lebenskraft und -saft.

ELLIOT PAUL

Mickey Finn

Ein Homer-Evans-Krimi. Aus dem Amerikanischen von Michael Schulte. Umschlagbild von Nikolaus Heidelbach. Deutsche Erstausgabe.

Ein reicher Amerikaner im Paris der zwanziger Jahre gerät in einen Strudel von Steuerhinterziehung, Kunstfälschung, Raub, Mord und verwandten Ereignissen, die er gut gelaunt genießt.